머구리

- 이완우 장편소설

뿌리출판사

머구리

이완우 장편소설

뿌리출판사

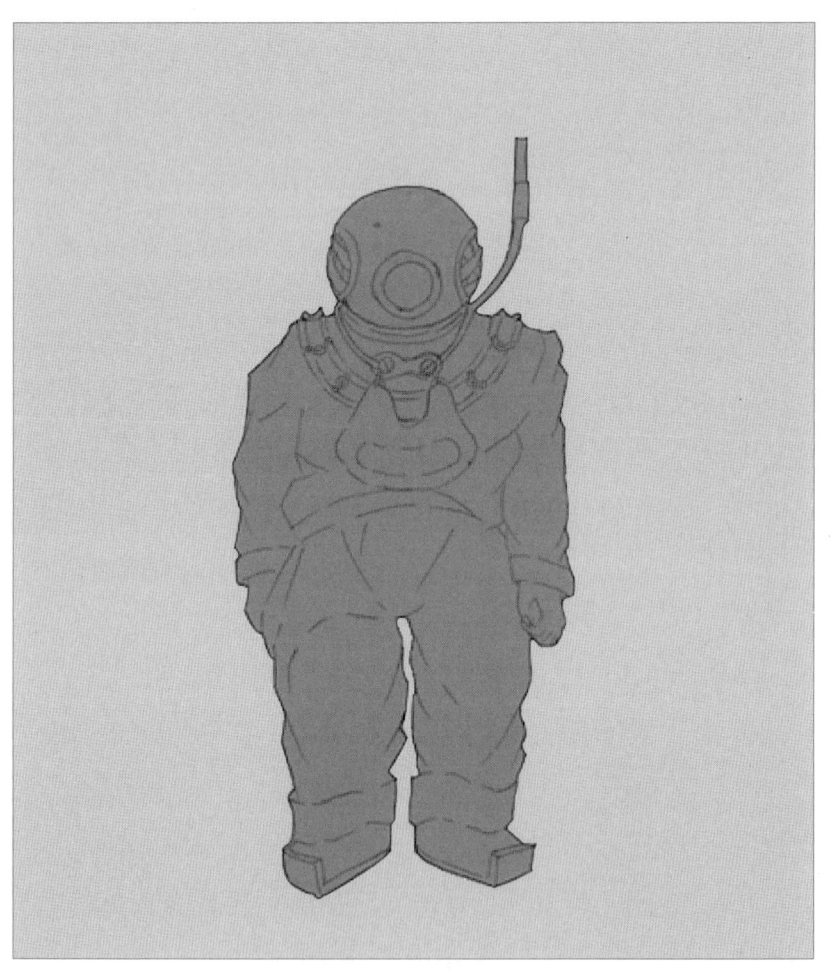

내 젊은 시절 바다는 무한한 동경의 대상이었다. 내 젊음처럼, 푸르게 펼쳐져 그리움과 열정으로 철썩대고 있었다. 그 사건이 있기 전까지 그랬다. 정작 나에게 바다의 진짜 얼굴을 보게 했던 그 사건 말이다.

비가 내리는 토요일 오후였을 것이다. 구급차가 요란한 사이렌을 울리며 급히 바닷가로 달려왔던 것이다. 어구들을 챙기던 어부들과 몇 명 관광객들과 할 일없이 바닷가를 어슬렁거리던 나는 저절로 그쪽으로 발길을 옮기고 있었다.

"괜찮을까?"

"어려울 것 같은데."

"하긴 의식이 없는 걸루 봐서는……."

나는 바다에서 건져낸 한 인간의 실체에 경악하고 말았다. 육지는 야망과 속임수와 분노가 뒤섞여 사람들을 힘들게 한다지만, 바다만은 그토록 고된 삶에 지친 인간을 쉬게 해주는 장소가 아니었던가. 하지만 그날 내가 본 바다의 실체는 육지보다 더 큰 함정과 분노와 파괴력을 숨긴 살아있는 괴물이었던 것이다. 사람들의 예상과 걱정은 현실의 슬픔과 절망으로 나타났다. 포구 사람들은 읍내 병원으로 가기 전에 이미 죽음을 볼 수밖에 없었고…… 그리고 병원에서 악몽 같은 밤을 여러 날 보냈다.

그 사건 이후에 꿈과 열정의 대상이던 그 깊고 넓은 바다 속에 육지보다 더 험악한 사람들의 일터가 있다는 사실에 나는 크게 충격을 받았다. 수십 미터 바닷속에서 목숨을 건 생존을 위한 몸부림이 파도처럼 넘실대고 있음을 깨달았던 것이다. 바다는, 스쳐 지나는 사람들에게는 꿈을 노래하는 공간일 수 있지만, 거기 바다에 의지해 삶을 꾸려가는 사람들에게는 목숨을 건 치열한 생존의 공간이라는 사실을 어리석게도 나는 그 즈음에야 깨달았다. 평생을 바다에서 살아온 사람들. 바다에 의지해 살다가 바다에 모든 것을 바친 채 바다로 돌아가는 사람들. 나는 그 사건을 계기로 어쩌면 어른이 되고 말았는지도 모르겠다.

그 후로도 수백 번은 더 바다를 만났지만, 그 때마다 나는 바닷가에 쓰러져 있던 그 익사체를 떠올리지 않을 수 없었다. 그것은 단지 한 포구의 어부의 마지막 모습만은 아니었고 삶의 현장에서 무력하게 쓰러져가는 우리 모두의 모습이었다. 어쩌면 바다 속에서 빠져 몸부림치면서도 언제나 목이 마른 나의 모습이기도 했다. 그 후 줄곧 바닷가에만 서면, 나는 무엇인지 정의할 수 없는, 채무감 같은 결핍의 갈증으로 목말라 어쩔 줄 몰라 했다. 그러한 내 '채무감 같은 결핍의 갈증'의 결과물이 소설 〈머구리〉라 할 것이다.

'머구리'는 바다 속에서 해산물을 채취하며 살아가는 심해 잠수부를 가리키는 말이다. 표준국어대사전에 따르면 '머구리'는 '1.개구리의 함경도 방언, 2.개구리의 옛말'이다. 개구리를 뜻하는 '머구리'가 심해 잠수부를 가리키는 말로 의미변화가 된 이유는 전통 장비를 착용하고 물속으로 들어가는 머구리의 모습이 마치 개구리가 물속으로 들어가는 모습과 유사

한 데서 유래한 것이라고 한다.

머구리는 산소를 공급해 주는 줄 하나에 의지해 삼사십 미터 바다 속에서 목숨을 걸고 작업을 한다. 그래서 공기 줄을 잡은 사람과의 호흡이 매우 중요하다. 조금만 공기 줄이 엉키기라도 하면 머구리의 목숨은 위험에 처하게 되기 때문이다. 실제로 지나가는 배의 스크루에 공기 줄이 끊어져 머구리가 목숨을 잃는 사고도 종종 발생한다고 한다.

뿐만 아니라 깊은 바다 속의 수압으로 인한 잠수병도 머구리를 괴롭히는 요소 중의 하나이다. 제대로 감압을 하지 않아 뼈가 썩어가는 괴사병으로 고생하면서도 변변한 치료를 받지 못하고 있는 것 또한 머구리의 고통스러운 현실이다.

소설 〈머구리〉는 목숨을 건 머구리들의 삶과 애환을 다룬 이야기이다. 소설 〈머구리〉는 소설을 향한 내 애정의 표시인 동시에 오랫동안 집요하게 공존해온 채무감 같은 내 알량한 가책에 대한 이기적 변명이며, 바닷속을 삶의 터전으로 살아가는 머구리들을 위한 작은 노래이기도 하다.

2011년 7월

이완우

머구리

이완우 장편소설

차례

프롤로그

배가 달린다. 뱃머리에 60촉 백열등 하나 매어달고 아무 것도 분간할 수 없는 어둠 속을 악을 쓰며 배가 달려 나간다. 불빛이 달린다. 바다에선 배가 달리고 배 위에선 불빛이 달린다. 결국은 한 곳에서 만나고야 말 것을, 다시는 돌아오지 않을 곳으로 탈출이라도 할 것처럼 기를 쓰고 내달려 조금이라도 더 좋은 자리를 차지하겠다는 몸부림은 처녀지를 선점하여 종족을 번식시키려는 인간의 동물적 본능에 충실한 눈물겨운 일일지도 모를 일이다. 그러나 어차피 인간으로는 알 수 없는 수십 미터 바다 속 세상.

불빛이 희롱거린다. 배가 파도에 스칠 때마다 서툰 광대처럼 허공으로 출렁출렁 불빛이 춤을 춘다. 불빛이 멀어진다. 불빛은 어느 순간 작은 점이 되었다가 이내 사라져 버린다. 불빛을 삼킨 것은 어둠이다. 아니, 바다다. 아니다. 바다가 삼킨 것은 불빛이 아니다. 세상이다. 바다는 세상을 삼키고 세상은 불빛을 삼킨다.

불빛을 삼켜버린 새벽, 바다에는 아무 것도 살지 않는다. 새벽 바다에

살 수 있는 것은 오직 거친 파도 소리뿐이다. 그러나 불빛을 삼켜버린 새벽, 바다에서 사람들은 아직도 어린 아이처럼 꿈을 꾼다, 희망의.

부상(扶桑)이 멀겋게 트일 무렵이 되어서야 바다는 삼켜버린 세상을 토해놓기 시작한다. 바다가 토하기 시작한, 짙은 수묵화처럼 어슴푸레한 세상에는 벌써 도착한 배 몇 척이 위태롭게 흔들리고 있다.

아직 일을 시작하기에는 이른 시각이다. 갑판 구석에서 쪼그린 채 바람을 피하던 사내가 몸을 일으켰다. 사내는 뱃머리에서 일렁이고 있는 백열등의 희미한 불빛에 의지해 배가 흔들릴 때마다 몸을 기우뚱거리며 낡은 석유버너를 켰다. 아침을 지으려는지 사내는 스티로폼 통 안에서 밥솥을 꺼내 버너에 올린 다음 점퍼 깃을 당겨 얼굴을 묻었다.

샛바람이 엉겨 붙는 3월의 바다는 겨울보다 매웠다. 심장을 가지고 있지 않은 기계붙이야 영상 몇 도쯤으로 제 의무를 표시할 터이지만, 육지를 향해 달려드는 습기를 숨긴 바람은 겨울보다 덜하지 않았다.

해마다 사람들은 맨몸으로 3월의 바람을 맞았다. 그리고 바다는 그때마다 저만치 뒷걸음질치며 가라앉았다.

잠깐 사이에 동쪽 하늘이 제법 부상(浮上)해 있었다. 밥이 얼추 끓었는지 사내는 밥솥을 내려놓고는, 몇 번이나 사용했는지 아직도 뚜껑에 상표가 붙어 있는 노란 색 양은 냄비를 버너에 올린 후, 물이 끓기를 기다리는 동안조차 허비할 수 없다는 듯 목을 움츠려 점퍼 깃 속으로 다시 얼굴을 묻었다.

사내는, 잠을 자고 있는 것은 아닌 듯했다. 무표정으로 미동 없이 웅크리고 있다가도 가끔씩 눈을 떠 물이 끓는지 확인했고, 바람에 날리는 머릿결이 얼굴을 간질일 때마다 손을 들어 머리를 쓸어 넘기기도 했다. 50이 넘었을까. 손은 거칠었지만 제법 나이를 감출 수 있을 만큼 흰 얼굴색과 통통한 볼살이 머리를 쓸어 올리는 순간순간 잠깐씩 드러났다. 그러다가 사내는 다시 목을 움츠렸다.

물이 끓기 시작하자 사내는 두툼한 방한용 점퍼 주머니 속에서 라면 세 봉지를 꺼내 냄비 속에 넣은 다음 굵게 다듬은 대나무 젓가락으로 몇 번 휘적거리고는, 구석에 놓여 있는 스티로폼 통을 열어 김치를 꺼냈다. 그게 전부였다.

"식사 준비 다 됐어요."

냉면 집에서나 볼 수 있는, 족히 2인분은 담을 수 있는 큼직한 스테인리스 대접 두 개에 라면을 옮겨 담으며 사내가 소리쳤다.

배에는 사내 외에 다른 사람은 없는 듯했다. 아무 인기척도 나지 않았다.

"식사 준비 다 됐다니까요오."

사내가 말끝을 길게 흔들며 다시 한 번 소리쳤다. 역시 아무 인기척도 나지 않았지만 사내는 기다리지 않았다. 주위의 무반응에 개의치 않고 밥솥의 뚜껑을 열어 밥을 뒤섞은 다음 국물만 남아 있는 냄비에 밥을 한 주걱 퍼 담았다.

"벌써 준비가 됐는가?"

그제야 좁은 선실에서 칠십은 되어 뵘직한 노인이 눈을 비비며 나왔다.

"밥이야 진즉 됐지요. 빨리 나오시지 않구……."

"요즘에는 어찌나 잠이 늘었는지 그 사이에 또 떨꺽 잠이 들었던가 보네……."

사내가 건네 준 대접을 받으며 노인이 혼잣말을 하듯 중얼거렸다.

"어이…… 동식이! 어서 오라니까. 라면 다 불어터진다."

다시 스테인리스 대접에 밥을 한 주걱 더 퍼 담으며 사내가 갑판을 향해 소리쳤다. 역시 갑판에는 아무도 없었다.

"이 사람이 또……."

뒤를 돌아보던 사내가 냄비를 바닥에 놓고 일어섰다.

"놔둬라, 아직 시간이 좀 더 필요할 게다……지 애비의 한이 서린 곳이다."

노인이 고개를 뒤로 젖혀 스테인리스 대접의 국물을 마셨다.

"든든히 먹어둬야 일을 하지요. 그래야 추위도 들 타고……."

사내가 선실을 돌아 배 뒤쪽으로 갔다. 거기 한 사내가, 어느새 훤하게 모습을 드러내고 있는 바다를 보며 서 있었다.

"여기서 뭘 하는가? 아침 먹지 않고서……."

"……."

바다를 향해 서 있던 사내가 몸을 돌렸다. 젊은 사내였다. 얼른 보아도 삼십대 중반을 넘기지 않은 듯한, 왜소한 몸집에 작고 흰 손, 갸름한 얼굴을 하고 있는 젊은 사내는 힘든 바닷일을 하는 사람처럼 보이지 않았다.

"뭘 그렇게 보고 있어. 매일 보는 바단데. 어서 아침이나 먹으라니까."

사내가 젊은 사내의 팔을 잡아끌었다.

"……."

젊은 사내가 마지못해 따라오며 웃었다.

"기왕에 결심했으면 이제 그만……."

사내가 젊은 사내의 눈치를 살폈다.

"그만 하게."

그 사이 밥을 다 먹었는지 담배를 피우고 있던 노인이 얼른 사내의 말을 막았다.

"예, 성님⋯⋯."

사내가 젊은 사내의 눈치를 살피며 말을 얼버무렸다.

"괜찮아요."

젊은 사내도 사내가 건네 준 대접을 받았다. 세 사람 사이로 물기를 날리는 찬바람이 TV 드라마의 느린 화면처럼 아주 천천히 지나갔다. 잠시 침묵이 흘렀다. 젊은 사내가 밥을 먹는 동안 노인은 선실에 기대앉아 눈을 감고 있었고, 먼저 식사를 끝낸 사내는 노인을 외면한 채 담배를 피우고 있었다.

식사를 끝낸 젊은 사내가 자리에서 일어섰다. 그러자 필터만 남은 담배를 돌려 새 담배에 불을 붙이던 사내가 막 불이 붙기 시작한 담배를 조심스레 갑판에 비벼 끈 다음 점퍼 윗주머니에 넣고는 그릇을 정리하기 시작했다.

젊은 사내는 또 바다를 보고 있었다. 해가 뜨고 있었다. 하늘이 벌겋게 타기 시작하더니 시뻘건 빛이 구름 속에서 퍼지기 시작했고 바다가 뭉글뭉글 붉게 끓기 시작했다. 길게 바닷물에 부딪친 빛이 주위를 온통 검붉게 잠식했다. 검붉은 기운이 깔리는 바다는 오히려 전보다 더 주위를 알아볼 수 없을 정도로 어두워졌다. 배가 파도에 일렁일 때마다 젊은 사내의 뒷모습이 검붉은 기운 속으로 묻혔다가 나타나곤 했다.

"이제 그만 시작하자."

검붉은 기운이 사라지고 주위가 다시 제 빛을 찾아갈 무렵 노인이 자리에서 일어서며 세 사람 사이의 적막을 깼다.

"⋯⋯예, 성님."

사내가 젊은 사내를 돌아보며 대답했다. 젊은 사내는 여전히 바다를 바라보고 있었다.

"동식아……."

젊은 사내를 부르던 노인은 말을 맺기도 전에 쿨룩 기침을 했다.

"……."

젊은 사내가 대답을 날숨에 묻었다.

"……."

노인이 젊은 사내 앞에 잠수복을 내밀었다. 노인은 다시 쿨룩 기침을 했다. 사내가 노인을 도와 잠수복을 마주 잡았다.

체념한 듯 젊은 사내가 두 사람이 잡고 있는 잠수복에 한 쪽 다리를 집어넣었다. 노인과 사내가 나머지 다리가 잘 들어갈 수 있도록 반대편 잠수복을 젊은 사내 발 앞으로 내밀었다.

"집중해야 한다."

사내가 잠수복을 추슬러 머리 위까지 올리며 말했다. 젊은 사내가 뱃머리에 걸터앉았다. 노인이 옆에서 거들고 사내가 젊은 사내에게 잠수 장비를 씌웠다. 먼저 머리까지 추슬러 올린 잠수복을 두 번 접어 목에 감싼 다음 그 위에다 청동 투구와 연결될 압착장비를 고정시켰다. 그런 다음 어깨 앞뒤로 무게가 이십 킬로그램이나 나가는 납덩이를 채웠다. 납덩이를 어깨에 올리는 순간 젊은 사내의 몸이 잠시 움찔 흔들렸다. 아랑곳하지 않고 젊은 사내는 두 사람에게 몸을 맡긴 채 여전히 바다를 바라보고 있었다.

사내가 신발을 내어 놓았다. 십 킬로그램이 넘는 쇳덩이였다. 바다를 바라보는 시선을 거두지 않은 채 젊은 사내가 쇳덩이에 발을 꿰었다. 쇳덩이를 신은 젊은 사내가 일어섰다.

젊은 사내가 철커덕철커덕 힘겨운 걸음을 옮겨 난간으로 갔다. 사내가 재빨리 알루미늄 사다리를 바다로 내렸다. 노인이 젊은 사내를 부축했다.

후우-, 큰 숨을 내 쉰 젊은 사내가 몸을 구부려 오른쪽 발을 사다리에 걸쳤다. 사내가, 아직 갑판에 걸치고 있는 젊은 사내의 왼쪽 발을 들어 사다리에 올렸다.

"아재요……."

사내가 청동 투구를 젊은 사내의 얼굴에 씌우는 바람에 젊은 사내의 말 끝이 투구 속으로 묻혔다. 청동투구 속 젊은 사내의 눈에 눈물이 그렁 맺혔다. 시작해야겠지요.

왼 손으로 사다리를 잡은 젊은 사내가 우주인처럼 엄지와 중지로 동그랗게 만든 오른손을 들어 '이상 없음'을 신호했다. 사내가 주먹을 쥔 손을 들어 젊은 사내의 신호에 답했다.

"천천히 쉬민서 하그라."

노인이 어깨를 두들겨 젊은 사내를 걱정했다. 사내로부터 망태와 쇠갈퀴를 건네받은 젊은 사내가 바다로 뛰어들었다. 물보라를 일으키며 젊은 사내의 청동 투구가 물위로 떠올랐다. 비록 낡기는 했지만 잘 닦여진 젖은 투구의 물기에 스친 햇빛이 별처럼 반짝 빛났다. 잠시 후 서서히 청동 투구가 공기 방울을 뿜어 올리며 물속으로 가라앉기 시작했다. 그에 맞추어 사내가 공기 줄을 풀었다. 바다를 바라보며 손 감각 하나에 의지해 사내는 젊은 사내의 목숨 줄을 조심스럽게 조금씩 바다 속으로 밀어 넣었다.

노인도 젊은 사내가 사라진 바다를 보고 있었다. 젊은 사내가 사라진 바다에는 이따금씩 올라오는 공기방울과 물결에 부딪친 햇빛만이 남았다.

"꼭 지 애비를 닮았어……."

바다에는 함부로 뿌려진 수만 개의 햇빛이 제멋대로 반짝이며 넘실대는 파도를 따라 가공되지 않은 보석처럼 어지럽게 빛나고 있었다.

너는 학교 선생님이 되어야 한다

1.

아버지는 머구리였다. 그것도 마을에서 제일가는 머구리였다. 아버지 친구 큰아재가 그랬다. 아버지는 다른 사람들이 못 들어가는 아주 깊은 바다 속까지도 들어간댔다.

"내 키보다 두 배도 넘는 곳에?"

라고 소년이 물었을 때 큰아재는,

"아마 다섯 배도 넘을 걸."

이라고 대답했다. 큰아재는 또,

"니 아부지는 대왕문어도 잡는다! 니 아부지말구는 대왕문어 잡을 수 있는 사람 아무도 없어."

라는 말도 했다. 큰아재는 '잡는다'의 '다'를 올리고, '없어'의 '없'에 힘을 주어 말하곤 했다.

그러면 소년도,

"대왕문어가 으을만한데에?"

'을만한데에'의 '으을'에 힘을 준 채 가능하면 길게 늘여 트리고, '에'를 올림으로써 큰아재의 말에 호기심을 보이곤 했다.

"대왕문어는 사람보다두 더 크다니깐. 그러니까 아무도 못 잡는 거지."

"우와, 사람보다두?"

소년은 아버지가 참말로 자랑스러웠다.

마을에서 돈을 제일 잘 버는 사람도 아버지였다. 소년이 다섯 살 무렵 마을에 전기가 처음으로 들어 왔을 때 제일 먼저 텔레비전을 산 집이 소년네였고, 냉장고를 제일 먼저 산 집도 소년네였다. 국가대표 축구 경기나 세계 타이틀 복싱 경기 중계는 물론이고, 텔레비전 연속극이 나오는 저녁 시간이 되면 마을 사람들은 으레 소년네 집으로 몰려들곤 했다. 그런 날이면 아버지는 많은 사람들이 볼 수 있도록 아예 텔레비전을 마루에 내다 놓았다. 소년네 앞마당은 늘 잔칫집처럼 북적거렸다.

그 뿐이 아니었다. 소년네 냉장고도 마을 사람들이 함께 사용하는 공동 냉장고였다. 마을 사람들은 김치를 비롯하여 먹다 남은 반찬 등이 생기면 거리낌 없이 소년네 집을 찾곤 했다. 그 때마다 소년은 얼마나 신이 났었는지 모른다.

아버지는 노상,

"이 다음에 커서 넌 학교 선생님이 돼야 한다."

는 말을 주문처럼 달고 다녔지만 소년은 이미 아버지 같은 머구리가 되기로 마음속에 굳힌 지 오래였다.

소년의 속을 눈치 챘는지 아버지는 소년에게 자신이 고기 잡는 모습을 보여 주지 않으려 했다. 소년은 아버지가 다른 사람이 못 가는 깊은 바다 속에 들어가는 것도 보고 싶었고, 사람만한 대왕문어를 잡아 올리는 모습도 보고 싶었지만 아버지는,

"아야, 예서 놀고 있어라. 아부지가 금방 다녀 올 테니까."

라며, 어쩌다 일찍 잠이 깬 소년이 아버지를 따라나서기라도 할라치면 아직 어둠이 가시지 않은 바닷가에 소년을 남겨둔 채 고기잡이를 나가곤 했다.

새벽녘에 바닷가에 혼자 남겨진 소년이 할 수 있는 놀이는 그리 많지 않았다. 아버지가 돌아올 때까지 하루 종일 바닷가에서 모래성을 쌓다가 수영을 하기도 하고, 그러다가 지루해지면 바위에 붙어 있는 섭이나 따개비를 따기도 하고, 바위틈에 숨어 있는 게를 잡기도 했다. 어쩌다, 아버지가 고기잡이를 나가는 새벽에 일어나지 못한 날에도 소년의 생활은 거의 비슷했다. 눈을 뜨자마자 아침밥을 대충 챙겨 먹은 다음 바다로 달려 나가는 것이 소년의 변하지 않는 일과였다. 자연스럽게, 초등학교에 들어 갈 무렵에는 꽤 깊은 곳까지 자맥질해 소라나 성게, 놀래미 등을 잡기도 할 만큼 소년은 바다에 익숙해져 있었다. 그러면 큰아재는,

"허어, 그 놈. 지 애비보다 낫겠구만, 피는 못 속인다니까."

하며 기특해 하곤 했다. 그러나 큰아재와 달리 아버지는 그런 소년을 칭찬하지 않았다. 그렇다고 딱히 야단을 친 것도 아니었지만 소년의 마음속에 각인이라도 시키려는 듯,

"너는 학교 선생님이 돼야 한다."

를 되풀이하곤 했다. 그러면 소년도,

"알았어요, 아부지."

하며 아버지를 안심시켰지만 단 한 번도 마음이 흔들린 적은 없었다.

결국 소년은 큰아재를 졸라 아버지 몰래 고기잡이배를 타본 적이 꼭 한 번 있긴 있었다.

"아재, 아부지가 고기 잡는 거 딱 한 번만 보여주면 안 돼?"

바람이 불거나 비가 많이 와서 바다에 나가지 못하는 날이라도 생길라 치면 소년은 온종일 큰아재를 쫄랑쫄랑 따라다니며 졸라댔다. 그러면 큰 아재는,

"니 아바지는 너를 선상님 만들려고 하는데……나두 니가 핵교 선상님 이 되는 걸 바라구……."

하며 한참씩 고민하는 기색이 역력했지만 큰아재도 결국은 아버지 편 이었다. 그러나 소년도 결코 포기하지 않았다.

"딱 한 번만. 딱 한 번만 태워 주면 징말로 열심히 공부해서 선생님 될 텐데."

자신의 굳은 결심을 큰아재에게 전달하기 위해 소년은 '징' 에 힘을 주 어 말한 다음 큰아재의 눈치를 살폈다. 그러자 고개를 들어 먼 하늘을 보 며 고민에 잠기던 큰아재가

"징말이지?"

하며 흔들리기 시작했다. 그 순간을 놓치지 않고 소년은,

"징말로, 약속!"

하며 새끼손가락을 큰아재 앞으로 내밀었다.

"약속."

큰아재도 엉겁결에 새끼손가락을 걸어 약속을 하고 말았다. 어쩌면 큰 아재는 기연가미연가하면서 대수롭지 않게 생각했을지도 모른다. 말이

그렇지 지깟 놈이 실제로 아버지 몰래 머구릿배를 탈 수 있겠느냐는 것이 큰아재의 생각이었을 것이다. 그러나 소년의 결심은 참말이었다. 큰아재가 배를 모는 날을 골라 소년은 아버지가 장비를 점검하는 동안에 재빨리 좁은 선실로 숨어들었다. 그 때, 아버지와 큰아재는 번갈아 가며 머구리일과 배를 모는 일을 맡아 하고 있었다. 선실로 숨어든 소년이,

"아재, 나 왔어."

라며 귀엣말을 했을 때 큰아재는,

"니……니……."

하며 한동안 말을 잇지 못했다. 소년은 얼른 손가락으로 큰아재 입을 막으며 조타실 겸용 선실 구석에 숨었다. 배를 모는 큰아재 혼자서 움직이기에도 비좁은 선실에 숨어 있는 것이 불편하기는 했으나 상관없는 일이었다. 그저 아버지와 함께 있다는 것만도 행복한 일이었다. 더구나 잠시 후면 아버지가 일하는 멋진 모습을 보게 될 텐데 뭘. 깊은 바다 속에서 대왕문어를 잡아 올릴 아버지의 모습.

배에는 아버지와 큰아재 말고도 한 사람이 더 타고 있었다. 스무 살이 조금 넘은, 군대에서 막 제대한 작은아재였다. 작은아재는 아버지나 큰아재가 바다 속에서 고기를 잡을 동안 숨을 쉴 수 있도록 공기를 넣어 주는 줄을 잡는 일을 맡아 하고 있었다.

작은아재는 귀신도 잡는다는 해병대 출신이었다. 날이 선 팔각모에 손도 베일 정도로 줄이 잡힌 바지를 입고 휴가를 나왔던 작은아재의 모습을 소년도 본 적이 있었다. 작은아재가 휴가를 나온 날이면 소년은 동네 꼬마녀석들과 함께 작은아재 뒤를 따라 다녔다. 가끔씩 작은아재가 사 주는 군 것질 거리가 좋아서이기도 했지만, 작은아재 앞에서 굽실거리는 시내 건

달들의 모습을 보는 것이 신이 나서였다. 작은아재는 싸움을 잘한다고 했다. 시내에서 여자의 지갑을 쓰리하는 깡패 세 명을 한 방에 때려잡은 적도 있다고 했다. 그런 작은아재의 모습에 반한 그 여자가 작은아재의 애인이 되었다는 이야기도 있었다.

작은아재가 마을을 떠나려 한다는 말이 돌기도 했었다. 작은아재의 애인인 그 여자가 바닷가에 사는 것을 싫어하기 때문이라는 말도 있었다. 그러나 늦은 나이에 얻은 아들 하나를 믿고 사는 늙은(그래서 소년은 작은아재네 어머니를 할머니라 부른다) 어머니를 홀로 두고 떠날 수 없어 작은아재는 어쩔 수 없이 마을에 남아 있는 터라고 했다. 가끔씩 아버지는,

"빨리 마음을 잡아야 할 텐데……."

하며 걱정을 하기도 했었다. 소년은 그런 작은아재를 이해하지 못했다. 작은아재도 아버지처럼 대왕문어를 잡는 머구리가 되면 될 텐데. 혹시 작은아재가 아버지 보다 더 큰 대왕문어를 잡으면 어쩌나 하는 걱정이 없는 것은 아니었지만 작은아재나 큰아재라면 그래도 괜찮을 성 싶었다.

배가 출발하자 작은아재가 석유 버너를 켜 밥을 지었다.

"아무래도 니하구 나는 굶게 생겼다."

소년이 탄 것을 알 리 없는 작은아재가 평상시처럼 밥을 짓는 것을 보며 큰아재가 귀엣말을 했다.

"괜찮아, 나는 배 안 고파."

소년이 큰아재 귀에다 대고 목 쉰 소리를 했다. 큰아재가 소년의 머리를 쓰다듬으며 웃었다.

"식사 준비 다아 됐어요오."

동쪽이 터올 무렵쯤 작은아재가 길게 소리쳤다. 그 때까지 배 난간에 비

스듬히 기대어 앉아 있던 아버지가 일어서서 작은아재 쪽으로 갔다. 소년은 얼른 몸을 낮추었다.

"나는 좀 있다가 먹을란다."

큰아재가 작은아재 쪽을 향해 소리쳤다.

"같이 하세요, 성님."

"속이 좀 안 좋아 그런다. 먼저들 먹으라니까."

아버지와 작은아재의 식사는 채 십 분도 걸리지 않아 끝이 났다. 아버지가 식사를 마치자 큰아재가 잠수복을 들고 아버지 앞으로 나갔다.

"속은 좀 어때?"

아버지가 걱정스러운 얼굴로 큰아재를 쳐다보았다.

"괜찮아."

큰아재가 머쓱하게 대답하며 아버지 앞으로 잠수복을 내밀었다. 아버지가 뱃머리에 걸터앉았다. 작은아재가 아버지에게 잠수 장비를 입히고 큰아재가 옆에서 거들었다. 먼저 머리까지 추슬러 올린 잠수복을 두 번 접어 목에 감싼 다음 그 위에다 청동 투구와 연결될 압착장비를 고정시켰다. 그런 다음 어깨 앞뒤로 무게가 이십 킬로그램이나 나가는 납덩이를 채웠다. 납덩이를 어깨에 올리는 순간 아버지의 몸이 잠시 움찔 흔들렸다. 작은아재가 신발을 내어 놓았다. 십 킬로그램이 넘는 쇳덩이였다. 아버지가 쇳덩이에 발을 꿰었다. 아버지가 철커덕철커덕 힘겨운 걸음을 옮겨 난간으로 갔다. 작은아재가 재빨리 알루미늄 사다리를 바다로 내렸다. 큰아재가 아버지를 부축했다.

후우, 큰 숨을 내 쉰 아버지가 몸을 구부려 오른쪽 발을 사다리에 걸쳤다.

작은아재가, 아직 갑판에 걸쳐 있는 아버지의 왼쪽 발을 들어 사다리에 올렸다.

"금방 다녀올 테니 기다리……."

작은아재가 청동 투구를 얼굴에 씌우는 바람에 아버지의 말끝이 투구 속으로 묻혔다. 왼손으로 사다리를 잡은 아버지가 우주인처럼 엄지와 중지로 동그랗게 만든 오른손을 들어 '이상 없음'을 신호했다. 멋진 아버지의 모습. 작은아재가 주먹을 쥔 손을 들어 아버지의 신호에 답했고, 큰아재가 어깨를 두들겨 아버지를 걱정했다.

작은아재로부터 망태와 쇠갈퀴를 건네받은 아버지가 바다로 뛰어들었다. 물보라를 일으키며 아버지의 청동 투구가 물위로 떠올랐다. 청녹 한 점 없이 잘 닦여진 젖은 투구의 물기에 스친 햇빛이 별처럼 반짝 빛났다. 잠시 후 서서히 청동 투구가 공기 방울을 뿜어 올리며 물속으로 가라앉기 시작했다. 그에 맞추어 작은아재가 공기 줄을 풀었다. 바다를 바라보며 오로지 손 감각 하나로 작은아재는 아버지의 목숨 줄을 조심스럽게 조금씩 바다 속으로 밀어 넣었다. 공기 줄 하나에 의지해 바다 속에서 일하고 있는 아버지의 목숨은 순전히 작은아재의 손에 달려 있는 셈이었다.

소년은, 작은아재에게 계속 무어라고 지시하는 큰아재 곁에서 곧 보여 줄 아버지의 솜씨를 기다리고 있었다. 아버지의 작업 실력은 정말 놀라웠다. 바다 속으로 들어간 지 얼마 지나지 않아서부터 해삼 망태가 올라오기 시작했고 순식간에 배 위에는 아버지가 잡아올린 망태로 가득 찼다. 뿐만이 아니었다. 점심을 먹기 위해 배 위로 올라온 아버지의 두 손에는 커다란 문어가 한 마리씩 들려 있었다. 자랑스러운 아버지, 그러나.

동식이 초등학교에 다니던, 비가 올 것처럼 흐린 날이었을 것이다. 바람도 심상치 않게 불고 있었다.

"애들 아부지, 오늘은 일 나가지 말고 그냥 쉬세요."

험한 일 나가는 아버지에게 전에 없던 어머니의 말이었다.

"괜찮아. 일기예보를 들으니 오후에는 괜찮아진다는데 뭘. 우리 앨 선생님 만들려면 열심히 일해야지."

"그래도 급샛바람이 저렇게 부는데……"

어머니가 말끝을 삼켰다.

"상황 봐서 일찍 들어올 테니 걱정하지 마."

진작부터 깨어 있었지만 아버지 몰래 배를 탔던 일로 호되게 혼이 난 적이 있는 터라 잠을 자는 체 누워 있던 소년은 아버지와 어머니의 대화를 모두 듣고 있었다.

급샛바람이 불면 안 나가는 게 좋을 텐데……하긴 대왕문어도 잡는 아부지인데 무슨. 동식은 애써 불안한 마음을 달래었다.

그러나 오후에는 괜찮아진다던 일기예보와 달리 바람은 좀체 잦아들지 않았다. 잦아들기는커녕 비까지 내리기 시작했다. 바다는, 학교가 끝나자마자 달려온 소년을 평상시와 다른 모습으로 맞았다. 바람이 거셌고 파도가 사나웠다. 아무리 아부지라도……그래두 우리 아부진데……대왕문어.

소년은 모래성을 쌓았다. 얼마 전에 읽은 일곱 난장이들에게 튼튼한 성을 만들어 주자. 나무꾼에게도 작고 예쁜 성을, 쫓기는 아더왕에게도 성을……그러나 완성되기도 전에 성은 밀어닥친 파도에 쓸려 사라지고 동식은 뒤로 나자빠졌다. 사람의 힘을 능가하는 거센 파도. 아부지.

마을 사람들이 바닷가로 모여들기 시작했다. 일기예보만 믿고 폭풍이 부는 바다로 나간 가장이 돌아오기를 기다리는 사람들이 허겁지겁 바닷가로 모여 들었다.

"야야……"

언제 왔는지 어머니가 소년의 손을 잡았다. 어머니의 손이 떨리고 있었다.

"엄마, 괜찮을 거야. 일기예보가 괜찮댔어."

"그래."

소년의 손에도 땀이 고였다.

일기예보만 믿고 바다로 나갔던 고기잡이배들이 허둥거리며 돌아오고 있었다. 어떤 배는 배 모서리가 부서진 채로, 어떤 배는 방파제에 부딪히며 그래도 돌아오고는 있었다.

모여들었던 사람들이 하나씩 집으로 돌아갔다. 이제 남은 사람은 얼마 되지 않았다. 큰아재네 아줌마, 작은아재네 할머니, 석구 아재네 아줌마. 어느새 날이 저물고 있었다.

"바람이 멈추었다!"

큰아재네 아줌마가 바다를 보며 소리쳤다. 정말 바람이 멈추었다. 그러고 보니 비도 그쳐 있었다.

"이제 됐다, 아부지도 곧 돌아오실 거다."

위대한 일기예보의 예상대로 다시 조용해진 저녁 바다를 바라보며 남은 사람들은 서로 부둥켜안고 기뻐했다.

"그만 집으로 돌아가 기다리십시다, 성님. 춥기도 하고 긴장이 풀려 그런가 팔다리에 힘이 빠져 더 이상은 못 있겠구만요."

석구 아재네 아줌마가 작은아재네 할머니를 보며 말했다.

"어차피 날도 저물었으니까 조금만 더 기다려 봅시다."

소년의 어머니가 말했다.

"아니야. 고생들 했으니까 집에 가서 조금만 쉬세."

작은아재네 할머니가 소년의 어머니를 달랬다.

"그래두……."

사람들이 발길을 돌렸다. 하는 수 없이 어머니도 두 걸음에 한 번씩 연방 바다를 뒤돌아보며 집으로 향했다.

집에 돌아와 봐야 나을 것도 없었다. 낫기는커녕 불안한 마음만 더 커졌다. 어머니와 소년은 모든 신경을 문밖에 둔 채, 켜 놓은 텔레비전을 향해 멀거니 앉아 있을 뿐이었다.

금세 밤이 되었다. 밤하늘에는 야속한 별이 총총 떴다. 그 때까지도 아버지는 돌아오지 않았다.

"안 되겠다."

어머니가 자리에서 일어섰다. 소년이 말없이 어머니를 따라 일어섰다.

"너는 집에서 기다려라."

소년이 대답 대신 앞을 섰다.

"작은아재네……집으로 가자."

어머니의 목소리가 흔들리고 있었다. 따라 소년의 마음도 급해졌다.

"내가 먼저 갈게, 엄마."

소년의 뒤를 따르는 어머니의 다리가 허공에서 자꾸 휘청거렸다. 소년도 몇 번 발을 헛디뎠다. 발씨 익어 눈감고도 내달리던 길에서 몇 번을 넘어졌다. 오 분 거리 길이 십 리도 더 넘게 느껴졌다.

"이 게 으찌 된 일일까?"

먼저 와 있던 큰아재네 아줌마가 소년네를 맞았다.

"그 집도 아직?"

석구 아재네 아줌마를 보며 어머니가 물었다.

"으응, 아무 일도 없어야 할 텐데……가슴이 떨려서 원……."

"곧 돌아올 기다."

작은아재네 할머니가 울음빛이 역력한 석구 아재네 아줌마를 달랬다.

"배는 좀 상했지만 다들 돌아온 것 같던데……이러구 있을 게 아니라 나가봐야 하지 않겠어요, 성님?"

큰아재네 아줌마가 작은아재네 할머니를 쳐다보았다.

"이 밤중에 나가봐야……조금만 더 기다려 보세."

"텔레비전이라도 켜 보세요. 혹시 소식을 알 수 있을지도 모르잖아요?"

소년이 작은아재네 할머니를 보며 말했다.

"그 게 좋겠다."

작은아재네 할머니가 텔레비전을 켰다. 스위치를 누른 지 한참이 지나서야 작동이 된 낡은 십칠 인치 화면에서는 일부러 초점을 흐려 놓은 것처럼 흐릿한 모습의 웬 남자 가수가 노래를 부르고 있었다. 아버지가 자주보는 프로였다. 그러나 거기에 아버지의 이야기는 없었다. 채널을 돌렸다. 이번에는 여자가 남자의 뺨을 때리는 연속극 장면이 나왔다. 다시 채널을 돌렸다. 이번 화면은 축구 국가대표팀이 다른 나라와 경기하는 화면이었다. 어디에서도 아버지의 이야기는 나오지 않았다. 텔레비전이 조그만 포구 사람들의 일 따위에 관심이 있을 리 없었다.

"케이비에스에 맞춰 놓그라. 곧 뉴스 나올 시간이니."

작은아재네 할머니가 벽에 걸린 괘종시계를 보며 말했다.

"지금 축구 중계하잖아요, 할머니."

화면 한 구석에 전반전이라 표시되어 있는 축구 경기가 끝나려면 아직도 멀었다. 어머니가 벽을 짚어 휘청거리는 몸을 간신히 거누었다. 어머니의 입에서 절망에 찬 탄식이 터져 나왔다. 텔레비전에서도 연방 함성과 아쉬운 탄식이 터져 나왔다.

"아주머이, 아주머이. 게 계신가요?"

어촌계장 정씨가 마당으로 뛰어든 것은 모두들 아무 말도 하지 않은 채 넋을 놓고 빨리 축구 경기가 끝나기만을 기다리던 그쯤이었다.

"무슨 일이신데 이리 덴겁하여……."

어머니가 벌떡 일어섰다.

"빨리 의료원으로 가 봐요, 의료원으로!"

어촌계장 정씨가 마루에 손을 짚고 몸을 구부린 채 흐억흐억 숨을 몰아 쉬었다.

"무신 일인지 차근히 말해 보시요."

사람들이 정씨 앞으로 모였다.

"사고가, 사고가 난 모양입니다."

"사고? 무신 사고?"

사람들이 동요하기 시작했다.

"배가……배가……."

"파선이라도 됐단 말입니까?"

"그런가 봅니다."

큰아재네 아줌마가 스르르 바닥으로 까부라졌다. 사람들이 달려들어 큰아재네 아줌마를 일으켜 앉혔다.

"그래서 우찌 됐다는 거여?"

"누가 을마나 다친 거여?"

"저두 자세한 거는 모르지요. 병원으로 오라는 연락만 받았으니까."

"빨리 의료원으로 가 봅시다."

"이 밤중에 차가 있어야 가지."

"걸어서라도 가야지."

사람들이 제 각각 허벙거렸다. 연결되지 않는 대화가 비명처럼 불쑥불쑥 허공에 던져졌다.

"택시를 부르겠습니다."

어촌계장 정씨가 전화를 걸기 위해 집으로 달려갔다.

"어촌계장 집으로 가서 택시를 기다리는 게 좋겠구만."

누군가의 입에서 말이 떨어지기 바쁘게 사람들이 어촌계장 정씨 집을 향해 달리기 시작했다. 소년도 어머니 손을 잡은 채 사람들의 뒤를 따라 달렸다. 소년의 손에 의지해 간신히 걸음을 옮기는 어머니의 다리가 자꾸 휘청휘청 엉기었다.

2.

"애들 아부지!"

서두른다고 했지만 한참 뒤에야 연락이 닿은 택시를 타고 사람들이 병원에 도착한 시간은 새벽녘이 다 되어서였다.

병실에 들어서자마자 어머니는 아버지부터 찾았다. 그러자 병실 한 쪽 구석에서 붕대로 얼굴을 감싼 사람이 몸을 일으켰다.

"아부지?"

소년이 침대 가까이 다가갔다.

"이 거 벳겨라."

아버지가 아니었다.

"큰아재?"

"니 아부지 구하러 가야한다."

옆에 있던 어머니가 썩은 검불처럼 푹석 까부러졌다. 입에 거품이 돌았다.

"모두들 일어나그라."

큰아재가 붕대를 풀고 링거 바늘을 뽑았다.

"배가 있어야 하는데……."

옆 침대에 누워 있던 석구 아재가 가슴에 손을 댄 채 밭은기침을 했다.

"어촌 계장님네…… 배……있잖아요?"

침대 모서리를 짚고 일어서는 작은아재가 얼굴을 찡그리며 잠시 멈칫했다가 다시 말을 이었다. 모두들 성한 기색이 없는 모습이었다..

"시간 없다. 빨리 서둘르라."

아재들이 침대에서 일어나 분주히 옷을 챙겨 입는 동안 소년은 주저앉아 있는 어머니를 돌볼 생각도 하지 않은 채, 고장 난 태엽 인형처럼 병실을 버정이고 있었다.

"야야……"

한참만에야 의식을 되찾은 어머니가 소년을 불렀다. 그러나 여전히 병실을 버정이고 있는 소년에게 현실을 인식시키기에는 검불처럼 주저앉은 어머니의 입에서 나오는 소리는 너무 작았다.

"야야!"

갑자기 어머니가 발작하듯이 소년을 불렀다. 그제야 소년이 어머니를 돌아보았다.

"얼른 나를 일으켜라."

마치 꿈에서 막 깨어나 꿈과 현실의 어느 쪽에 자신이 위치해 있는지를 파악하지 못하고 있는 어린아이처럼 한참동안이나 눈을 멀뚱거리며 주위를 둘러본 후에야 소년은 어머니를 부축했다.

"포구로 돌아가자."

"……아재들은?"

"포구로 갔을 거다. 우리도 가자."

"버스가 있으까?"

"좀 있으면 다닐거다……가자."

어머니가 소년을 재촉했다.

"알았어."

소년이 어머니를 부축했는지 어머니가 소년을 부축했는지 알 수 없을 지경으로 서로에게 의지해 허뚱거리며 걷는 두 사람의 모습은 당장이라도 주저앉고야 말 것처럼 위태로웠다.

아침이 일찍 시작되는 곳이었지만 밖은 아직 어두웠다.

"차부루 가자. 빨리……."

온 힘을 다 하는 두 사람의 걸음은 그러면 그럴수록 점점 더 겅정거리기만 했다. 길모퉁이를 돌기만 하면 되는 짧은 거리였지만 버스 정거장에 도착하기까지는 꽤 많은 시간이 걸렸다.

정거장은 적막했다. 버스 몇 대에 시동이 걸려 있을 뿐, 아직 어둠이 가시지 않은 정거장에는 오가는 사람 하나 눈에 띄지 않았다.

"저기 저 버스다. 어서 타자."

숨을 돌릴 틈도 없이 두 사람은 버스에 올랐다. 운전기사도 보이지 않고 승객이라고는 두 사람이 전부인 버스에는 냉기가 돌았다.

"표 검사하겠습니다."

한 참이 더 지난 후에야, 얼핏 보아도 불량기가 몸에 배어 있는 검표원이 아직 잠이 덜 깬 눈을 부비며 버스 위로 올라왔다.

"……표……"

검표원을 쳐다보며 황급히 주머니를 뒤지는 어머니의 해쓱한 얼굴이 바르르 떨렸다.

"돈으로……"

버스 요금을 맞추기 위해 여기저기 주머니를 뒤지는 어머니를 기다리는 검표원의 얼굴에 짜증이 배어나왔다. 어머니가 건넨 동전을 손바닥 가득 받아 든 검표원이 차에서 내리며 찌이익 허공으로 침을 갈겼다.

한참이 지난 뒤 이쑤시개를 입에 문 채 나타난 운전기사가 잔뜩 화가 난 얼굴로 소년과 어머니를 슬쩍 곁눈질 한 후에야 승객이라고는 두 사람이 전부인 버스는 출발했다.

버스는 곧 마을에 도착했다. 승객이 없는 것에 화가 났는지 난폭한 솜씨로 운전을 하는 운전기사 덕에 마을까지는 얼마 걸리지 않았지만 소년과 어머니는 그 사이 몇 번이나 자리를 고쳐 앉아야 했다. 아직도 날은 어두웠다.

두 사람은 포구로 향했다. 이번에는 제법 잰 걸음이었다.

"여기서 기다리세요, 형수님은. 곧 돌아올 테니……"

먼저 도착해 출항 준비를 서두르던 작은아재가 막 도착한 두 사람을 향해 말했다.

"아니오, 나도 갈 겁니다."

어머니가 배에 한 쪽 다리를 걸치며 말했다.

"저도 갈 거예요, 엄마."

소년이 먼저 배에 뛰어 올랐다.

"안 된다. 여기서 기다려라."

큰아재가 소년을 막았다. 큰아재의 기세에 소년이 잠시 멈칫했다.

"……저도 갈 거예요. 아재!"

소년이 재빨리 뱃바닥에 자리를 잡고 앉았다. 소년의 어머니도 소년의 옆에 자리를 잡았다.

"괜히 방해만 된다니까!"

큰아재가 버럭 소리를 질렀다.

"계장님, 빨리 출발해요!"

큰아재의 말을 못들은 체 어머니가 어촌 계장에게 출발을 다그쳤다.

"조섬 쪽으로……갑시다, 성님."

할 수 없다는 듯 큰아재가 갑판에 털퍼덕 주저앉자 배가 출발했다. 마음만 급한 어촌계장 정씨의 십 톤짜리 낡은 배가 힘에 부치는 굉음을 내며 바다로 뛰어 들었다. 어제와 다르게 잔잔한 바다에는 어둠이 걷히며 검은 구름 사이로 동쪽 하늘이 점점이 트고 있었다.

"배가 왜 이리 늦소?"

아직 물체를 식별하기가 어려운 바다를 보며 큰아재가 소리쳤다.

"경운기 엔진을 달아 그런가……한 십 년 썼더니 힘이 딸리는구만. 아무리 땡겨도 뱃바닥 긁는 소리만 났지 통 나가질 못하니……."

어촌계장 정씨가 선실에서 고개를 내밀고 말했다.

"서두르지 말어. 엔진 소리가 영 마뜩찮구만……."

석구 아재가 서두르는 큰아재를 달랬다.

"이러다간 반 시간도 더 걸리겠구만."

큰아재는 여전히 초조한 마음을 감추지 못했다.

"지금 최대 출력으로 가고 있으니 조금만 기다리게."

큰아재가 뱃머리에 섰다. 소년도 어머니도 뱃머리 쪽으로 자리를 옮겼다.

"어제는 고약하더니만……."

석구 아재가 어스름한 바다를 바라보며 담배를 피워 물었다.

"그러게 말입니다. 참말로 알 수 없는 게 바다 날씹니다."

작은아재도 바다를 바라보고 있었다. 바다가 꽤 많이 트여 있었다.

"잘 살펴야 한다."

큰아재가 사람들을 향해 소리쳤다. 제 자리를 달리는 것만 같던 배가 어둠에 잠긴 포구가 요요히 보일 만큼 제법 멀리까지 나와 있었다.

사람들은 눈에 힘을 주어 아직도 어스름한 바다를 살폈다. 큰아재는 뱃머리에서 앞을 살폈고 석구 아재는 북쪽 바다를, 작은아재는 남쪽 바다를 살폈다. 소년과 어머니도 열심히 바다를 살폈다.

아버지가 일하던 바다. 소년네 삶을 지켜 주던 바다. 아무 것도 보이지 않았다. 자꾸 눈물이 나와서, 아무 것도 볼 수가 없어서 소년은 눈에 힘을 주었다.

"섬을 한 바퀴 돌아봅시다."

뱃머리에서 바다를 살피던 큰아재의 목소리가 떨리고 있었다. 소년이 놀란 듯 눈을 비볐다. 조섬이 갑자기 눈앞에 다가와 있었다. 포구에서 아버지를 기다리며 멀리서만 바라보던 구름 너머에 있던 그 섬이었다.

한 번 들어 간 사람은 다시는 돌아오지 못한다는 이야기가 전해오는 섬이었다. 그 섬에는 용이 산다고도 했고 무서운 바다 괴물이 산다고도 했다. 바다에 나간 어부들이 돌아오지 않으면 모두 조섬에 사는 괴물이 잡아간 것이라는 말도 있었다.

혹시 아버지도 섬에 산다는 바다 괴물에게 잡혀 간 것일까?

섬은 사람들의 접근을 허용하지 않았다. 마구 자란 죽순처럼 여기저기 솟아 있는 여들과 바위 덩어리로 둘러진 섬. 그 뒤로는 울타리처럼 빼곡히 자라고 있는 대나무가 섬을 사람들로부터 숨기고 있었다. 바람이 불 때마다 흔들리는 대나무가 스산한 소리를 냈다. 섬에 산다는 괴물이 내는 소리 같기도 했고 밤마다 들리던 물이 드는 소리 같기도 했다.

불규칙한 암초 때문에 가까이 다가갈 수 없는 배가 섬 주변을 한 바퀴 돌았다.

"한 번 더……돕시다……바우 틈을……잘 봐라."

큰아재가 여전히 뱃머리에 선 채, 맥없이 웅얼거렸다. 갑자기 맥이 풀려 버린 큰아재의 말에 소년이 어머니를 돌아보았다. 어머니가 소리 없이 울고 있었다. 언제부터 울고 있었는지 어머니의 얼굴 전체에 눈물 자국이 얼룩져 있었다.

바위틈을 살펴야 한다. 소년은 애써 어머니의 눈길을 피해 섬을 살폈다.

"용머리 물터로……갑시다."

배가 섬을 두 바퀴나 돌았다. 아무 것도 찾지 못했다. 조섬 쪽에서 아버지의 흔적을 발견하지 못했다는 것은 이미 아버지의 흔적은 큰 바다로 흘러갔다는 것을 의미하는 절망적인 일이었다. 아직 아버지의 흔적이 사고가 난 용머리 물터에 남아 있을 확률은 거의 없었다.

"흑!"

갑자기 어머니가 큰아재의 옷자락을 잡은 채 괴물 같은 소리를 냈다. 해가 넘어갈 때 용머리 모양을 한 산 그림자가 지는 바다. 해삼과 문어가 가장 많이 잡히는 물터. 용머리 물터는 소년의 아버지가 머구리질 하던 바다였다.

"흐으윽!"

어머니가 울부짖었다. 큰아재는 어머니에게 옷자락을 잡힌 채로 멀거니 서 있을 뿐 아무 말도 하지 않았다. 소년이 흐느끼는 어머니를 안았다.

어촌 계장 정씨가 배를 돌렸다.

"으흑……."

어머니의 손에서 큰아재의 옷자락이 스르르 미끄러져 나갔다. 큰아재가 허공으로 눈을 돌렸고 석구 아재와 작은아재가 어머니를 외면했다. 배위로 정적이 돌았다. 모두들 입술을 깨물고 있는 배 위에는 틸틸거리며 신경질적으로 힘겹게 배를 밀어내는 십 마력짜리 경운기 엔진 소리만이 무겁게 울리고 있었다.

해가 뜨고 있었다, 용머리 물터에.

"뭘 좀 먹어야지?"

말은 큰아재에게 하면서도 석구 아재는 작은아재를 쳐다보며 중얼거렸다. 석구 아재의 말에 답이라도 하듯 작은아재도 석구 아재의 말이 끝나자 큰아재를 쳐다보았다. 무슨 자기들만의 암호를 주고받듯이.

"준비하그라."

큰아재의 말이 끝나자 어촌계장 정씨에게서 커다란 냄비와 라면을 넘겨받으면서 작은아재가 슬쩍 눈길을 돌려 바다를 보았다. 바다는 온통 붉은 빛이었다. 길게 그림자를 늘어트릴 만큼 해가 떠오르고 있었다. 작은아재의 손길이 급해졌다. 막 올려놓은 냄비에 라면 스프부터 넣었다.

"조비빌 필요 없다."

사람들이 큰아재 쪽으로 고개를 돌렸다. 어느 사이 큰아재가 배 난간에 서 있었다. 떠오르는 해를 등진 큰아재의 모습이 붉은 기운 속에 갇혔다.

"투구를 씌워라."

"조금만 기다리면 식사 준비가 다 되는데……아직 시간도 좀 이르고……."

작은아재가 재빨리 냄비 속으로 라면을 넣었다.

"생각 없다. 투구를 씌워라!"

큰아재가 다시 소리쳤다.

"어제부터 아무 것도 안 드셨소, 성님!"

작은아재가 평상시에 하지 않던 대거리를 했다.

"시간이 없다. 야아하구 아주머이 잘 챙겨 드리구……어서 투구를 씌워라."

큰아재가 다시 소리쳤다.

"그렇게 하게."

어촌 계장 정씨가 고개를 끄덕였다. 하는 수 없었다. 석구 아재가 큰아재의 어깨 위로 납을 채웠다.

"서둘러라."

큰아재가 재촉했다.

붉은 기운이 조금씩 걷히고 있었다. 붉은 기운이 어린 자리로 은색 빛이 스며들고 있었다. 석구 아재가 청동투구를 큰아재 머리 위에 씌웠다. 소년이 보았던 아버지의 모습이었다. 용머리 물터. 대왕문어.

큰아재가 바다로 뛰어들었다. 물보라를 일으키며 잠시 큰아재의 청동투구가 물 위로 떠올랐다가 사라졌다. 큰아재가 사라진 곳으로 연신 공기 방울이 솟아올랐다. 석구 아재가 얼른 공기 줄을 잡았다.

"이거라도 좀 드세요. 그래야 기운을 차립니다. 형수님."

작은아재가 라면을 소년의 어머니에게 내 밀었다. 큰아재가 뛰어든 바다에서 시선을 떼지 않은 채 어머니가 고개를 저었다.

"기운을 차려야 야아 아부지를 찾지요?"

비닐봉지 속에 든 김치를 펼쳐 놓으며 작은아재가 말했다. 그제야 어머니가 고개를 돌렸다. 검붉은 햇빛이 지나간 얼굴이 노췌했다. 단정하던 머릿결도 헝클어져 있었다.

"야야, 이거 먹어라."

어머니가 라면 그릇을 소년 앞으로 내밀었다.

"엄마 안 먹으면 나도 안 먹을 거다."

"나는 좀 있다 먹을란다. 너 먼저 먹어라."

"나도 좀 있다 먹을게."

"라면 다 식는다니까요."

하는 수 없이 작은아재가 끼어들었다.

"놔 두어라……."

여전히 공기 줄을 바다 속으로 밀어 넣으며 석구 아재가 말참견을 했다.

"그럼 성님부터 먼저 드세요."

작은아재가 이번엔 들고 있던 라면을 석구 아재 앞으로 내 밀었다.

"아니다. 어촌 계장님하구 니가 먼저 먹어라."

결국 어촌 계장 정씨와 작은아재가 식은 라면을 먼저 먹고 자리를 교대했지만 석구 아재도, 소년도, 어머니도 큰아재가 사라진 자리를 지켜볼 뿐, 끝내 아침을 먹지 않았다.

큰아재가 사라진 자리에서는 연신 큰아재가 내뿜는 공기 방울이 솟아 올라 오고 있었다. 공기 줄도 빠른 속도로 들어가고 있었다. 큰아재가 물 속에서 바삐 움직이고 있다는 뜻이었다. 큰아재가 살아 있다는 증거이기도 했다. 배 위에서 기다리는 사람들은 모두 큰아재의 숨 방울이 올라오는 바다에서 눈을 떼지 못했다.

애마른 시간이 흘러갔다. 그러나 시간이 지나도 기다리는 소식은 올라 오지 않았다.

얼마나 시간이 흘렀는지 끊이지 않고 올라오던 큰아재의 숨방울이 보이지 않았다. 큰아재는 꽤 멀리 이동해 있는 모양이었다. 작은아재가 계속 공기 줄을 밀어 넣고 있었다.

"조류가 있는데……파도는 또 좀 셌는가……."

어촌 계장이 정적을 깼다.

"그렇다고 손을 놓을 순 없잖아요……어떻게든 해 보아야지."

석구 아재가 후우 숨을 내 뿜었다.

"지금도 조류가 꽤 있어요, 줄에 힘이 많이 걸리는 걸 보면."

작은아재가 공기 줄을 풀며 말했다. 커다랗게 반원을 그리며 늘어져 있는 공기 줄이 무거워 보였다.

"괜찮을까?"

석구 아재가 큰아재를 걱정했다.

"삼수 니가 잘 살펴야 한다. 지금 그 사람 제 정신이 아니니까."

어촌 계장 정씨도 조류를 걱정했다.

"예……."

때때로 달라지는 바다 속 조류는 바다에서 살아온 어부들에게도 위험한 일이었다.

"석구 성님 잠시만 줄 좀 잡아줘요. 점심 준빌 해야 하니까?"

하늘이 많이 열려 있었다. 잠깐 사이에 해가 머리 위에 솟았다. 햇살을 받아 보석처럼 반짝이는 푸른 물결 위에 그림처럼 떠 있는 고기잡이배 몇, 배를 따라 끼룩끼룩 허공을 도는 갈매기 떼, 평화로운 바다의 한낮 풍경이었다.

석구 아재가 줄을 잡고 작은아재가 쌀을 씻었다.

"찬거리가 없어서……."

찬거리가 없는 것이 마치 자신의 잘못이기라도 한 것처럼 배 주인인 어촌 계장 정씨가 선실 구석구석을 뒤졌다.

"김치하구 고추장만 있으면 됐지……그보다도 이 사람 왜 안 올라오는가 모르겠네, 시간이 많이 지났는데."

"신호를 보내보게."

"아까부터 계속 보내기는 하는데……."

햇살을 받은 은색 물결이 눈에 와 부딪혔다. 소년이 눈을 찡그렸다. 자꾸 눈물이 나오려는 것은 저 놈의 눈부신 햇살 때문일 터였다.

"잠수가 너무 긴데요……식사도 안 하시구……."

작은아재가 밥을 펐다.

"어쩌겠나. 좀 무리이기는 하지만……우리라도 먼저 먹고 힘을 내보세."

어촌 계장 정씨가 밥이 담겨 있는 스테인리스 대접에 김치와 고추장을 넣었다.

"이번에는 정말 조금이라도 드셔야 해요. 형수님."

작은아재가 어머니 앞으로 밥그릇을 내밀었다. 그 때까지 바다에서 눈을 떼지 않던 어머니가 고개를 돌려 소년을 쳐다보았다.

"먹자."

뜻밖이었다. 어머니도 어촌 계장 정씨처럼 밥그릇에 김치와 고추장을 넣고는 밥을 비볐다.

"너도 어서 먹어라."

숟가락 가득 채운 밥을 한 입 물고는 어머니가 소년에게 밥그릇을 밀었다. 소년이 잠시 멈칫거렸다.

"어서 먹으라니까."

어머니가 다시 밥 한 숟가락을 입에 물었다. 소년도 어머니처럼 한 숟가락 가득 밥을 퍼서 입에 물었다. 어머니가 아작아작 김치 씹히는 소리가 나도록 밥을 씹었다. 소년도 아작아작 밥을 씹었다. 소년이 밥을 씹다 말고 고개를 돌려 바다를 바라보았다. 또 눈물이 나려는 것은 아직도 빛나고 있는 저놈의 눈부신 시거리 때문일 터였다.

다시 배 위에 침묵이 돌았다. 어촌 계장 정씨는 선실에서, 어머니와 소년은 갑판에서, 작은아재는 공기 줄을 잡고, 석구 아재는 그 옆에서 제각각 시름에 겨워 말을 놓고 있었다.

"성님! 줄이 다 풀렸는데요?"

물속으로 공기 줄을 밀어 넣던 작은아재가 어촌 계장 정씨를 향해 말했다. 정씨가 난감한 표정을 지었다.

"어쩔 수 없지. 위험하기는 하지만 닻을 올리고 우리가 따라 다니는 수밖에."

석구 아재가 닻을 올렸다. 작은아재가 바빠졌다. 줄에 걸리는 힘을 따라 어촌 계장 정씨에게 신호를 보냈다. 작은아재의 신호에 따라 배가 조금씩 움직였다. 조금이라도 실수가 있으면 물속에 있는 큰아재가 위험해지는 숨 막히는 작업이었다.

배가 움직일 때마다 바다가 함께 움직였다. 바다가 움직일 때마다 배가 돌았고, 배가 돌 때마다 하늘도 함께 돌았다. 하늘이 돌면 해도 따라 돌았다.

해가 서쪽으로 기울고 있었다, 아무 것도 한 것이 없는데. 인간이 만들어 놓은 많은 실수 중의 하나가 시간일 터였다. 사람들이 느낀 시간은 한 시간도 못 되는데 인간이 만들어 놓은 시간으로는 열 시간은 족히 흘렀을 터였다.

"올라오고 있어요!"

작은아재가 풀어놓았던 공기 줄을 바삐 감으며 소리쳤다. 사람들의 시선이 한 곳으로 모아졌다. 초조한 시간이 늑장을 부리며 느릿느릿 흘렀다.

"감압을 해야 하니까 천천히 감아!"

석구 아재가 소리쳤다.

"감압을 하지 않는 거 같아요!"

작은아재의 목소리가 다급했다. 감는 속도보다 더 빨리 공기 줄이 물위로 떠올랐다.

"줄 엉기면 큰일 난다!"

공기 방울이 한꺼번에 올라오기 시작했다. 큰아재가 가까이 올라왔다는 뜻이었다. 이미 감압을 하기에는 너무 늦었다. 속도에 맞춰 줄을 감는 작은아재도, 석구 아재도 어촌 계장 정씨도 공기 방울이 마구 솟아오르는 바다를 지켜볼 뿐 더 이상 아무 말도 하지 않았다.

공기 방울이 솟던 자리에 청동 투구 하나가 영역 표시를 하는 부표처럼 덩그렇게 떠올랐다. 청동 투구는 한동안 제 자리에서 움직이지 못했다. 석구 아재가 바다로 뛰어들었다. 어촌 계장 정씨가 밧줄을 던졌다. 작은아재도 덤벼들었다. 한참만에야 끌어올려진 큰아재가 몸을 가누지 못하고 갑판 위로 맥없이 쓰러졌다.

사람들은 집으로 돌아갔다, 아버지와 관련된 아무 증거도 얻지 못한 채. 그날 밤이 지나고 새벽, 아직 어둠이 가시지 않은 바다로 배 하나가 달려 나갔다. 한참동안 뱃바닥 긁는 소리를 내며 내달리던 엔진 소리는 용머리 물터에서 멈추어 섰다.

3.

어머니는 말을 버렸다. 아니 말이 어머니를 버렸는지도 몰랐다. 말이 어머니를 버렸고 어머니는 세상을 버렸다.

어머니는 세상을 누워서 버렸다. 하루 종일 아무 것도 먹지 않았고 아무 말도 하지 않았다. 어머니는 울지도 않았고 소년을 알아보지도 못했으며 아무 생각도 하지 않는 것 같았다. 하루 종일 누워 있다가 잠깐씩 화장실을 가는 것이 유일한 움직임이었다.

소년도 어머니 곁에 누워 아무 것도 먹지 않고 아무 말도 하지 않았다. 그냥 누워서 멀뚱히 천장을 바라보다가 잠을 잤고 잠이 깨면 곁눈질로 어머니를 살피곤 했다. 그러면 안 되는데 자꾸 눈물이 났다. 배도 고팠다. 어머니처럼 세상을 버려야 하는데, 어머니처럼 울지도 않아야 하는데, 어머니처럼 아무 생각도 하지 않아야 하는데 자꾸 아버지가 보고 싶고 무섭기도 했다. 그래도 소년은 일어나지 않았다. 어머니를 두고 혼자 일어난다는 것이 어쩐 일인지 꼭 어머니를 배신하는 일인 것만 같아서 이를 물고 버텨냈다.

보람이 있었다. 시간이 지나면서 소년도 누워서 세상을 버리는 일에 조금씩 적응해 갔다. 그것은 어머니를 닮아 가는 것이었다. 처음에는 배고픈 것부터 잊었다. 그러다가 차츰, 저절로 잠도 왔고 저절로 아무 생각도 하지 않게 되었다. 세상을 버리기에는 눕는 것이 참 효과적인 방법이었다.

누워서 세상을 버리는 일에 길들여지면서 소년의 주된 일과는 잠을 자는 일이었다. 엄밀히 말하자면 꼭 잠이랄 수도 없는, 잠과 의식을 잃는 일의 중간쯤으로 정의할 수 있는 잠이었지만 그 몽롱한 사이사이 소년은 꿈같은 것을 꾸기도 했다. 꿈의 내용은 다양했다. 아버지와 함께 바다로 나가 대왕문어를 잡기고 했고 하늘을 날기도 했고 꿈속에서 잠을 자기도 했다.

"형수님, 형수님! 야야, 야야!"

꿈속에서 또 잠을 잤다. 꿈속에서 잠을 자는데 작은아재가 나타났다. 꿈속에서도 아무 것도 먹지 않아 기운이 없는데 작은아재가 자꾸 어머니와 소년을 흔들어 깨웠다. 아재요, 나는 더 잘랍니다. 말을 해야 하는데 꿈속이라서, 허기가 져서 말이 나오지 않았다.

"형수님, 형수님! 야야, 야야!"

작은아재는 집요했다. 꿈인데 왜 그러는지 정말, 꿈인데 왜. 몸이 자꾸 바닥으로 꺼져드는 것을 보면, 몸이 마음먹은 대로 움직여 주지 않는 것을 보면 꿈이 확실히 맞는데 왜. 소년은 좀 더 자기로 했다. 꿈이니까, 꿈인데 뭘.

"형수님, 형수님! 야야, 야야!"

에이, 아재도 참 못됐다. 꿈인데 좀 놔두지. 그만 잠자는 것을 포기해야겠다. 소년이 눈을 떴다. 왜요? 아재.

낯선 곳이었다. 낯선 곳에서 작은아재가 누워 있는 소년을 내려다보고 있었다.

"엄마는?"

소년이 몸을 일으키려 했다.

"어쩌려구 그러구 있었냐?"

작은아재가 소년을 부축했다.

"……"

작은아재를 보자 괜히 또 눈물부터 나왔다. 무어라고 말을 해야 할 것 같은데 머릿속이 바다 속처럼 캄캄했다. 아니, 하얘졌다. 물결에 반짝이던 시거리처럼. 어지러웠다.

"좀 더 자거라. 한 숨 푹 자고 일어나면 괜찮아질 거다."

작은아재가 소년을 다시 눕혔다.

옆 침대에 어머니가 누워 있었다. 링거 병이 두 개나 매달려 있었다. 어머니가 버린 세상을 다시 찾아주려는 작은아재의 강제 노력이었다. 작은아재가 있어서 참 다행이었다.

버린 세상 되돌리기 강제 노력 이틀 만에 두 사람은 집으로 돌아왔다. 어머니는 여전히, 순전히 당신을 위한 작은아재의 헌신적인 노력에 비협조적이었지만 소년은 달랐다. 집에 와서도 계속 초점 없는 눈으로 멀거니 허공을 바라보며 눈만 꿈뻑이는 어머니와 달리, 집으로 돌아오자마자 소년은 작은아재와 함께 오랫동안 사람의 손길 한 번 닿지 않은 것 같은 방부터 청소했다. 내친김에 집 안 구석구석 대청소도 했다. 작은아재가 밥을 할 때도 곁에서 지키고 서 있었다. 즐거웠다. 다시 집안에 밥 냄새가 나서, 다시 집안에 어른이 생겨서, 작은아재와 함께여서 소년은 즐거웠다. 아재와 함께 살면 참 좋을 텐데.

작은아재는 바다로 나가는 대신 매일 소년네 집으로 왔다. 소년네 집으로 온 작은아재는 오자마자 먼저 밥부터 지었다. 그러고는 자기 집에서 들고 온 반쯤 말린 고기 따위들로 반찬을 만들고 밥상을 차려 어머니와 소년에게 먹인 다음 저녁 무렵이 될 때까지 어머니 시중을 들었다. 시중은 주로, 세숫대야에 물을 담아 방에까지 들고 들어와 아직도 버린 세상 되찾기 노력에 협조하지 않는 어머니에게 세수를 시킨 다음, 곁에서 책을 본다거나 TV를 본다거나 하다가 가끔씩 어머니를 화장실에 부축해 가기도 하는 일상생활 같은 것이었다. 참 고마운 작은아재.

그게 문제였다. 작은아재가 일은 하지도 않고 매일 소년네 집으로 오는 게 문제였다.

"니가 그러믄 안 된다. 지가 그래도 니가 말려야지. 안 그렇냐?"

작은아재네 할머니였다. 어느 날 느닷없이 소년네 집으로 들이닥친 작은아재네 할머니는 괜히, 밥을 주면 밥을 먹고 세수를 시키면 어린아이처럼 얌전히 얼굴을 내밀고 눈을 감은 채 기다리는, 아직도 강제 세상되찾기에 동참하지 않고 있는 애먼 어머니를 닦달했다.

"어머니, 이러지 마세요."

작은아재가 할머니를 말렸지만 그러면 그럴수록 할머니의 노여움은 더 커졌다.

"니도 정신 차리그라. 이놈의 자식아. 당장 집으로 못 가냐?"

"내가 좋아서 하는 일인데 어머니가 왜 이러세요?"

한동안 마음을 잡지 못하고 방황하면서까지 어머니를 모시지 않겠다는 여자와 헤어졌던 효자 아들 작은아재가 말대거릴 했다.

"뭐라고? 이놈의 자식이!"

화가 치민 작은아재네 할머니는 이번에도 애먼 어머니에게 화풀이를 했다. 멀거니 눈을 꿈뻑거리며 작은아재와 할머니를 번갈아 보고 있던 어머니에게 달려들어 머리채를 잡아 흔들었다. 머리카락 몇 춤이 뽑혀 할머니의 손가락 사이에 남았다. 그래도 어머니는 헉,하며 고통스러운 날숨을 한 번 토해냈을 뿐, 또 다시 가해지는 할머니의 공격에 머리를 맡긴 채 아무 반항도 하지 않았다.

매일 비슷한 일이 반복되었다. 그때마다 어머니는 도저히 대적할 수 없는 무슨 맹수 앞에 잡혀온 초식 짐승처럼 꾸역꾸역 말없이 할머니에게 몸을 내맡겼다.

"이놈의 자식, 이런 꼴 보려구 니를 키운 줄 아냐?"

말은 작은아재에게 하면서도 작은아재네 할머니의 학대는 계속 어머니에게로 날아들었다. 학대는 종류를 가리지 않았다. 어떤 때는 머리채를 잡기도 했고 어떤 때는 따귀를 때리기도 했고 어떤 때는 어깨를 잡아 흔들기도 했다. 소년은 이해할 수가 없었다. 도대체 왜 작은아재네 할머니가 화를 내는지, 아무 잘못도 한 것이 없는데 어머니는 왜 바보처럼 늘 당하고만 있는지. 안타까웠다.

작은아재도 미웠다. 무엇 때문인지는 잘 몰랐지만 작은아재 때문에 어머니가 매일 야단을 맞고 있는 것만은 분명했다. 작은아재가 매일 와서 놀아 주는 것은 좋지만 어머니가 야단맞는 것은 싫었다.

"아재, 이제 그만 오세요. 다시 바다에도 나가시구요."

어느 날처럼 아침 일찍 작은아재가 집으로 막 들어서던 그 순간이었을 것이다. 어렴풋하게 잠은 깼지만 이불 속에 누워서 남아 있는 마지막 잠을 쫓고 있던 소년은 깜짝 놀랐다. 말을 버렸던 어머니가 또렷하게 작은아재에게 말을 하고 있었다. 정말 오랜만에 듣는 어머니의 말이었다. 마지막까지 버티고 남아 있던 끈질긴 잠 한 조각이 순식간에 달아났다. 기뻤다. 어머니가 말을 했다, 말을. 버렸던 세상을 다시 잡은 것이었다.

"어머니두 걱정하시구……누가 봐도……괜한 오해만……."

아직 말이 다 돌아오지 않았는지 작은아재를 설득하는 어머니의 마른 혀가 자꾸 꼬였다.

"……."

그런 어머니를 보며 작은아재는 아무 말도 하지 않았다. 더듬거리며 힘겹게 말을 이어가는 어머니를 그저 애젖한 눈길로 바라보기만 하다가 집으로 돌아갔다.

어머니의 말 한 마디에 작은아재가 스스로 돌아가고 나자 작은아재네 할머니도 다시는 찾아오지 않았다. 작은아재도, 작은아재네 할머니도 찾아오지 않는 집 안에는, 정작 돌아와야 할 어머니의 세상보다 먼저 주인처럼 돌아와 있는 지긋지긋한 침묵과, 그 사이로 이따금씩 스멀스멀 감겨드는 침묵보다 더 무거운 어머니의 긴 숨소리가 다시 온 집 안을 음울하게 만들었다. 어머니는 잠시 잡았던 세상의 끈을 다시 버렸다.

어머니 옆에서 소년도 다시 세상을 버렸다. 이번에는 한결 익숙하고 자연스러웠다. 이따금씩 작은아재가 보고 싶기는 했지만 어머니가 작은아재네 할머니에게 야단을 맞지 말아야 한다는 생각으로 참으면 되었고, 허기를 참는 일도, 시간을 보내는 일도 견디지 못할 일은 아니었다. 시간이 무료하면 천장에 있는 무늬를 세기도 하다가 지루해지면 잠을 자면 되었다. 참 평온한 시간들이 지나가고 있었다. 그러나 세상은 소년과 어머니를 잊지 않았다.

"자네가 여기를 떠나주게……부탁허네. 내가 자네헌테 무신 억하심정이 있어 그러겠나? 자네도 자식 키우는 사람이니까 날 좀 이해해 주게."

또 악몽을 꾸고 있었다. 천장의 무늬를 세다가 잠이 들었던 때였다. 작은아재네 할머니였다. 꿈속에서도 소년은 오줌을 질금거렸다. 아재네 할머니가 왜 또.

"제발 부탁허네. 여기를 떠나주게……자네야 여기나 저기나 다를 게 무어 있나?"

도대체 무엇을 잘못했기에 마을을 떠나라 하는 건지. 어지러웠다. 몸을 가눌 수가 없었다. 의지와 상관없이 자꾸 바닥으로 추락하는 꿈이 꼬리를 물고 이어지고 있었다.

"그럼 자네만 믿고 나는 가겠네……."

작은아재네 할머니는 도대체 아무 대답도 없이 누워서 천장만을 멀뚱거리는 어머니의 어디를 믿고 싶었던 것일까? 할머니가 돌아간 뒤에도 어머니의 자세에는 변화가 없었지만 할머니는 당신의 절박함으로 어머니를 너무 쉽게 믿어버렸다. 그뿐이 아니었다. 할머니는 분명 착하디착한 어머니를 잘못 건드린 것도 분명했다. 할머니가 간곡하게 떠나갈 것을 어머니에게 부탁하고 돌아간 다음 날 아침이었다.

언제 일어나 준비를 했는지 이른 아침부터 어머니가 밥을 먹고 있었다. 세상에 참. 그럴 리가 없었다. 어머니는 벌써 며칠째 세상을 버리고 있었는데 말이다. 소년은 흐릿한 의식 속에서 꿈일지도 모르겠다는 생각을 했다. 그랬다. 그건 필시 또 꿈일 터였다. 아직도 세상을 완전히 버리지 못해서 생긴 신기루 같은 꿈.

"야야, 너도 잠 깼으면 일어나 밥 먹자."

다른 사람처럼 어머니는 말도 더듬지 않았다. 소년이 다시 눈을 떠 어머니를 바라보았다.

"일어났으믄 밥 먹자니까!"

"예예."

소년은 엉겁결에 자리에서 일어났다. 하루아침에 돌아와 있는 어머니의 세상.

"밥을 먹어야 힘을 내서 살게 아니냐!"

"예에, 엄마!"

"나는 여기를 떠나지 않는다."

작은아재네 할머니는 어머니를 너무 쉽게 믿은 것이 분명했다. 어머니를 세상으로 되돌리는 데에는 성공했지만, 어머니를 떠나게 하는 데에는 실패했다. 작은아재네 할머니의 믿음을 지키기에는 어머니의 태도가 너무 단호했다.

"나는 여기를 떠나지 않는다. 떠나지 않는다. 떠나지……."

아침을 먹는 동안 어머니는 오히려 너무 많아서 진의가 의심이 갈 정도로 수 없이 같은 말을 되뇌었다. 마치 이루어지기 힘든 일이 이루어지기를 바라는 주문을 외는 사람처럼.

"왜 못 떠나는데?"

소년은 깜짝 놀랐다. 생각지도 않은 말이 미처 통제하기도 전에 불쑥 입에서 빠져 나왔다. 결단코 무슨 뜻이 있었던 것은 아니었다. 소년도 태어나서 자라난 마을을 떠나고 싶은 생각은 전혀 없었다. 그저 어머니가 하도 떠나지 않는다는 말을 되뇌어서, 그저 어머니의 말끝을 이어 자신도 모르게 튀어 나온 말일 뿐이었다. 놀라기는 어머니도 마찬가지인 것 같았다. 한참 소년을 바라보던 어머니는,

"떠날 수 없지……."

할 뿐이었다.

"왜?"

어느 사이 소년은 집요해졌다. 갑자기 궁금해졌다. 정말 왜 떠날 수 없는 것일까? 마을에 일가친척이 살고 있는 것도 아니었다. 머구리 일로 아버지와 가까이 지내는 몇몇 아재들을 제외하고 나면 마을에는 정말이지 아무런 연고도 없었다.

"왜 못 떠나는데?"

소년이 어머니를 빤히 쳐다보았다. 어머니의 야윈 얼굴 한 쪽에 잠시 경련이 일었다.

"……."

"왜?"

소년이 어머니를 다그쳤다.

"……없다."

"뭐가?"

"……."

"뭐가?"

"……갈 곳이……없다."

마지막 감추고 있던 말을 두어 마디 신음에 섞어 읊조린 후 어머니가 맥없이 고개를 떨구었다. 소년으로서는 전혀 예상하지 못한 말이었다. 갈 곳이 없다니……숨이 칵 막히었다. 갈 곳이 왜 없어? 왜?아무 데라도 가면 되지. 어머니의 숙인 고개 밑으로 툭툭 물방을 같은 눈물이 떨어지고 있었다.

생각해 보니 소년네 집에는 오고가는 친척도 전혀 없었다. 친가나 외가에 가 본 적이 없는 것은 물론이고 말조차도 들어본 적이 없었다. 이상한 일은 그것뿐이 아니었다. 지금까지 단 한 번도 할아버지나 할머니가 없다는 사실에 대해서 의문을 가져 본 적이 없다는 점도 참 희한한 일이었다.

"우리는 왜 할아버지 할머니가 없어?"

소년은 어머니를 바라보았다. 죄인처럼 아직도 고개를 떨구고 있는 불쌍한 어머니의 입가에 끈적한 액체가 탄력성을 상실한 낡은 고무줄처럼 아슬아슬하게 늘어져 있었다. 어머니가 팔소매를 들어 입가를 닦아냈다.

"야야."

소년을 부르는 어머니의 목소리가 흔들렸다.

"야야."

결심한 듯 어머니가 고개를 들었다. 눈이 벌겋게 충혈되어 있었다.

"계시긴 계실 거다……어딘가에."

이번에는, 소년의 눈길을 피하는 어머니의 눈빛이 흔들렸다.

"거기가 어딘데요?"

"나도 모른다."

어머니가 길게 숨을 토해냈다.

"……."

소년이 침을 삼켰다. 마른 혓바닥이 꼬였다.

"나도 모른다."

"……."

소년은 또 침을 삼켰다. 어머니의 고통스러운 과거를 심문하듯이 캐어낼 수는 없었다. 소년도 어머니처럼 고개를 떨구었다. 눈앞이 뿌옇게 흐려졌다. 눈앞을 아른거리던 것이 점점 커지더니 방울이 되어 코끝에 맺혔다가 떨어졌다.

"니 아부지는 중학교 선생님이셨다."

선생님? 그런데 왜……그래서? 소년은 또 마른 침을 서둘러 삼켰다. 자꾸 혀가 굳었다.

"나는 니 아부지 학교의 사환이었다."

이제 어머니는 모든 것을 포기한 사람처럼 순순히 당신의 과거를 자백하고 있었다.

"우린 서로 사랑하였지만……니 아부지 집에서 고아였던 나를 받아 주지 않았다……결국 니 아부지와 나는 학교를 그만 두고 이 마을로 도망쳐 오게 되었다. 나는 아무 것도 아는 게 없다……니 할아버지 댁에 대해서……니 아부지 소식을 전할 방법도 없다."

어머니가 훅 코를 들이마셨다.

"갈 곳이⋯⋯없다. 어떻게든 아는 사람이라도 몇 있는 이 마을에서 정 붙이고 살아야 하는데⋯⋯더군다나 니 아부지를 두고서 어찌⋯⋯."

며칠 새로 더 깊어진 얼굴 주름을 따라 눈물 한 줄기가 스르륵 흘러 내렸다.

"살아 낼 거다. 어떻게든⋯⋯고기 배를 가르든, 고기 그물 손질을 하든 살아 낼 거다."

어머니는 방구석에서 걸레인지 구별이 가지 않는 때 절은 수건을 집어 들어 눈물로 얼룩진 얼굴을 여러 번 훔친 다음, 마지막으로 소리 내어 코를 풀고 입언저리를 닦는 것으로 눈물로 뒤죽박죽이 된 과거 고백을 마무리 지었다.

어머니는 그날부터 당신의 말대로 살아 내기 위해서 처절하게 노력했다. 이삼 일만에 몸을 추스르고 아침 일찍 집을 나가 늦은 저녁이 되어서야 돌아오곤 하는 어머니의 몸에는 그때마다 지독한 생선 비린내가 따라와 있었다. 어머니가 열심히 일하면 일할수록 집 안은 생선 냄새로 채워져 갔고, 어머니는 집 안 구석구석 더 많은 생선 냄새를 채우기 위해 필사적이었다. 소년은, 온 집 안에 자리 잡고 있는 생선 냄새가 역겹기도 했지만 그 냄새가 넘쳐나면 나는 만큼 어머니가 세상을 되찾아 가고 있다는 뜻이어서 참을 수 있었다.

상황은 그렇게 정리 되어가고 있었다. 소년이 집 안을 채우고 있는 생선 냄새의 일상에 적응해 가듯, 어머니도 어느 정도는 아버지가 부재하는 일상에 대해서 인정을 하기 시작한 것 같았다.

그 와중의 어느 날이었을 것이다. 어머니가 늦은 저녁 낯익은 쇠갈퀴 하나를 들고 집으로 돌아온 것은. 어머니는 온 종일 어머니가 돌아오기만을 기다리고 있던 소년에게 저녁을 줄 생각도 하지 않은 채, 불도 켜지 않은 방으로 들어 가 꿈쩍도 하지 않았다. 어두워서 보이지는 않았지만 어머니의 숨소리에 물기가 묻어 있다는 것을 소년은 눈치 채었다. 소년은 기다렸다. 반쯤 열린 문 밖에 서 있는 자신의 존재를 어머니가 깨우치는 시간이 길어지지 않기를.

어머니는 한동안 어둠 속에서 움직이지 않았다. 마치 흑색 바탕을 배경으로 잘 구성된 석고상처럼 제 자리에 굳어진 어머니는 어쩌면 아버지와의 추억을 떠올리고 있을지도 모를 일이었다. 가족들의 반대 때문에 직장을 버려야 했던 아버지의 고통과, 생활의 터전을 버리고 낯선 곳으로 떠나올 수밖에 없었던 한스러운 삶. 어머니는 소리도 내지 못한 채 오열하고 있을지도 몰랐다. 이윽고 어머니가 자리에서 일어섰다.

"야야."

어머니의 목소리가 평상시와 달랐다. 말끝이 분명하게 끊어졌다.

"예에……."

오히려 소년이 당황했다.

"큰아재를 만났다."

"……."

"조섬 쪽에서 찾았댄다……바위틈에 쇠갈퀴만 있더랜다."

조섬 쪽에? 바위틈에? 쇠갈퀴만? 소년의 눈에 덩그렁 눈물이 맺혔다. 언제 찾았대? 다른 것은? 아부지는? 할 말은 많은데 자꾸 숨이 가빠질 뿐 아무 것도 말이 되어 주지 않았다.

"……."

꺽꺽 올라오는 목을 누르며 어머니를 바라보는 소년의 어깨가 주춤주춤 흔들리고 있었다. 어머니가 고개를 돌렸다.

힘겨운 시간이 게으르게 흘렀다.

두 사람은 아무 말도 하지 못했다. 시간이 지나면서 이따금씩 딸꾹질처럼 불규칙적인 숨을 쉬기는 했지만 소년의 어깨가 많이 잦아들었다.

"살 거다……살고 말 거다……살 거다……."

어머니는 쇠갈퀴를 껴안은 채 밤이 깊도록 누구에겐지 알 수 없는 입엣말을 끝도 없이 중얼거렸다. 그날, 밤을 새운 어머니는 생전에 아버지가 즐겨 입던 옷으로 쇠갈퀴를 감싸 장롱 속에다 고이 모셔놓고는 바로 생선 비린내 가득한 일터로 향했고 늦은 저녁 생선 비린내와 함께 돌아왔다. 마치 아무 일도 없었던 사람처럼.

그러나 소년은 어머니가 꾸미고 있는 새로운 음모를 짐작도 하지 못했다. 아버지를 잊기 위해서였을까? 아니면, 아버지를 잊고 살아야 하는 삶이 견디지 못할 만큼 힘겨웠기 때문이었을까?

어머니는 온 집 안에 생선 비린내가 넘실대는 것조차 평화롭게 느껴지던 어느 날, 아직 어둠이 가시지 않은 새벽에 소년을 깨웠다.

"야야."

"왜요, 엄마?"

소년이 부신 눈을 꿈벅거렸다.

"가야한다. 일어나거라."

어머니가 여전히 눈을 꿈벅거리는 소년을 재촉했다.

"어딜……가는데?"

소년이 눈을 찡그린 채 일어나며 물었다.

"우리가 살 곳."

"거기가 어딘 데?"

"몰라⋯⋯날이 밝기 전에 일단 여기를 떠나야 한다."

길을 재촉하는 어머니의 손에 작은 보자기가 하나 들려 있었다. 안 가믄 안 되나? 소년은, 어둠 속에서 웅크린 채 모습을 드러내지 않는 포구를 수도 없이 돌아보며 어머니의 뒤를 따라 마을을 떠났다.

4.

어딘지 모른다던 '우리가 살 곳'은 서울의 변두리에 있는 이 층짜리 낡은 여인숙이었다. 공식 행정구역상으로야 어떨지 몰라도 실제로는 소년이 가끔씩 나가 보던 시내의 뒷골목보다 별반 나을 게 없는, 판잣집이 다닥다닥 붙어 있는 산동네의 좁은 골목 입구에 여인숙은 자리 잡고 있었다. 산이 가까워서 경치도 좋고 여름에는 매미소리가 시원하다는 여인숙 주인 노파의 자랑과는 달리, 리어카 하나도 제대로 다니지 못할 만큼 골목은 좁았고 빈 몸으로 오르기에도 숨이 찰 정도로 언덕은 경사가 심했다.

어머니는 여인숙 일 층 구석방에 달세를 들었다. 달세를 든 다음날부터 어머니는 소년만을 남겨 놓은 채 무슨 일을 하고 다니는지 아침 일찍 여인숙을 나가 저녁이 늦어서야 돌아오곤 했다.

"니네 엄마는 하루 종일 어디를 쏘다닌다냐? 그래 밥은 먹었냐?"

한낮이 다 될 쯤 주인 노파는 삐그시 방문을 열고는 자고 있는 소년을 깨웠다.

"엄마가 돈 주고 나갔어요."

"사 먹을 거 뭐 있냐. 나오너라. 먹구 남은 밥이 좀 있을 게다."

소년은 주인 노파의 친절을 어떻게 받아들여야 할지 몰라 잠시 망설였다.

"나오라니까. 손주 같은 놈 밥 한 끼 못 멕이겠느냐?"

노파는 관리실 겸 살림방으로 쓰고 있는, 여인숙의 역사가 느껴질 정도로 누렇게 색이 바래고 한 쪽 귀퉁이가 깨어진 '내실' 이라는 아크릴 푯말이 붙어 있는 방구석에 말 그대로 먹다 남은 밥상을 차렸다.

그렇게 시작된 주인 노파의 '손주 같은 놈 밥 한 끼' 는 생각보다 길게 이어졌다. 달세를 든 지 열흘도 넘어 소년이 여인숙의 구조는 물론 여인숙에 장기 투숙하는 사람들의 얼굴과 동네 골목을 다 익히고 난 뒤에도 어머니의 결과도 없는 외출은 끝이 나지 않았다.

굳이 따진다면 어머니의 외출 결과가 전혀 없었던 것은 아니었다. 서울로 이사를 온 지 꼭 보름 만에 어머니는 소년을 여인숙에서 걸어서 오 분 거리에 있는 초등학교에 전학을 시켰다. 학교를 다니게 되었다고 해서 어머니나 소년의 생활에 변화가 생긴 것은 아니었다. 어머니는 여전히 밥값을 쥐어주고는 아침 일찍 여인숙을 나섰고, 소년은 소년대로 빈속으로 학교에 나갔다가 학교에서 돌아오자마자 주인 노파가 차려 주는 '손주 같은 놈 밥 한 끼' 로 늦은 점심을 해결하곤 했다.

점심을 먹고 나면 소년은 내실에 들어가 장기 투숙객들이 치고 있는 고스톱을 구경하며 어머니가 돌아올 때까지 무료함을 때웠다. 일 층에 장기 투숙하고 있는 사람은 소년네 말고도 세 사람이나 더 있었다.

"야, 너 내가 뭐 하는 사람 같아 보이냐?"

소년네 옆방에 투숙하고 있는 '박 사장' 이라는 사람이었다. 가끔씩 외출을 하기도 했지만 대부분 여인숙 내실에서 고스톱이나 치는 것이 일과인, 아무리 생각해 봐도 무슨 사장인지 알 수 없는 쉰 전후의 사내를 주인 노파는 '박 사장' 이라 불렀다.

"박 사장……."

소년이 쭈뼛쭈뼛 말끝을 흐리자 박 사장은 한참 동안 큰 소리로 웃더니,

"그래, 사장은 사장이지……내가 지금은 이러구 살지만 밑천만 생기면 말이야……아잇싸!"

박 사장이라는 사내가 누군가 싸놓은 똥 무더기 위에 똥 피를 내지르며 천박하게 괴성을 질렀다.

"되는 년은 자빠져도 실한 사내 놈 앞에서만 자빠진다더니……이 년의 팔자는 쳤다하면 설살세!"

내실 바로 옆방에 장기 투숙을 하는 어머니 또래의 여자였다. 스스로를 '미스 윤' 이라 부르는 여자는 화장을 진하게 하고 있었다. 미스 윤은 고스톱을 치지 않는 시간에는 늘 눈썹을 뽑는다거나 입술을 바른다거나 거울을 본다거나 하는 등 몸치장에 열을 올리는 여자였다. 그러다가 밤이 되면 외출을 하곤 했는데 여자가 돌아오는 것을 소년이 직접 본 적은 없었다. 신기하게도 소년이 학교에서 돌아와 보면 언제 돌아왔는지 여자는 다른 투숙객들과 고스톱을 치고 있었다.

"느네 엄마 잘 단속해라. 여자가 밖으로 돌면 깨지고 마는 거다. 그릇모양."

"쓸 데 없는 소리한다. 어린 애한테."

주인 노파가 잠시도 가만히 있지 못하고 까딱거리는 여자의 빨간 매니

큐어가 칠해진 엄지발가락을 꼬집었다.

"하기사 좀 깨지면 또 어떻노. 어차피 혼자 몸인데."

여자가 꼬집힌 발가락을 문지르며 대거리를 했다.

"그럼 미스 윤도 깨졌겠네?"

지금까지 말없이 화투판에 끼어 있던 사내였다. 사람들이 '장씨'라 부르는 사내는 미스 윤과 박 사장의 사이에 있는 방에 투숙하고 있었다. 사내도 특별히 하는 일은 없는 듯 보였다. 새벽 일찍 인력시장에 나가서 일거리를 기다리다가 운이 좋으면 일용직 막노동으로 벌이를 하고 운이 없으면 여인숙으로 돌아와 고스톱을 치는 사내였다. 거의 일거리가 없어서 내실에 틀어박히는 날이 많기는 했지만 그래도 여인숙 장기 투숙객 중에서는 가장 성실한 사람(하는 일이 드러나 있는)이라 할 수 있었다.

"애기 엄마도 한 번 쳐 봐."

서울에 올라와 바깥으로만 나돌던 일이 다 끝났는지 언제부터인가 외출하는 대신 내실로 들어가기 시작한 소년의 어머니에게 미스 윤이 하는 말이었다.

"저는 화투 칠 줄 몰라요."

처음에 어머니는 그저 무료함을 달래기 위해 내실에 들어갔을 터였다. 남들이 치는 화투를 구경하거나 쓸 데 없이 지껄여 대는 농담 섞인 이야기를 듣는 것이 어머니가 처음 내실에서 하는 일이었다. 그러나 점점 내실에 들어가는 횟수가 늘어나면서 어머니도 다른 장기 투숙자들을 닮아갔다. 어머니의 변화는 말참견으로부터 시작되었다.

"왜 그걸 내요? 저기 청단나겠구만."

그러더니 '되는 년은'을 연발하는 미스 윤의 말에,

"나는 자빠지지두 않는다우."

해서 좌중을 웃음바다로 만들더니 결국은,

"나두 딱 한 판만 칩시다."

로 변했다.

그 '딱 한 판 만'이라는 말이 '나두 계속 칠 테니 끼워줘.'와 같은 뜻이라는 것을 모르는 사람은 소년밖에는 없었다. 어머니는 순식간에 여인숙장기 투숙자 고스톱 모임의 정회원이 되었다. 신기한 것은 다른 회원들의 솜씨가 신통치 않았던지 초보자인 어머니가 가끔씩 돈을 따기도 했다는 사실이었다. 돈을 땄다는 사실이 스스로도 대견한 어머니는 딴 돈으로 치킨이나 자장면 등을 사서 선심을 쓰며 다른 사람들과 부쩍 가까워졌다.

어머니가 특히 가까이 지낸 사람은 박 사장이었다. 박 사장은 승부 따위에는 관심이 없는 사람 같았다. 고스톱을 치는 동안에도 화투는 건성으로 치면서 어머니와의 친교에만 신경을 썼다.

"화투 치시는 걸 보니 애기 엄마는 사업 체질이야, 사업하면 정말 잘 할거유."

누가 보아도 입에 발린 말이 분명했다. 딱 한 사람을 제외하고.

"어머, 그래요? 제가 사업에 관심이 있긴 있는데⋯⋯뭐 마땅한 게 있어야지요."

"그런 건 저하구 의논을 하셔야지. 언제 한번 조용히 만납시다."

주거니 받거니 죽이 척척 맞았다. 다른 사람들은 모른 척 했다. 그냥 장난삼아 그러려니 했다. 그런데 정말 두 사람은 무슨 일을 벌이고 있는 것 같았다. 화투를 치다 말고 둘이서 사라지는 일이 종종 생겼다. 어떤 날은 아침부터 사라졌다가 오후가 되어 나타나기도 했다. 무언가 계획되고 있

는 게 분명했다. 심지어는,

"이걸 내드리면 나실까?"

두 사람은 마치 결속을 자랑이라도 하듯이 서로 의논하면서 화투 패를 내어 줘 다른 사람의 기분을 잡치는 단계에까지 이르렀다.

"우리는 참 운이 좋았어. 박 사장 같은 분을 만나게 될 줄 어찌 알았겠니? 곧 좋은 소식이 있을 거다. 일만 잘되면 조그마한 슈퍼라도 하나 사서……곧 나가게 될 거야."

소년에게 저녁으로 라면을 끓여 주는 것이 미안해서 하는 말은 아닌 듯했다. 어머니는 정말 설날을 기다리는 어린아이처럼 한껏 들떠 있었다. 그렇게만 된다면……소년도 덩달아 신이 났다. 참 고마운 박 사장 아저씨. 박 사장에게 호감을 가지고 있지 않았던 사실이 미안해질 지경이었다.

어머니는 당신의 희망의 응결체인 '슈퍼 하나'를 사기 위해 열심히 활동했다. 박 사장과의 사이는 더 긴밀해졌고 밖으로 나도는 시간도 다시 길어졌다. 그에 맞춰 어머니의 얼굴은 점점 예뻐졌다.

어머니의 활동이 활발해질수록 소년의 기대도 함께 자랐다. 가끔씩 큰아재나 작은아재가 살고 있는 바닷가가 그립지 않은 것은 아니었지만 어머니가 슈퍼 사장님이 된다면 그것은 참아내야 하는 일이라는 생각이 들었다. 그러나,

어느 날부터인가 박 사장이 여인숙에 나타나지 않고 있었다. 처음에 어머니는 별 걱정을 하지 않았다.

"박 사장 어떻게 된 거야?"

주인 노파가 물을라치면,

"아……예, 일이 있어 잠깐 어디 좀 갔어요."

라며 박 사장의 부재가 계획된 일이며 그 모든 것을 당신은 다 알고 있는 일이라는 것을 과시했다. 소년은 어머니의 바람이 사실이기를 바랐다. 그렇지만 무슨 일로 어디를 갔는지 박 사장은 열흘이 지나도록 나타나지 않았다. 차츰 어머니도 불안한 모습을 보이기 시작했다. 말로는,

"일이 좀 늦어지나 봐. 원래 큰일은 뜸을 들여야 하는 법이거든."

하며 애써 여유를 부렸지만 여인숙 내실에 들어앉아 고스톱을 치면서도 손님이 들어오는 기척만 나면 연신 출입문 쪽을 흘끔거리곤 했다. 그런 날이 며칠 이어지자 애가 타는지 어머니는 직접 박 사장을 찾아 나섰다. 아침에 일어나자마자 부랴부랴 여인숙을 나갔다가 밤이 늦어 터덜터덜 빈손으로 돌아오곤 했다. 그 때마다 어머니는 혹시나 하는 일말의 가냘픈 희망을 가지고 내실을 들여다보곤 했지만 주인 노파의 입에서는,

"박 사장 찾았어?"

라는 말이 궤도를 이탈한 전축 판처럼 되풀이 될 뿐이었고 그러면 어머니는 말없이 고개를 가로저으며 방으로 들어가곤 하는 일이 반복되었다.

한 달쯤이 지나자 어머니는 박 사장 찾는 일을 포기했다. 어쩌면 박 사장 찾는 일을 포기하는 순간 간신히 되찾았던 세상을 또다시 버린 것인지도 모를 일이었다. 세상을 버리는 방법에 변화가 생기긴 했다. 어머니는 아무 것도 먹지 않는 따위의 일은 하지 않았다. 이번에 어머니는 술을 마셨다. 그것도 하루 종일, 잠이 들 때까지, 아니 기절할 때까지.

어머니는 하루의 반 이상을 기절해 누워 있었다. 그러다가 술기운이 떨어져 깨어나면 다시 기절하기 위해 술을 마셨다. 술에 취해 있는 어머니는 소년의 존재 같은 것은 아예 잊고 있는 듯했다. 소년은 여전히 학교가 파한 뒤 늦은 점심으로 먹는 주인 노파의 '손주 같은 놈 밥 한 끼'로 하루하

루를 살았다.

 어머니의 변신은 거기서 끝나지 않았다. 자식은 굶기고 자신은 술을 마셔버린 어머니는 술만으로는 허기를 채울 수 없었는지 급기야 담배까지 먹기 시작했다. 하루 종일 마시는 술과 하루 종일 피워대는 담배. 어머니는 전보다 더 철저히, 다시는 일어설 수 없을 지경으로 세상을 버리고 있는 중이었다. 어머니가 세상을 버리면 버릴수록, 소년도 술 냄새와 담배 연기가 뒤섞여 역겨운 냄새가 가득한 방안에서 또 다시 절망과 싸워 나가야 했다.

 "무얼 좀 드셨습니까?"

 일거리가 있었는지 저녁 늦게야 여인숙으로 돌아온 장 씨 아저씨가 봉지에 싼 황금잉어를 방 안으로 들이밀었다. 잠이 들었는지 술이 취했는지 어머니는 대답도 하지 않았고 눈도 뜨지 않았다.

 "이따가 어머니 깨거든 드려라. 너도 먹구……."

 장 씨 아저씨가 자신의 방으로 돌아 간 뒤 소년은 황금잉어를 벽 쪽으로 밀어 놓았다. 골목 어귀를 지날 때마다 먹고 싶었던 빵이었지만 지금은 입맛이 나지 않았다.

 "먼저 먹어라……나는 나중에 먹을 테니."

 어머니는 자고 있는 게 아니었다. 정신도 말짱한 것 같았다. 소년은 반가웠다.

 "엄마도 같이 먹어!"

 소년이 벽으로 밀어두었던 빵을 끌어당기며 말했다.

 "……."

 "엄마……."

예상하지 못했던 어머니의 반응으로 잠시 기대에 찼던 소년은 다시 절망했다. 내일 아침으로 먹으면 되지 뭘. 소년은 입술을 씹었다.

옆방에 산다는 이유때문인지 장 씨 아저씨의 정성은 그 후로도 계속 이어졌다. 일거리를 얻은 날은 퇴근길에 반드시 무언가 먹을거리를 들고 퇴근을 했고 일거리를 얻지 못한 날은 아예 내실 주방으로 들어 가 직접 음식을 만들기도 했다. 그러나 장 씨 아저씨의 노력에도 불구하고 여전히 어머니의 주식은 술과 담배였다.

"너라두 먹어라."

장 씨 아저씨의 어머니에 대한 정성은 고스란히 소년의 몫으로 바뀌었다. 그러면 소년도 누워 있는 어머니를 한 번 쳐다본 다음 슬그머니 음식을 벽 쪽으로 밀어 놓는 일이 반복될 뿐이었다.

장 씨 아저씨의 정성을 모를 리 없었건만 희한하게도 어머니의 관심은 음식을 해다 바치는 장 씨 아저씨가 아니라 미스 윤 아줌마에게로 나타났다.

"미스 윤, 나하구 술 한잔 할래요?"

어느 날 어머니는 잠인지 술인지에서 깨어나자마자 미스 윤을 찾았다. 그 때 늦은 잠에서 깨어난 미스 윤 아줌마는 화장을 하고 있었다.

"그래요, 이제 그만 잊어버리고 털구 일어나세요."

"그래야지요. 자, 한잔 하세요."

미스 윤 아줌마와 어머니는 금방 의기투합했다. 여인숙에 머물던 그 기간보다 대화를 시작한 잠깐 사이에 두 사람은 훨씬 더 가까워졌다. 그리고 어느 순간인가,

"올 해 몇이유?"

서로 인생살이의 길이를 재어 보더니 순식간에 언니 동생으로 자매를 결성하기까지 했다. 어머니의 주름살이 더 많았는지 미스 윤 아줌마가 언니 언니를 연발했다.

어머니의 배신에도 불구하고 일편단심 지극한 장 씨 아저씨의 정성은 변하지 않았다. 여전히 어머니와 소년의 먹을거리를 챙기는 것은 물론 어쩌다 어머니가 맨 정신이기라도 하면,

"너무 가까이 하지 말아요. 별루 좋은 사람 같아 뵈지 않더만."

하며 미스 윤을 가까이 하는 어머니를 걱정했지만, 소귀에 경 읽기란 말은 바로 어머니를 두고 만들어진 말일 터였다. 그래봤자 어머니는 들은 척도 하지 않았다. 아예 곧바로 미스 윤 아줌마에게로 쪼로로 달려가 동생 어쩌구저쩌구 친교를 과시하며 보란 듯이 어기대기 일쑤였다. 그럴라치면 장 씨 아저씨는 여인숙 일층 객실 앞으로 연결된 좁은 쪽마루에 걸터앉은 채 담배만 빽빽 빨아대다가 자신의 방으로 돌아가곤 했다.

미스 윤 아줌마와 어울리면서 차츰 어머니는 미스 윤 아줌마를 닮아갔고 하루의 일정도 미스 윤 아줌마와 같아졌다. 여인숙 내실에서 미스 윤 아줌마와 함께 눈썹을 그리고 화장을 하는 시간이 늘어났고, 고스톱을 치면서 '이 년의 팔자는'을 입에 붙여 놓고 살기도 했고, 외출의 시간대가 아침에서 저녁으로 바뀌기도 했다. 물론 어머니의 외출 파트너는 당연히 미스 윤 아줌마였다. 처음에 두 사람은 함께 외출하고 함께 귀가했다. 그러더니 어느 순간부터인가 두 사람의 귀가 시간이 달라지기 시작했다. 두 사람의 귀가 시간은 주로 새벽녘이었는데 어떤 날은 아예 다음날 점심 무렵에야 돌아오기도 했다.

어머니가 미스 윤 아줌마를 닮아가기 시작하면서부터였을 것이다. 소

년이 밖으로 돌기 시작한 것은. 어차피 어머니는 집에 없을 텐데. 어쩌다 집에 있다 해도 미스 윤과 낄낄거리고 있을 텐데 뭘. 어차피 밤늦도록 혼자 있어야할 집. 소년은 거리를 배회하기도 하다가 공원에서 시간을 보내는 노인들과 함께 있다가 노인들이 모두 다 돌아가고 난 다음 집으로 돌아가곤 했다.

어머니의 미스 윤 놀이가 길어지면서 소년이 밖으로 도는 기간도 길어졌다. 단순히 기간만 길어진 것이 아니었다. 초등학교를 졸업하고 중학교에 진학하던 그 해 겨울에 소년은 담배를 피기 시작했다. 처음에는 공원에서 우연히 주운 담배를 피우는 정도였지만 얼마 지나지 않아서는 남들이 피다 버린 공초를 찾아다니게 되었고 급기야는 어머니가 밥값으로 던져준 돈으로 밥 대신 담배를 사는 단계에까지 이르게 되었다.

소년은 학교가 끝나면 장기 투숙 중인 여인숙으로 가 주인 노파가 차려주는 늦은 점심을 먹고는 곧바로 공원으로 달려가서 대부분의 시간을 보냈다. 혼자서 아버지를 그리워하다가 큰 아재랑 작은 아재랑 즐거웠던 때를 회상하며 시간을 보내는 것이 좋았다. 그러다가 눈물이라도 날 것 같으면 담배를 피워 물었다. 나도 이제 어린애가 아니다 울면 안 된다. 엄마 없이도 얼마든지 살 수 있다. 소년은 길게 담배 연기를 빨아들였다가 내 뿜곤 했다.

소년은 학교생활에도 별 흥미를 느끼지 못했다. 공부도 물론이었다. 여인숙에 있는 것보다 나으니까, 공원에 있는 것 보다 나으니까 그저 학교에 다닐 뿐이었다. 그러던 중 소년을 어머니로부터 더욱 멀어지게 만드는 사건이 벌어졌다. 중학교 2학년 가을 무렵이었을 것이다. 소년은 하굣길에 학교 근처에서 낯선 남자와 여관으로 들어가는 어머니를 발견했다. 그 때도 어머니는 술에 취해 있는 것 같았다. 대낮에 술에 취해 남자의 팔을 이끌고 여관으로 들어가는 어머니. 소년은 골목 모퉁이에서 오랫동안 헛구역질을 했다. 그날 소년은 여인숙으로 돌아가지 않았다.

집에 들어가지 않아도 어머니는 소년을 찾지 않았다. 아예 어머니는 소년이 집에 들어가지 않은 사실조차도 모르고 있을 터였다. 어차피 어머니도 다음날 낮이 늦어서야 집으로 돌아갔을 것이니까. 그날 소년은 처음으로 골목에서 우연히 만난 학교 친구들과 어울렸다. 친구들은 소년보다 세상 물정을 더 많이 알고 있었다. 소년은 친구들이 하는 대로 초등학교 운동장에 가서 공놀이를 하다가 자취를 하는 친구 집에 가서 라면으로 저녁을 먹은 뒤 술을 마시며 밤을 새웠다. 그리고 단체로 결석을 했다. 학교에 가지 않았다고 세상이 달라질 것도 없었다. 무의미하게 이어지는 일상의 한 조각일 뿐이었다.

소년은 며칠에 한 번씩 집으로 들어갔다. 그리고 집으로 들어간 다음 날에만 학교에 갔다. 담임선생님에게 불려가 야단이라도 맞으면 그 날은 또 친구의 자취방으로 가 밤을 새웠고 다음 날은 어김없이 결석을 했다. 그러다가 며칠 만에, 학교로 가는 대신 집으로 들어 간 어느 날 오전이었다. 뜻밖에도 어머니가 집에 있었다. 화장도 하지 않은 초췌한 모습의 어머니는 웬일로 술도 마시지 않은 듯했다. 소년은 눈물이 나오려는 것을 참으며 어머니를 외면했다.

"미안하다……."

어머니의 고개가 바닥으로 꺾였다.

"……."

소년은 아무 대답도 하지 않았다.

"내가 잘못했다……."

어머니의 눈에서 눈물이 바닥으로 떨어졌다. 그러나 소년은 어머니를 쳐다보지 않았다.

"이렇게라도 하지 않으면……나는 살 수가 없다……가지고 있던 돈 과……다 사기당하고……."

어머니의 목소리는 울음을 섞고 있었다.

"너 잘 키우는 것이 니 아버지에 대한 도리인데……."

도리? 소년이 고개를 돌려 어머니를 노려보았다. 소년의 눈에 경멸의 빛이 이글거렸다. 그 걸 아는 사람이 그럴 수 있어? 그 걸 아는 사람이? 아무리 어머니가 눈물을 보인다 해도 그건 거짓일 터였다. 절대로 속아서는 안 되었다. 그 동안 어머니가 보여 준 것이 있지 않았더냐. 혼자 절망해온 긴 시간을 어떻게 잊을 수 있다는 말이냐. 결코 용서하지 않겠어. 소년은 입술을 깨물었다. 소년의 입술이 씰룩씰룩 떨렸다.

"오늘 담임선생님 만났다……내가 무슨 할 말이 있겠니……모든 게 다 내 잘못이다."

바닥을 보고 있는 어머니의 눈에서는 여전히 눈물이 툭툭 떨어지고 있었다.

"니 아버지는……니가……선생님이 되길……바라셨는데……."

아버지……그랬다. 아버지는 소년이 선생님이 되기를 바랐다. 틈만 나면 '너는 이다음에 커서 학교 선생님이 돼야 한다' 고 하시던 아버지. 소년은 갑자기 머리가 하얘지는 것을 느꼈다. 그러나 무슨 소용이랴……이제 와서 그것이. 소년은 고개를 가로 저었다.

출항

1.

"지금쯤 신호가 올라와야 되는데……."

노인이 혼잣말을 웅얼거렸다. 노인은 선실에서 키를 잡은 채 바다를 바라보고 있었다.

"글쎄 말이에요……."

사내가 노인의 혼잣말을 받아 대거리를 했다. 사내는 선실에서 두어 발 떨어진 갑판 위에서 공기 줄을 잡은 채 바다를 바라보고 있었다.

"너무 길어지고 있어……."

노인은 중얼거리다 말고 두 손으로 무릎을 주물렀다.

"진작에 마이크를 고쳐야 했는데……."

사내는 여전히 바다를 바라보고 있었다.

"어디 고집이 엔간해야 말이지……."

노인도 어느새 사내의 말에 빨려들어 왔다.

"그래도 사람 목숨이 왔다갔다하는 건데……이거야 원……답답해서……몰래라도 고칩시다. 성님."

"그래야 쓰겠네."

바다를 바라보며 주고받는 두 사람의 대화는 느릿느릿 이어졌다.

"……."

사내가 길게 숨을 내쉬었다.

"……."

노인도 길게 숨을 내쉬었다.

"저렇게 마음을 못 잡는 걸 보면……가슴이 아파요."

고개를 들어 멀리 수평선 쪽을 바라보는 사내의 눈가가 파르르 떨렸다.

"중학교 2학년 때던가…… 3학년 때던가……."

사내가 담배에 불을 붙였다.

"……."

노인은 여전히 바다를 바라보고 있었다.

"까까머리 시골뜨기의 가슴을 설레게 하는 일이 있었지요……말도 되지 않는 얘긴 줄 알면서도…… 왜 그리 가슴이 뛰던지……뭘 어쩌자구. 뭐라구 딱 꼬집어 말 할 수 없는 묘한 감정이었어요."

사내의 손가락 사이에서 가을 송충이처럼 저 혼자 누렇게 타들어 가던 담뱃재가 바람에 날려 흩어졌다.

"아무 것도 할 수가 없었어요. 온통 그 분 생각밖에……하루 종일. 농고에 진학하면서부터 권투를 시작했지요. 그러지 않고는 견딜 수가 없었어요. 그런데 밤이 늦도록 샌드백을 치고 녹초가 돼서 집으로 돌아와도 이상하게 잠이 오지 않는 거예요. 그러면 다음날은 연습게임을 해요. 일부러 주먹 한번 내지 않고 흠씬 두들겨 맞지요. 그런데도, 퉁퉁 부은 얼굴로 집에 돌아와 누웠는데도 역시 잠은 오지 않았어요."

사내가 담배를 빨다가 필터만 남은 꽁초를 바닥에 비볐다.

"성님은 잠이 오지 않을 만큼 누군가를 좋아해 본 적이 있어요?"

사내가 담배를 다시 입에 물며 말했다. 노인은 숨 방울이 올라오는 바다만을 무심히 바라보고 있었다.

"시내 건달들하구 어울리기 시작했지요. 술 마시구 싸움질하구 학교에 결석하구. 어머니가 거의 매일 학교에 불려 다니셨지요. 아예 정학을 달구 살다시피 했으니까요. 이래서는 안 되겠다 싶었어요. 고3 겨울 방학에 군대에 지원을 했지요. 그것두 해병대엘. 내 몸을 혹사하면 잊을 수 있을까 했는데⋯⋯혹독한 훈련이 끝나구 돌아와 누워도 잠이 오지 않는 거예요. 피곤해서 몸은 가눌 수도 없는데 정신은 점점 말짱해져 오구⋯⋯ 정말 죽을 것 같더라구요."

사내가 길게 담배 연기를 들이마셨다.

"여자를 만났지요. 그 분과 아주 많이 닮은⋯⋯여자를 사랑해야 했어요⋯⋯여자와 결혼을 하려 했어요. 그 분을 잊어야 하니까. 그러나 그 여자는 내가 바다를 떠나기를 바랐어요. 그런데 바다를 떠날 수가 없었어요. 그 분 때문만은 아니었지만⋯⋯."

사내가 다시 후욱 담배 연기를 들이마셨다.

"저 때문에 고생만 하신 어머니 곁을 떠날 수가 없었어요⋯⋯아니, 그 분 곁을 떠날 수가 없었다고 해야 옳겠지요. 결국 여자가 제 곁을 떠났지요. 뭐 특별히 가슴이 아프다거나 그러지는 않았어요. 다만, 그 분을 잊으려는 내 노력이 좀 더 어려워졌다구나 할까……아무 일도 하지 않은 채, 전과 달라진 것 없이 빈둥거리며 세상을 살았지요. 군대까지 다녀온 아들 놈을 바라보는 어머니는 또 어떠셨을지. 그러다가 성님 배를 타게 됐어요. 참 기분이 묘했어요. 성님하구 동식이네 성님하구 셋이서 일한다는 게……즐겁다구 해야 할지, 미안하다구 해야 할지. 그러다가 사고가 나구……안타까운 시간이 계속 되었지요. 그 분이 고통스러워 하는 걸 볼 수가 없었어요. 내가 그 분을 위해 할 수 있는 일이 무얼까 생각했어요. 그런데 오히려 그 분을 힘들게 만들고 말았지요. 그 분이 떠나고 난 후 어떻게 살았는지 모르겠어요."

사내가 두어 번 침을 삼켜 마른 혀를 적셨다. 그 때까지 말없이 선실에서 키를 잡고 있던 노인이 갑판으로 나왔다.

"잠시 들어 가 좀 쉬게."

노인이 공기 줄을 잡았다.

"괜찮아요, 성님."

힐끔 웃으며 노인을 쳐다보는 사내의 눈가에 물기가 반짝 햇빛에 빛났다.

"좀 쉬라니까."

노인이 갑판에 자리를 잡고 앉았다.

"배 떠내려가면 어쩌시려구요?"

사내도 지지 않고 대거리를 했다.

"그러니까 자네가 얼른 키를 잡으라니까."

"저는 이 게 더 편해요."

"사람허군……."

하는 수 없다는 듯 노인이 다시 선실로 들어갔다.

"다시 동식이가 마을에 나타났을 때 저는 정말로 놀랐지요. 그 분은 어찌 되신 건가. 혹시 잘못 되신 것은 아닌지……그런데 동식이도 저렇게 말이 없으니 도통 원……."

사내가 거친 손을 들어 눈가를 훔쳤다.

"말이 없다는 거는……아무 일도 없다는 거겠지."

"동식이 얼굴이 너무 어두워서……다 저 때문에 생긴 일이지요."

"자네 어머니로서야……."

노인이 말을 멈추고 낮은 숨을 쉬었다.

"야는 왜 이리 소식이 없는 거야?"

흥 소리가 나도록 사내가 코를 풀었다.

"괜찮을 거여……충분히 이겨낼 놈이니까."

"그래야지요……성님! 신호가 왔어요, 망태를 내려야겠어요."

어느새 얼굴이 밝아진 사내가 부랴부랴 새 망태를 바다에 던졌다.

"이제서야 망태를 채웠나 봐요."

사내가 망태를 끌어당기기 시작했다.

"좀……이상해요."

망태를 끌어올리다 말고 사내가 고개를 갸웃거렸다.

"왜 그러나?"

노인이 사내 쪽으로 고개를 돌렸다.

"기껏해야 해삼 몇 마리에 멍게가 전부일 텐데……."

사내가 급히 망태를 끌어 올렸다.

"해삼이에요, 모두가 해삼이에요!"

사내의 호들갑에 노인이 선실에서 나왔다.

"해삼이 별루 없을 텐데……."

"해삼 밭이라도 발견한 모양인가……."

"해삼 밭이 어디 있어? 혹시……."

노인과 사내가 거의 동시에 서로를 마주 보았다. 노인의 얼굴이 굳어졌다.

"자넨 무슨 낌새 같은 걸 못 느꼈는가?"

"글쎄요……그러구 보니 좀 많이 들어간 것 같기두 하구……."

"몸을 마구 쓰구 있어. 그러다간 위험해. 자네가 좀 더 신경을 써야겠네."

"그래야겠어요, 성님."

다시 사내는 공기 줄을 잡았고 노인은 선실로 들어가 키를 잡았다. 두 사람의 공간적 거리보다 몇 배는 길고 무거운 침묵이 흘렀다.

"왜 빨리 마음을 잡지 못하는지……."

한동안 말없이 공기 줄을 밀어 넣던 사내가 슬쩍 손목을 들어 시간을 확인한 다음 입속으로 웅얼거렸다. 노인은 모르는 체 바다를 보고 있었다.

"왜 자꾸 애간장을 녹이는지……."

사내가 또 들릴 듯 말 듯한 입엣말을 웅얼거렸다.

"그러게 말일세."

바다를 보고 있던 노인이 사내의 혼잣말을 거들었다.

"다 내 잘못이지요……."

"그렇게 따진다면 나도 자네 못지않게 맺힌 게 많은 사람일세……."

말을 줄이며 노인은 고개를 저었다.

"성님이 왜요? 어쩔 수 없는 일이었잖아요……."

사내가 노인을 바라보며 말했다.

"……."

그러나 노인은 바다에 시선을 던진 채 한참동안 고개를 가로저었다. 사내도 연신 바다로 공기 줄을 밀어 넣을 뿐 더 이상 말을 붙이지 않았다. 다시 두 사람 사이로 침묵이 흘렀다.

"가까운 친구를 보내고 나만 살아 남았네……."

"성님들은 어떻게 만나셨어요?"

사내가 슬썩 노인의 눈치를 살폈다.

"참 많은 밤을 설쳤지……."

사내의 말에는 아랑곳하지 않고 노인은 말을 이었다.

"밤마다 바다의 절규를 들었네. 그건 친구의 울부짖음이었어. 내가 어찌 잠을 잘 수가 있었겠나……."

잠시 말을 멈춘 노인이 하늘을 바라보았다. 해가 머리 위까지 솟아 있었다. 한나절은 족히 되었을 어림이었다.

"점심 준비를 해야죠?"

노인의 눈치를 살피던 사내가 얼른 말을 이었다.

"아니, 동식이가 올라오면 준비를 하게."

"배가 많이 고플 텐데. 벌써 물에 들어 간 지가 다섯 시간도 넘었는데 말이에요."

"그렇게라도 해서 동식일 쉬게 해야지."

"하긴……점심 먹자마자 또 바다로 들어 갈 위인이긴 하지요."

사내가 고개를 끄덕이며 헛웃음을 웃었다.

"바다가 무서워 보이기는 그 때가 처음이었네. 걷기 시작하면서부터 늘 뒹굴던 놀이터인데도 말이야. 풍요로운 삶의 터전이었던 바다였는데. 손을 쓸 수도 없었네. 아무 것도 하지 못한 채, 제 목숨 하나 건지기 바빠 눈앞에서 사라져 가는 핏줄이나 다름없는 친구를……바다가 싫어졌어. 온갖 고생 끝에 마련한 목숨 같은 배를 바다에 바쳤을 때도 그렇지는 않았었어……그래도 나는 바다를 떠날 수는 없었지. 동무만을 남겨 놓은 채 홀로 떠날 수는 없는 일이었어. 이를 물고 버텨야 했네……그 바다에서 나는 밤마다 바다의 절규를 들으며 술을 마시는 게 고작이었지만."

"알지요. 성님이 얼마나 고통스러운 삶을 사셨는지 저야 다 알지요……그래 두 분은 어떻게 만나셨냐니까요?"

"40년쯤 된 일인가……."

나직이 웅얼거리다 말고 노인이 쿨럭 기침을 했다.

"많이 편찮으세요, 성님?"

"저녁 무렵이었지. 막 저녁을 먹으려 하는데, 웬 젊은 부부가 커다란 가방 하나를 들고 문밖에 서있는 거야. 방을 구한다구 하더군. 우리 마을에서 살겠다구. 아무리 뜯어보아도 이런 곳에서 살 사람 같지는 않아 보였는데 말야. 급한 대로 문간방을 내줬지. 며칠이 지나자 배를 타겠다구 하더라구. 을매나 버텨내랴 싶어 그리라구 했지. 그런데 내가 생각을 잘못한 거야. 저러다 말겠지 했는데 끝까지 버텨내더라구. 그래 처음에는 허드렛일을 시키다가 머구릿배에 태워 공기 줄을 잡게 했지. 그런데 얼마간 시간이 지나자 이번에는 머구리를 해 보구 싶다는 거야. 위험해서 안 된다니까 그동안 시간이 날 때마다 바닷가에서 연습을 해왔다는 거야. 시켜 보니 제법 솜씨가 있길래 그 뒤로 나하구 같이 머구리 일을 하게 된 거지. 참 성실한 사람이었어. 우리 집에 온 지 2년도 채 안 돼서 집을 사서 나갈 정도로……."

노인은 잠시 말을 멈추고 눈을 감았다. 즐거웠던 때를 떠올리는지 노인의 얼굴이 평화로워 보였다. 그러다가 노인의 얼굴이 일그러졌다.

"내가 너무 경솔했어. 평생 이 바다에서 잔뼈가 굵은 위인이 바다의 생리를 몰랐던 거지. 급샛바람이 불고 있었는데……."

"성님 잘못이 아니지요. 일기예보가 괜찮다구 했는데 뭘."

"일기예보 탓할 게 아니야. 하루에 열두 번두 더 바뀌는 게 바다 날씨 아닌가? 그거야 우리덜이 더 잘 아는 일이구……."

"그래두 성님은 최선을 다 하셨잖아요?"

"시신두 찾지 못했네……겨우……쇠갈퀴만 찾질 않았던가……."

노인이 다시 쿨룩쿨룩 기침을 했다.

"다리 좀 주물러 드릴까요? 제대로 치료를 받지 않아 평생 고생하구 계시구……."

"……."

노인이 대답 대신 사내를 보며 나직이 웃었다.

"점심 때가 지났구만 야는 왜 안 올라오는 거야? 참 고집두……."

노인이 아무 대답도 하지 않자 사내는 눈을 꿈벅이며 애먼 동식이를 탓했다.

"글쎄……이제는 올라와야 할 텐데……."

노인도 바다를 바라보며 동식을 걱정했다.

"성님이 따끔하게 한 소리 해야겠어요."

"……."

갑판 바닥으로 지던 해 그림자가 제법 길게 늘어지기 시작했다. 어느새 선실 안쪽으로 햇빛이 들고 있었고, 뿌옇게 보이던 포구의 건물들도 하나씩 제 모습을 드러내고 있었다. 검푸르게 일렁이던 파도의 색깔이 모습을 숨기기 시작했고 잠잠하던 물결이 다시 반짝이기 시작했다. 점심시간이 많이 지났다는 증거였다. 해가 기울기 시작하던 그 즈음이었다.

"이제야 올라오고 있어요."

사내가 올라오는 공기 줄을 감았다.

"속도에 맞추어 잘 감게."

노인이 평소에 하지 않던 군소리를 했다.

"오십 미터도 더 들어 간 것 같아요……하기야 해삼을 그렇게 따려면……."

"하루 이틀 하구 말 것두 아닌데 참……감압이라두 철저히 시키게."

젊은 사내의 청동투구가 물위로 떠오른 것은 한 시간이 다 되어서였다. 자꾸 올라오려는 공기 줄을 감지 않고 누른 덕분이었다. 물 위로 떠오른 젊은 사내가 서서히 팔을 저어 배 난간에 걸쳐 있는 사다리를 잡았다. 사내가 젊은 사내의 청동투구를 비틀어 벗겼다. 해쓱한 젊은 사내의 얼굴이 드러났다.

"어서 올라와라. 무얼 먹어 가며 일을 해야지. 사람두 참……."

사내가 젊은 사내의 어깨를 끌어당기며 미간을 찡그렸다.

"또 식사 준비 안 해 놓으셨으면서 괜히 그러시는 거 다 알아요, 아재."

갑판 위로 올라온 젊은 사내가 어깨에 올려 있는 납덩이를 내리며 사내를 바라보았다.

"그거야 내가 바빠서 그런 거구, 그래도 몸 생각은 해야지……."

젊은 사내의 말에 슬그머니 말꼬리를 내리며 선실 쪽으로 걸어가던 사내가,

"저는 밥을 할라니 성님이 야단 좀 치세요."

노인을 끌어들였다.

"안 그래두 동식아, 몸 좀 생각하민서 하그라. 우리 일이란 게 어디 하루이틀 하구 말 일이드나 말이다."

망태를 끌어올리던 노인이 굳은 표정으로 젊은 사내를 바라보았다.

"알았어요. 아재."

"밥 준비하는 동안 좀 쉬그라."

여전히 굳은 표정을 풀지 않은 채 노인은 망태를 풀어 해산물을 정리하기 시작했다. 이따금씩 멍게나 소라, 문어 등이 들어 있기도 했지만 망태를 가득 채우고 있는 것은 거의 해삼들이었다. 쯧쯧. 노인이 허를 찼다.

"아재도 참. 왜 또 그러세요?"

배 난간에 비스듬히 몸을 기댄 채 쇠갈퀴를 만지작거리고 있던 젊은 사내가 노인을 보며 웃었다.

"니 몸이⋯⋯제일로 중한 거다. 첫쩨 기라."

노인이 여전히 굳은 표정으로 무뚝뚝하게 말했다.

"잘못 했어요, 아재. 이제 그만 화 푸세요."

"화는 무신⋯⋯."

젊은 사내가 갑자기 정색을 하는 바람에 노인이 허붓하게 말끝을 흐렸다.

하루해가 기울 정도로 길었던 한 차례의 머구리질이 끝난 배 위로, 봄날 오후 슬그머니 밀려오는 졸음 같은 정적이 게으르게 흘렀다. 석유 버너 위

에 올려 진 냄비 뚜껑을 열어 밥이 다 됐는지를 살피던 사내가 스티로폼 통에서 김치와 삼겹살을 꺼냈다.

"성님! 밥 뜸들이는 동안 영양 보충이라두 합시다. 너두 이리 오구."

"그러세. 이리 오너라."

"소주두 한 잔 하시겠어요?

사내의 눈이 슬쩍 노인의 눈과 마주쳤다.

"그럼세."

노인이 못 이기는 체 술을 허락했다.

"너두 한 잔 해라. 어차피 이제 물에 들어가기에는 너무 늦었어."

미처 대답할 틈도 주지 않고 사내가 젊은 사내에게 잔을 내밀었다.

"아직 서너 시간은 작업할 수 있는데요?"

"아니다. 오늘은 그만 하자. 내가 힘이 들어 더는 못 하겠다."

노인이 무릎을 주무르며 거들었다.

"아재요. 그러지 말고 통영 병원에서 치료를 받는 게 좋을 것 같습니다."

"일 없다. 견딜 만한데 무엇 하러 거까지 가나?"

"일 없긴요. 매일 절뚝이시면서⋯⋯그러다 큰일 난다니까요. 성님."

"자아, 어서 고기들이나 먹으라마."

노인이 젊은 사내 앞으로 노랗게 익은 삼겹살 몇 점을 밀어 놓았다.

사내가 밥 그릇 가득 따라 준 소주를 마치 무슨 물이라도 마시듯이 한 입에 삼켜버린 젊은 사내가 얼굴을 찡그리며 목을 움추렸다 편 뒤 삼겹살 한 점을 집어 들었다.

"그동안 어디서 살았노?"

소주 몇 잔에 금세 얼굴이 벌게진 사내가 물었다. 곁에서 말없이 삼겹살을 굽던 노인도 대답을 기다리는 듯 젊은 사내를 곁눈질했다.

"……."

아무 말 없이 한참의 시간이 지나갔다.

"가족들은……?"

사내는 어머니라는 말을 입에 올리지 못하고 있었다.

"서울에서 살았습니다……어머니는 서울에 계십니다."

젊은 사내가, 며칠씩 온 힘으로 버티어 내던 묵비권을 논리적인 검사 앞에서 어쩔 수 없이 포기해 버리고 만 무기력한 피의자처럼 순순히 사내의 말에 응했다.

"그래 무얼 하구 살았나?"

사내가 틈을 놓치지 않았다.

"학원 강사를 했습니다."

젊은 사내는 더 이상 망설이지 않았다. 사내의 말이 끝나기 바쁘게 마치 기다리기라도 했던 것처럼 대답하는 것은 물론, 대답을 마친 다음 사내와 노인을 쳐다봄으로써 다음 질문을 기다리고 있다는 의사표시까지 했다.

"그래, 자네 아부지는 자네가 선생님이 되는 걸 바라셨지. 근데 자네 어머니는 왜 같이 오시지 않았나?"

"……."

갑자기 젊은 사내가 말을 멈추었다. 사내가 젊은 사내를 쳐다보았다. 젊은 사내가 비어 있는 밥그릇에 소주를 따랐다.

"무슨 일이라도 있었는가?"

사내가 다시 재촉했다.

"……."

젊은 사내가 굳은 표정으로 다시 술을 마셨다.

"그만 하그라."

그 때까지 고기를 뒤적이고 있던 노인이 소주를 입으로 털어 넣으며 사내를 나무랐다.

"괜찮습니다, 아재. 어머니는……이곳이 싫으신가 봅니다."

벌겋게 상기된 젊은 사내의 얼굴이 잠시 일그러졌다.

"그러실 거야……고생은 하지 않았나?"

바람처럼 휘몰아치며 지나간 세월이었습니다. 자꾸만 아래로 꺼져 내리던 어린 날 열병처럼 견디기 힘든 고통의 세월이었습니다. 앞이 보이지 않는 어둠 속에 혼자 남겨진 것처럼 소름 끼치는 공포의 세월이었습니다. 어찌 살았는지 기억나지 않는 세월이었습니다. 아니, 기억하고 싶지 않은 끔찍한 세월이었습니다. 어느 날 문득 정신을 차리고 보니 거리의 부랑아가 되어 있었습니다. 뒤 늦게 아버지의 말씀이 떠올라 다시 공부에 매달려 보았지만 아버지의 소원을 들어 드리기에는 이미 너무 많은 시간이 흘러 버렸다는 것을 깨닫는 것은 왜 그리도 쉽던지. 그래도 모르는 체 아버지의 소원을 위해서 이를 물고 버텼습니다. 거기까지가 제가 할 수 있는 일이었습니다. 정말 거기까지였습니다.

젊은 사내는 말하지 않았다. 젊은 사내의 눈 밑이 젖어 있었다.

"다시 이곳으로 오게 된 특별한……무슨 이유 같은 거라도 있는가?"

사내는 작정하고 있는 게 분명했다.

아버지가 그리워서입니다. 아버지와의 추억이 서린 곳이어서입니다. 아직도 바다 속 어딘가를 떠돌아다닐 아버지를 혼자 놓아 둘 수가 없어서입니다. 아버지가 얼마나 저를 사랑하셨는데요……아버지의 소원대로 선생님이 되지 못한 건 죄송하지만 아마 아버지도 저를 보시면 잘 왔다고 말씀하실 거예요……아닙니다. 아니에요. 다 거짓말입니다. 사실은, 사실은요 아재, 세상살이가 너무 힘들어서예요. 사람들하고 경쟁하면서 사는 것도 힘들고, 어머니를 보는 것도 힘들고, 가족을 부양하는 것도 힘들고…… 그런데 왜 그렇게 바다에 들어가는 것이 힘들던지요. 아버지처럼 살겠다고 왔는데 왜 그렇게 바다에 들어가는 게 힘들던지요. 아마 아버지의 흔적을 만날까봐……두려워서였겠지요. 이제 아버지처럼 살 겁니다. 아버지가 그랬던 것처럼 이 바다에서, 욕심 없이 아버지를 지키며 살겠습니다.

젊은 사내가 이를 물었다. 젊은 사내의 얼굴에 힘줄이 일었다. 이제 젊은 사내의 눈 밑이 젖어 있지는 않았다. 그저 쇠갈퀴를 무슨 보물처럼 두 손으로 꼭 잡은 채 고개를 들어 서쪽 하늘을 바라볼 뿐이었다. 사내도, 노인도 말없이 서쪽 하늘을 바라보았다. 해가 서쪽으로 기울고 있었다. 산그림자에 가려진 포구의 건물들이 벌써부터 점점 짙어지고 있었다.

2.

날이 밝으려면 한참은 더 있어야 했다. 평상시보다 두어 시간은 족히 이른 시간에 동식은 자리에서 일어나 출항 준비를 했다. 출항 준비라야 고작 세면을 하고 두툼한 옷가지와 양말 두어 개를 챙기면 되는 것이었지만 동식은 지난 밤 잠까지 설쳤다. 여느 날과 무엇이 다르냐고 스스로에게 여러 번 되뇌어 본 후 잠자리에 들었지만 별 수 없는 일이었다. 다음 날 있을 작업을 기다린다는 것은 어느새 조금씩 바닷일에 적응하고 있다는 증거일 수도 있었다. 마을에 돌아온 며칠 동안, 동식은 바다 한 가운데까지 나와서 물에 들어 갈 생각도 하지 않고 멍하니 허공을 바라보고 있는가 하면, 한 번 물에 들어가면 쉴 생각도 하지 않고 작업에만 매달리는 등 통 마음을 붙이지 못했었다.

"준비되었느냐?"

문밖에서 봉두 아재의 목소리가 들렸다. 봉두 아재의 목소리도 갈라져 있었다.

"예, 나갑니다."

동식이 옷가지를 넣은 가방을 들고 밖으로 나섰다.

"이리 오너라. 우선 뭘 좀 먹어야지."

불이 환히 켜 있는 안채에서 봉두 아재네 아줌마가 상을 차리고 있었다.

"아닙니다. 하루 이틀 하던 일도 아닌데요……."

"아니다. 오늘부터 당분간은 힘이 갑절은 더 들 테니 많이 먹어 둬야 한다."

힘이 갑절로 들 일도 아니었다. 그동안 비록 해산물 채취량이 작기는 했지만 어차피 온종일 물속에 들어가 있기는 매한가지였다.

"저는 생각이 없습니다. 아재라도 든든히 드십시오."

"그러믄 반찬이랑 밥을 조금 싸야겠다."

봉두 아재네 아줌마가 싸준, 게를 옆으로 눕혀 놓은 것 같은 마크가 찍힌 노란 색 마트 봉지를 들고 동식은 봉두 아재의 뒤를 따라 아직도 어둠이 가득한 포구를 향해 길을 나섰다.

"니가 다시 온 지가 을매나 되었드나?"

멀리 듬성듬성 켜 있는 가로등의 어스름한 불빛을 의지해 앞선 걸음을 옮기던 봉두 아재가 물었다.

"한 달이 다 돼 갑니다."

"한 달이라……그래, 일은 할만 하드냐?"

"예, 저보다두……아재가 걱정입니다. 괜히 저땜에……."

"아니다. 내는 니가 다시 돌아온 게 무엇보다 기쁘다."

"그래도 다리도 불편하시구……그리구……다시 배를 타서야 되구……."

동식이 입을 다물었다. 다시 돌아오기까지 얼마나 많은 용기와 시간이 필요했던가. 다시 돌아오지 못할 줄 알았다.

"삼수가 벌써 나와 있구만……."

봉두 아재의 말에 말없이 뒤를 따라 걷던 동식이 포구 쪽을 바라보았다. 언제부터 나왔는지 저마다 시동을 걸어놓고 훤하게 뱃머리에 백열등을 단 배들 사이로 역시 백열등 불빛을 밝힌 봉두 아재의 배가 보였다.

"지 눔두 잠을 설친 게야, 허기사……."

쿨룩 뱉어진 기침이 봉두 아재의 말을 삼켰다.

쿨룩쿨룩. 봉두 아재의 기침은 배가 출발하고 나서도 한참 동안이나 계속 되었다.

"좀 쉬세요, 성님! 제가 배를 몰 테니."

"아니다."

봉두 아재는 쿨룩거리는 기침 사이로 단호하게 말했다.

"그렇게 하세요, 아재."

동식이까지 나섰으나 봉두 아재는 키를 놓지 않았다.

여기저기서 울려대는 뱃소리가 어두운 바다에 퍼지기 시작했다. 배는 보이지 않고 어둠 속을 뚫고 나온 뱃소리와 백열등 불빛만이 북쪽으로 내닫고 있었다.

"성님두 처음이지요?"

갑판 구석에서 봉두 아재네 아줌마가 싸준 아침을 차리던 삼수 아재가 물었다. 삼수 아재의 말에 동식은 슬쩍 선실 쪽을 바라보았다. 봉두 아재는 여전히 키를 잡은 채 보이지도 않는 어둠 속을 응시하고 있었다.

"그렇지……예전엔 못 가던 곳이었으니까……."

"긴장되세요?"

"긴장은 무신……몇 달 동안 사람 손을 타지 않은 곳이니까……."

봉두 아재도 내심 기대에 차 있는 것이 분명했다.

동해안 최북단 저도 어장. 가로 천삼백 미터 세로 사백 미터의 조그만 어장. 군사 분계 지역이라 사월부터 십일월까지만 조업이 허락되는 곳이었다.

기대감에 부풀어 있는 사람은 두 사람만은 아닐 터였다. 지금 어둠 속을 달리고 있는 모든 사람들이 한결같이 가지고 있는 기대감일 터였다. 특별히 더 삼수 아재나 봉두 아재는 남달랐을 것이다. 처음 가보는 곳이었고 삼십 년 만에 다시 타는 배였다.

잠시 다니러 온 줄 알았던 동식이 전후 설명도 없이 다짜고짜 배를 타겠다고 했을 때 봉두 아재는 선뜻 대답하지 않았었다. 그 이유를 모를 리 없었건만 동식은 끝끝내 봉두 아재를 졸라댔다. 결국 두 아재들과 함께 일을 한다는 조건으로 봉두 아재는 허락을 했다. 동식이 마을을 떠난 후로 뱃일을 그만 두고 있던 두 아재였다. 잠수병으로 다리가 불편한 봉두 아재였고, 그때까지 결혼도 하지 않은 채 시내에 나가 철물점으로 기반을 닦은 삼수 아재였다. 삼수 아재는 이십여 년 간 이루어 놓은 사업을 남에게 맡겼고 봉두 아재는 병든 몸조차 망설이지 않고 동식과 일을 하기로 했다.

"동식아, 이리와 한 술 떠라. 오늘은 한번 들어가면 금방 나오기도 힘들 텐데. 성님두 이리 오세요. 키는 제가 잡을게요."

삼수 아재가 밥과 김치찌개를 스테인리스 대접에 함께 담아 내어놓았다.

"자네 먼저 먹게나. 내는 냉중에 먹을란다."

동식이 찌개에 말아놓은 밥을 먹기 시작했다. 채 오 분도 걸리지 않았다. 마을로 돌아온 후 동식의 식사는 늘 그랬다. 배에서 먹는 아침과 점심은 그렇다 치더라도 집에서 먹는 저녁까지도 마지못해 치르는 통과 의례처럼 간단했다.

날이 훤해질 무렵 봉두 아재가 배를 세웠다. 삼수 아재가 시계를 보았다.

"여섯 시가 되려면 아직 시간이 좀 남았네요."

채 가시지 않은 어둠 사이로 운동회 날 달리기 시합 출발선에 서 있는 학생모양 일렬로 늘어서 있는 배들의 모습이 보였다. 그 사이로 해경 지도선이 연신 오고갔고 나중에 출발한 배들이 속속 도착하고 있었다.

"동식아, 조심해야 된다. 저기 저 배 보이냐?"

삼수 아재가 방금 도착한 배를 가리켰다.

"삼부자가 다 다리를 못 쓰게 됐다. 아무리 바빠도 감압은 꼭 해야 하는 기다."

어두워서 잘 보이지는 않았지만 멀리서 보기에도 두 사람 다 몸이 불편해 보였다.

"그래두 성은 좀 나은 거다. 아버지하구 동생은 아예 다리를 못 쓴다."

"신경 쓰지 않으믄 큰일 난다. 명심 하그라."

봉두 아재가 동식에게 다짐을 넣었다.

"누굽니까?"

"아마 니도 알 기다. 밤나무 집 형제들이다."

"민봉이하고 민숩니까?……언제 저리 됐습니까?"

"몇 년 됐을 거다. 이쪽에는 챔번가 하는 게 십오 미터짜리밖에 없다드라."

"저래 가지고 일을 할 수 있습니까?"

"으째겠느냐? 성치 않은 몸으루 할 수 있는 일이 없으니께……이 일이 수입두 괜찮은 펜이기두 하구……그래두 지금은 현대식 잠수복이 있어 펜한 펜이다. 옛날 장비로는 택도 없는 일이지."

동식이 숨을 들이마셨다.

"초등학교 때 같은 반이었제?"

봉두 아재가 말을 이었다.

"성님! 다시 시동을 걸어야 할 시간이에요."

오 분전 여섯 시였다. 여기저기서 배의 시동을 거는 소리가 들렸다. 좀 전보다 훨씬 더 많은 배들이 갑자기 바다 위에 나타나 있었다.

"좋은 자리를 잡아야 합니다. 성님!"

"서두를 것 없다, 어차피 다 생땅인데 뭘."

삐이익. 해경 지도선에서 울리는 출발 신호 소리가 일렬로 도열해 있는 뱃머리를 가로지르며 지나갔다. 신호에 맞춰 일시에 배들이 급한 엔진 소리를 내며 북으로 내닫기 시작했다. 봉두 아재도 배의 속력을 올렸다. 막

떠오르기 시작한 벌건 해 기운이 뱃머리에서 마구 부서져 나갔다. 삼수 아재가 동식이 앞으로 잠수복을 내밀었다. 동식이 말 잘 듣는 어린 아이처럼 잠수복으로 발을 집어넣었다. 곁에서 기다리고 있던 삼수 아재가 동식을 일으켜 세웠다.

"오늘은 정말 기대가 된다."

삼수 아재가 동식을 일으켜 세운 다음 잠수복을 추켜 납덩이로 고정시켰다. 봉두 아재가 배를 멈추고 닻을 내렸다. 동식이 사다리에 올라섰다. 해 기운이 동식의 얼굴을 붉게 상기시켰다. 동식의 얼굴 위로 청동 투구가 씌워졌다. 동식이 손가락을 동그랗게 오므려 출발 신호를 보냈다.

"조심하그라."

붉은 햇빛이 일렁거리는 바다 위로 동식이 뛰어 들었다. 동식이 뛰어드는 바람에 튕겨진 수만 개의 물방울 속으로 불꽃처럼 붉은 빛이 들어와 박혔다. 붉은 빛이 다 스러지기도 전에 동식이 천천히 손사래를 쳐 바다 밑으로 내려갔다.

물속은 아직 어두웠다. 옅은 붉은 색 기운이 퍼져 있는 수면이 점점 멀어지면서 어둠에 갇힌 고요한 세계가 펼쳐지고 있었다. 절망과 평온을 뒤섞어 놓은 것 같은 어둠이었다. 갑작스런 아버지의 죽음 속에서 처음으로 느꼈던 캄캄하던 어둠과 어머니의 절망, 세상살이의 고달픔에서 어김없이 공존하던 좌절. 그러나 언제부터인가 동식은 어둠에 익숙해져 있었다. 오히려 친근하기까지 했다. 아무도 없는 세상, 누구의 간섭도 받지 않는 사십 미터 바다 속 어둠의 세상. 지금 이 순간만은 세상 모든 것으로부터 자유로웠다. 어머니에 대한 애증과 아내 그리고 삶……아버지도 혼자만의 세상을 꿈꾸었던 것은 아니었을까?

사람의 손이 닿지 않았던 새로운 세상이 눈앞에 있었다. 멀건 바다 수면의 빛에 의지하는 것이 전부였지만 여기저기에 거짓말처럼 널려 있는 해삼을 구별해내는 일은 어렵지 않았다. 동식은 아버지처럼 능숙한 손놀림으로 망태 속으로 해삼을 집어넣었다. 불과 얼마 지나지 않아 망태가 가득 찼다. 줄을 당겨 신호를 보냈다. 잠시 후 새 망태가 내려오고 곧이어 해삼이 가득 찬 망태가 수면을 향해 올라갔다. 역시 기대한 대로야. 분명 삼수 아재는 망태에 가득 찬 해삼을 보고는 미소를 지으며, 한 푼이라도 더 받기 위해 큰 해삼을 보기 좋게 맨 위에 올려놓으며 상자를 정리할 것이다.

두 번째 망태를 채우기 시작했다. 자리를 옮길 필요도 없었다. 주위에는 해삼이 얼마든지 널려 있었다. 그뿐이 아니었다. 그 옆으로 돌무더기처럼 쌓여 있는 붉은 것들은 멍게일 터였다. 우선 해삼부터 망태 속으로 집어넣었다. 두 번째 망태도 순식간에 가득 찼다. 줄을 당겼다. 새 망태가 내려왔다. 새 망태를 집으려 하다가 동식은 잠시 멈추었다. 문어였다. 바위 색깔로 위장하여 바닷말 틈에 몸을 숨기고 있는 대왕문어였다. 아버지만이 잡을 수 있다던 대왕문어. 문어는 알을 품고 있는 것 같았다. 동식이 쇠갈퀴를 들어 문어를 건드렸다. 감쪽같기는 했지만 결국 자신의 방어술이 들통났다는 사실을 모를 리 없는 문어였지만 놈은 커다란 눈을 꿈뻑거리기만 할 뿐 움직이지 않았다. 새끼를 지키려는 문어의 목숨을 건 본능이었다.

동식은 아버지를 떠올렸다. 파도치는 바다로 일을 나갔던 아버지. 바다 날씨를 모를 아버지가 아니었다. 아무리 날씨가 좋으리라는 일기예보가 있었다 해도 바다에는 바다의 날씨가 있는 법이었다. 아버지를 파도치는 바다로 뛰어들게 만든 것은 일기예보가 아니라 가족이었을 것이라는 생각이 들었다.

아버지는 그렇게 목숨을 바쳐 동식을 지켰지만 동식은 아버지의 기대처럼 살지 못했다. 아버지처럼 가족을 지키지도 못했다. 어느 날 아침 눈을 떠 보니 유명해져 있었던 것이 아니라, 고등학교 중퇴의 열아홉 불량 청소년이 되어 있었다. 너는 학교 선생님이 되어야 한다던 아버지 말씀.

공부라는 것을 시작했다. 다 늦은 나이에 중학교 일 학년 책부터 다시 보았다. 그러면 될 줄 알았다. 남들보다 조금 늦기는 했지만 그러면 되기는 될 줄 알았다. 그러나 남들보다 늦기만 한 것이 아니었다. 남들보다 늦는다는 것은 남들만큼 될 수 없다는 뜻이기도 했다. 검정고시를 치러 대입 자격을 얻기도 했고 삼류이기는 하지만 대학이라는 곳에도 가기는 갔다. 거기까지였다. 아버지가 그토록 바라던 '너는 학교 선생님이 되어야 한다.' 는 결코 쉬운 일이 아니었다. 열아홉에 공부를 시작해서 스물셋에 대입 자격 검정고시를 통과하고 스물여섯에 공익으로 군대를 마친 다음 스물일곱에 대학엘 들어갔고 서른하나에 대학을 졸업했으며, 그 때부터 해마다 임용고시를 치렀고, 서른다섯에 결혼을 하고 서른여섯이 되는 해에 아내의 현실적 선택에 의해 어쩔 수 없이 줄기차게 파던 한 우물인 '너는 학교 선생님이 되어야 한다.' 를 버리고 그대신 학교 선생님 비슷한 일을 했다. 학원 강사였다.

'너는 학교 선생님이 되어야 한다.' 를 포기하면서부터 동식은 아내의 일방적 결정에 따라 어머니로부터 독립하였다. 그 때까지도 동식은 어머니의 술에 젖은 돈에 의지해 살았다. 내가 잘못 했다며 눈물을 흘리던 어머니는 그러나 학교 선생님이 되려는 동식을 뒷바라지해야 된다는 절체절명의 명분 앞에서 떳떳하게 미스 윤 놀이를 계속했다.

학교 선생님 대신 학원 강사가 되고 결혼을 하고 어머니로부터 독립을 한 뒤에도 동식의 생활은 뾰족하게 달라지지 않았다. 뾰족하게 달라지기는커녕 채 오 년도 채우지 못하고 그만두기까지의 '학교 선생님' 대신 '학원 강사' 생활은 비굴하기 견줄 데 없는 삶이었다. 철저하게 수강생 숫자에 따라 지급되는 능력별 보수는 어머니의 술에 젖은 돈보다도 더 슬프고 더 적었다.

동식은 깊숙하게 들이마셨던 숨을 천천히 내뿜었다. 삼수 아재는 올라오는 공기 방울을 보며 '동식이가 문어를 잡고 있군.' 하며 미소를 지을 것이다. 저 정도의 놈이라면 능히 한 사람 분의 일당은 나옴직스러웠다. 그러나 동식은 돌아섰다. 여전히 목숨을 건 본능을 지속하고 있는 대왕문어는 너무 커서 잡을 수 없을 듯했다.

바다 속이 훤히 밝아져 있었다. 해삼이며 붉은 멍게, 군락을 이루고 있는 바닷말 등이 분명하게 시야에 들어왔다. 다시 망태 속에 해삼을 집어넣었다. 이대로 저녁때까지 작업을 한다면 족히 학원 강사 보름치 수입은 돌아오고도 남을 터였다. 동식은 오늘 받을 돈을 아내의 얼굴에 뿌려 주고 싶다는 호기 어린 생각을 했다. 아니, 돈을 반으로 나누어 나이도 두어 살은 어릴, 자신의 실력도 별반 나아 보이지 않으면서 툭하면 그런 실력으로 어떻게 밥을 먹고 살겠느냐고 남의 속을 뒤집어 놓던, 무얼 그리 잘 처먹었는지 볼따구니에 심술 살이 뭉실뭉실 차 있던, 부모 잘 만나 젊은 나이에 학원 강사가 아니라 학원 원장이 된 그 싸가지 없는 놈의 얼굴에도 갈겨 주고 싶다는 생각을 했다. 동식은 술에 젖은 어머니의 돈보다 더 더러운 학원 강사료를 놈의 얼굴에 갈겨 주고 돌아서는 상상을 그 학원에 빌붙어 살던 사 년 몇 개월 동안 한 순간도 버리지 않고 있었지만 삶은 항상 동식의 상상보다 더 치열했다.

다시 줄을 당겼다. 벌써 몇 번째인지 모를 만큼 망태가 여러 번 올라갔다. 바다 속의 밝기로 어림잡아 보면 점심 무렵이 지나고 있을 듯싶었다. 삼수 아재도 여러 번 줄을 당겨 신호를 보내왔었다. 동식이 줄을 두 번 당겼다. 올라간다는 신호였다.

망태가 올라간 뒤 동식도 서서히 몸을 위로 솟구쳤다. 서둘러서는 안 되는 일이었다. 십오 미터 지점에서 일단 멈추어 섰다. 길게 숨을 내 쉬었다. 여기서 최소한 십오 분은 머물러야 한다. 그래야 몸속에 질소가 남지 않는다. 조금이라도 서두르면 뼈와 살이 괴사되는 잠수병에 걸릴 수도 있다. 한참이 지난 뒤 십 미터 지점으로 올라갔다. 여기서는 이십 분은 머물러야 한다. 동식은 천천히 심호흡을 했다.

점점 수면이 가까워지고 있었다. 처음 도망치듯 뛰어 든 바다 속에서 동식은 뭍으로 올라가는 것이 두려웠었다. 한 번 물에 들어가면 저녁 무렵까지 나오지 않은 적도 있었다. 남들보다 더 많은 수확물을 얻기 위해서가 아니었다. 하루 종일 바다 속에서 아무 것도 하지 않은 적도 있었고, 절대 들어가서는 안 되는 오십 미터 바다 속으로 들어가 미친 듯이 해삼을 캔 적도 있었다.

이제 동식은 오 미터 지점에서 숨을 고르고 있었다. 삼십 분은 기다려야 하는 지점이었다. 바다 속이 맑고 밝았다. 내 뿜는 숨이 공기 방울이 되어 수면 위로 올라가 흩어지는 것이 보였다. 이제 거의 다 올라왔군. 올라오는 공기 방울을 보며 삼수 아재는 점심을 챙기고 있을 터였다.

이제 거의 다 올라 오셨군. 삼수 아재는 아버지가 내 뿜는 공기 방울을 보며 점심을 준비했었다. 봉두 아재에게 졸라 아버지 몰래 배를 탔던 날. 삼수 아재는 배에 앉아서도 바다 속에 있는 아버지의 움직임을 훤히 알고 있었다. 신기하게도 삼수 아재의 점심 준비가 끝났을 때 아버지가 수면 위로 모습을 드러냈었다.

지금쯤 삼수 아재는 분명 배 난간 옆 사다리에 붙어 서서 바다를 내려다보고 있을 터였다. 동식이 몸을 솟구쳤다. 동식의 청동 투구가 수만 개 은결이 일렁이는 수면 위로 불쑥 떠올랐다. 그 바람에 아름다운 악기 연주 소리처럼 초롱초롱 빛나던 은결이 잠시 방향을 잃고 사라졌다. 동식은 사다리 쪽부터 바라보았다. 역시 예상대로였다. 삼수 아재가 동식을 향해 손을 흔들었다. 동식이 천천히 사다리 쪽으로 몸을 움직였다. 삼수 아재가 동식의 청동 투구를 벗겼다.

"너무 오래 일하지 말그라. 벌써 새로 세 시다."

봉두 아재의 걱정에 동식이 선실에 걸려 있는 시계로 고개를 돌렸다. 두 시 오십 분이 조금 넘어 있었다.

"세 시는요, 무슨? 아재두 참."

동식이 웃으며 삼수 아재가 만들어 놓은 물회 대접을 집어 들었다.

"그래, 오늘 하루만 일할 것도 아니고 오늘은 그만 여기서 뒷정리 하자."

삼수 아재도 거들고 나섰다.

"뒷정리는 무슨……아직 네 시간은 더 일 할 수 있겠는데요."

"올라오는 시간까지 따지면 어차피 물에 들어 가 봐야 얼마 일도 못 한다."

"아닙니다."

물회에 밥을 말아 마치 국물을 마시듯 끼니를 때운 동식이 벗어놓았던 쇳덩이 신발에 발을 꿰었다. 하는 수 없이 삼수 아재가 동식의 어깨 위로 압착 장비를 고정시키고 그 위로 납덩이를 올렸다.

"오늘은 일당도 진작에 벌었고 하니 쪼금만 있다 올라와야 한다."

봉두 아재가 다짐을 놨지만 애초에 지켜질 말은 아니었다. 다시 동식이 바다 위로 뛰어 들었다. 동식이 빠른 손놀림으로 바다 속으로 미끄러져 내려갔다. 네 시간은 더 작업할 수 있다고 큰소리 쳤지만 알 수 없는 것이 바다 날씨였다. 금방이라도 먹구름이 몰려와 바다 속이 캄캄해질 수도 있는 일이었다. 바닥에 있던 해삼을 모두 주워 망태 속에 넣은 다음 동식은 주변을 세심하게 살피며 옆으로 이동하였다. 아직 주변에 멍게는 그대로 널려 있었지만 오늘은 값이 나가는 해삼부터 잡아 올릴 작정이었다.

가까운 곳에 머구리 한 명이 작업을 하고 있었다. 동식은 몸을 돌려 반대 방향으로 돌아섰다. 좁은 지역에 많은 사람들이 들어와 있기 때문에 특별히 조심해야 했다. 자칫 공기 줄이라도 엉키는 날에는 목숨을 잃을 수도 있었다. 될 수 있으면 멀리 거리를 두는 것이 서로에게 가장 안전한 방법이었다. 한 걸음 발을 옮기려던 동식이 다시 돌아섰다. 머구리의 몸놀림이 이상하다는 낌새가 느껴졌기 때문이었다. 머구리는 바위틈에서 나오지 못한 채 계속 같은 손동작만을 반복하고 있었다. 한 쪽 다리가 바위틈에 끼어 꼼짝도 하지 못하고 있었다. 동식이 머구리에게로 다가갔다. 우선 머구리가 놀라지 않도록 앞쪽으로 가 눈을 마주 친 다음 뒤쪽으로 돌아가 바위틈에 끼어 있는 머구리의 다리를 빼어냈다. 틈에 낀 다리는 별 힘들이지 않고 쉽게 빠져 나왔다. 동식이, 해삼이 가득 찬 자신의 망태를 머구리에게 내 밀었다.

3.

"어제 무슨 일이 있었더냐?"

새벽. 오늘도 배는 어둠 속에서 북쪽으로 달리고 있었다.

"왜요?"

의아하다는 듯이 동식이 삼수 아재를 쳐다보았다.

"마지막 망태를 채우는데 시간이 너무 오래 걸려서 하는 말이었다. 혹시……"

"아니에요. 해삼만 골라잡으려다 보니……."

"그럼 다행이고……하여간 건강 조심해야 한다."

"예, 그보다도 봉두 아재 다리 아픈 거 괜찮겠어요?"

동식이 선실 쪽을 흘끔 보며 귀엣말을 했다.

"안 그래도 걱정이다. 너무 오래 돼놔서……."

"민봉이 보니까……."

동식이 무엇인가 말을 더 하려다 멈추었다.

"민봉일 만난 적이 있었냐?"

"아니요, 어제 배에서요."

동식이 얼버무렸다.

"걔들도 큰일이다. 누가 같이 일을 하려 해야 말이지. 둘이 합해도 한 사람 치도 못 되니 무작정 선장만 나쁘달 수도 없구."

"수입도 수입이지만 몸이 견딜 수 있을지 모르겠어요."

"그러게 말이다."

삼수 아재가 버너 위에 올렸던 밥솥을 내리고 찌개 냄비를 올렸다.

날이 많이 밝아 있었다. 부챗살 같은 꼬리를 바다 위에 남기며 배들이 북으로 달리고 있었다.

"이리 와서 먼저 한 술 떠라."

삼수 아재가 밥과 찌개를 펐다.

"저 쪽 배에 탄 사람이 민봉이가 맞습니까?"

동식이 조금 거리를 둔 채 따라오는 배를 가리켰다.

"그래. 앉아 있는 게 민봉이구 그 옆이 민수다……이 참에 우리두 현대식으루 장비를 바꾸면 좋겠는데."

삼수 아재가 슬쩍 봉두 아재 쪽을 살폈다.

"아닙니다. 저는 이 장비가 좋아요."

아버지의 체취를 느낄 수 있어서 좋아요, 말하지는 않았다. 동식은, 밥을 먹다 말고 무릎 위에 있던 쇠갈퀴를 끌어 당겼다.

"현대식 잠수복이 훨씬 가볍기두 하구 안정성두 훨씬 좋다. 오십 미터두 들어간다……저기 저 배 보이지? 요새는 여자두 머구리 한단다. 다 장비가 좋아 가능한 일이다."

"누구예요?"

"인숙이 아니더냐? 막골에 살던."

언제 배를 세웠는지 봉두 아재가 잠수복을 들고 나왔다.

"서울로 시집 가 잘 산다더니만 사별하구 친정에 내려온 지 삼 년 쨌가 됐다더라. 처음엔 해녀 일을 했는데 작년부턴 머구리를 시작했댄다. 얼마나 억척스러운지 동네에 소문이 자자하더라."

"아무리 그래두 여자가 하기에는 힘이든 일이 아닙니까?"

동식이 잠수복에 발을 넣으며 물었다.

"힘이 든 일이지. 즈 집에선 재혼을 시켰으면 하는 모양이던데 말을 안 듣는다더라. 딸 아이 하나 있는 거 남부럽지 않게 공부시키겠다구 그 억척 아니냐? 벌써 알부자라구 소문이 날 정도라니까."

삐익. 조업 시작을 알리는 사이렌 소리가 봉두 아재의 말을 갈랐다. 다시 배들이 원하는 일터로 출발했다. 봉두 아재두 배를 달려 터를 잡고 닻을 내렸다.

"몸 생각해야 한다."

동식이 고개를 끄덕이며 바다로 뛰어들었다. 수면에서 반짝이던 햇빛이 부서지며 튀어 올라 허공에서 반짝거리며 사라졌다. 아름다웠다. 불의 꽃이 있다면 이건 물의 꽃일 터였다. 물꽃이 사라진 뒤 동식은 천천히 바다 속으로 내려갔다.

바다 밑은 깨끗했다. 누군가 이미 다녀간 자리였다. 해삼은커녕 멍게조차 눈에 띄지 않았다. 붉은 산호만이 단풍든 가을 산처럼 붉게 너울거리고 있었다. 산호가 붉은 색으로 너울거리는 것은 고기들을 유혹하기 위해서일 것이다. 생존의 법칙.

"박 선생을 보고 연구 좀 해요. 왜 박 선생 강의를 들으려는 수강생이 넘치는지를 말야."

아마 월요일이었을 것이다. 밤을 넘겨서야 배정을 받은 현역 반 수강생들의 일요일 강의 후, 피곤한 몸을 이끌고 막 출근을 했을 때 난데없이 날아온 원장의 공격이었다. 모의고사 성적을 본 어떤 학부모의 전화라도 받은 모양이었다.

"무슨 일이라도 있으셨습니까?"

돈 좀 있다고 함부로 대하는 놈. 그것도 물려받은 재산인 주제에. 그러나 가슴 속의 적의는 늘 혀에 걸렸다.

"수강생 숫자가 자꾸 줄어들고 있잖아."

원장은 숫제 반말지거리에 어린아이 대하듯 신경질적으로 소리까지 빽 질러 사람의 자존심을 뭉개버렸다. 알았어. 때려치우면 될 거 아냐, 자식 아! 동식의 머릿속에는 아내가 떠올랐다. 원장보다 더 무서운 아내. 당당한 정신과 소심한 입.

"연구하겠습니다. 원장님."

원장실을 나오며 동식은 자꾸 나오려는 눈물을 억지로 참았다. 아버지 말씀대로 학교 선생님이 되었으면 좋았을 것을. 학원 강사는 학교 선생님과 비슷하기는 해도 학교 선생님은 아니었다.

동식의 입장에서는 억울한 면이 없는 것도 아니었다. 학생들이 선호하는 시간대에는 다른 강사들을 배치하고 자신에게는 학생들이 싫어하는 밤늦은 시간대를 배치해 주었으니 수강생 숫자가 적은 것은 당연한 일이 아닌가 말이다. 그러나 어쩌랴? 동식은 빈 시간을 이용해 박 선생의 강의실을 찾았다.

수강생들을 몰고 다녀 원장의 무한 신뢰를 받고 있는 학원의 자랑 박 선생이 강의를 하고 있었다. 여전히 강의실은 수강생들로 가득 차 있었고, 박 선생은 무선 마이크까지 얼굴에 붙인 채 열강을 하고 있었다. 자신의 강의 시간과는 달리 조는 학생 하나 없었다. 졸기는커녕 박 선생의 말 한 마디 한 마디에 수강생들은 신들린 광신도처럼 반응하고 있었다. 끊이지 않고 터지는 환호, 허공을 가르는 박 선생의 목소리.

박 선생은 흰색 방울이 달린 붉은색 고깔모자를 쓰고 있었다. 얼굴에도 붉은색 연지곤지가 찍혀 있었고, 콧등도 빨갛게 칠해져 있었다. 박 선생은 다리를 절며 칠판 앞을 왔다갔다 하기도 했고, 등을 구부려 우스꽝스러운 몸짓을 만들기도 했고, 괴성을 지르며 칠판을 향해 백묵을 집어 던지기도 했다. 그럴 때마다 너울거리는 붉은색 망토 속으로 휩싸이곤 하던 등이 휘어버린 삐에로. 자괴감이 들었다. 학원강사는 학교 선생님과 비슷한 직업이 절대 아니었다.

아하, 사람이나 식물이나 살아남기 위해서는 붉은색을 너울거려야 했다. 붉은색을 너울거리는 산호들은 박 선생처럼 살아남아 있었지만 붉은색을 너울거리지 못했던 해삼들은 모두 잡혀 가고 아무 것도 남아 있지 않았다.

동식은 서둘러 방향을 바꾸었다. 남들이 작업하지 않은 곳으로 재빨리 옮겨야 한다. 며칠 동안만 주어지는 장마철 햇살 같은 특수를 누려야 일 년을 편히 보낼 수 있다. 동식은 해삼을 찾아 자꾸 깊은 바다 속으로 나갔다. 다시 배로 올라가 다른 곳을 찾을 수도 있었지만 그러기에는 너무 많은 시간이 걸렸다. 꽤 깊은 바다 속으로 옮기고 나서야 해삼이 눈에 띄기 시작했다. 사람들의 손길을 타지 않은 것으로 보아 수심이 분명 사십미터는 넘는 곳일 터였다. 위험한 곳이었다. 머구리들은 보통 사십 미터가 넘는 바다에서는 작업을 하지 않는 것이 관례였다. 동식은 빠른 솜씨로 쇠갈퀴를 놀려 해삼을 망태 속으로 집어넣었다. 좀 늦어지기는 했지만 순식간에 두 망태를 올려 보냈다. 그러나 그게 전부였다.

하는 수 없었다. 해삼보다 못하기는 하지만 멍게라도 잡아 망태를 채우고 얼른 깊은 바다 속에서 벗어나야 했다. 동식은 열심히 쇠갈퀴를 움직였다.

멍게 틈에 옅은 붉은색을 띤 해삼 하나가 숨어 있었다. 놈도 살기 위해

서툴게 붉은색을 흉내 내고 있었다. 미처 붉은색을 닮지 못했다는 사실을 깨닫지 못하고 붉은 멍게 속에 섞여 태연히 살기를 바라는 어리석은 해삼. 자신도 해삼처럼 미처 붉은색을 닮지 못했다는 사실을 깨닫지 못하고 서 툴게 붉은색을 흉내 내었던 지난날.

참말이지 싫었다. 아버지의 바람을 흉내 내다 미처 닮지 못하고 학원 강 사가 되기는 했지만 붉은색 망토 속에 몸을 숨긴 채 너울거리며 학생들을 유혹하는 일은 참말이지 어머니의 미스 윤 놀이에 얹혀사는 것만큼이나 싫었다.

그래도 흉내 내어 보았다. 쭈뼛쭈뼛 붉은 색을 향해 달려 가 보았다. 그 러나 동식이 닮은 곳은 붉은색 주변도 아니었다. 서투르게 누런색으로 변 해 있어 오히려 우스꽝스러울 뿐이었다.

흰색 방울이 달린 붉은색 고깔모자도 썼다. 얼굴에도 붉은색 연지곤지 를 찍었고, 콧등에도 빨갛게 칠을 했다. 다리를 절며 칠판 앞을 왔다갔다 하기도 했고, 등을 구부려 우스꽝스러운 몸짓을 만들기도 했고, 괴성을 지 르며 칠판을 향해 백묵도 집어 던졌다. 너울거리는 붉은색 망토 속으로 등 이 휘어버린 삐에로를 숨겨도 보았다. 다음에는 학생들이 환호를 보낼 차 례였지만.

비웃는 소리가 들렸다. 여기저기서 혀를 차는 소리도 들렸다. 변하려면 완전하게 변해야 했다. 기왕에 시작한 일, 다시한번 박 선생의 강의실을 찾았다. 이번에 박 선생은 말쑥하게 정장을 차려 입고 있었다. 백묵을 집 어 던지지도 않았고 괴성을 지르지도 않았다. 다음 날도 박 선생의 강의실 을 찾았다. 이번에 박 선생은 펭귄 복장을 하고 있었다. 뒤뚱뒤뚱 펭귄처 럼 걸었고, 펭귄을 흉내 내던 어느 개그맨처럼 붉게 칠한 입술을 오므려

펭귄처럼 말했다. 다음 날에는 슈퍼맨 복장. 정의의 수능도사. 너희들은
내가 구한다. 나를 믿고 따르라! 다음 날에는 빡빡머리 가발에 한복. 수능
이라는 게 말야……쉰 목소리. 박 선생의 변신은 끝이 없었다. 동식은 박
선생 닮기를 포기하고 말았다. 서투르게 변할 바에는 차라리 제자리에 남
아 있는 게 더 나았다. 닮는 자는 닮게 만드는 자를 결코 능가할 수 없는
일, 어차피 닮아 봤자 그 이상이 될 수는 없을 터였다.

　서투르게 닮은 해삼 한 마리. 떠오르는 원장의 얼굴, 귀를 가르는 아내
의 앙칼진 목소리. 해삼도 이제 깨달았으면 좋겠다는 생각을 했다. 자신의
변장이 서툴다는 것을, 그것이 얼마나 더 위험해지는 일인가를. 동식은 쇠
갈퀴로 해삼을 툭툭 건드린 다음 돌아섰다.

　주위에는 여전히 눈에 띄는 해산물이 없었다. 아무래도 오늘은 봉두 아
재가 장소를 잘못 고른 것 같았다. 이미 누군가 훑고 간 것도 그랬지만 조
금만 장소를 옮겨도 바다가 너무 깊었다. 아쉽기는 하지만 어연간히 망태
를 채우고 재빨리 이곳을 벗어나는 게 좋을 성싶었다.

　동식은 서둘러 조금 더 깊은 바다로 장소를 옮겼다. 장소를 옮기자 군데
군데 해삼과 멍게가 눈에 띄었다. 동식은 열심히 장소를 옮겨가며 해삼과
멍게를 망태 속으로 집어넣었다. 망태가 얼추 채워질 무렵 동식은 바닷말
속에 숨어 있는 아귀 한 놈을 발견하였다. 얼마나 절묘하게 위장을 했는지
놈은 눈에 잘 띄지 않았다. 잠시 후 자신의 위장을 채워줄 먹잇감이 지나
가기를 기다리는 것이리라. 약육강식의 이치.

　약육강식의 관계에서 동식은 늘 약자에 속했다. 사회에서도 그랬고 가
정에서도 그랬다. 서른다섯 나던 해, 결혼을 하고 얼마 지나지 않아 아내
와의 서열은 자연스럽게 결정 되었다. '너는 학교 선생님이 돼야 한다.'

를 실천하기 위해 몇 년간 교원 임용고시에 매달리느라 어머니에게 얹혀 살면서 물질적 능력을 전혀 갖추지 못했다는 것 말고도 동식의 서열을 아내보다 열등하게 해 줄 증거물은 너무나 많았다. 한 번 정해진 서열은 모든 것에 적용이 되었고 번복되지도 않았다.

이인자의 위치는 늘 서러웠다. 결혼을 하고 몇 달 만에 치른 교원 임용고시 일 차 시험에서 떨어지자 일인자는 '몇 년 동안 해도 되지 않는 일은 평생 동안 해도 되지 않는다.' 는 가슴을 찌르는 명언과 함께 과감한 포기를 명령하였고 이인자는 반항 한 번 하지 못한 채, 몇 년 간이나 준비해오던 '너는 학교 선생님이 되어야 한다.' 를 접어야 했다. 그것만이 아니었다. 수험생에서 무직자로 신분이 바뀌는 순간부터 이인자는 가장으로서의 경제적 능력을 보여 주어야 했다. 능력으로 따진다면 당연히 일인자가 가장이 되는 것이 마땅한 일이었으나 그런 것은 결코 통하지 않았다. 일인자의 말은 늘 정당했고 지고한 선이었다.

일인자는 교원 임용고시에 떨어진 마음을 추스를 틈도 주지 않은 것은 물론 의논 한 마디 없이 바로 학원 강사 자리를 물색해 취직을 시켜버렸고 강의료 입금 통장까지 확보해 버렸다. 그뿐이 아니었다. 학원에 취직이 되면서부터는 더 이상 어머니에게 얹혀사는 것은 도리가 아니라는 명분으로 근근이 이어지고 있던 모자의 관계마저도 청산을 해버렸다. 오랫동안 준비해 온 일을 실행하는 것처럼 일사분란하게 진행되는 일인자의 추진력 앞에서 이인자는 그저 구경꾼일 뿐이었다.

일인자는 욕심도 많았다. 이인자가 벌어오는 수입의 소유권은 당연히 일인자의 것이었다. 이인자에게는 기초신진대사를 위한 최소한의 용돈이 주어졌다. 합의한 적도 없었다. 그냥 일인자가 결정한 사항이었다. 일종의 앵벌이였다. 하긴 그 문제에 대하여 이의를 제기한 적이 없으므로 굳이 따지자면 묵시적 동의라고 할 수도 있겠다.

일인자의 욕심은 거기서 그치지 않았다. 어느 순간부터 일인자는 앵벌이의 액수에 대하여 불편한 심기를 드러내기 시작했다. '이걸루 어떻게 먹구 살아요? 저축은 언제하고 집 장만은 또 언제하구요?'로 시작한 일인자의 불만은 차츰 도를 더해 가더니 급기야는 '남들 좀 보고 배워요. 어떻게든 가장으로서의 구실을 해야 할 거 아니오? 어이구 내 팔자야.'로 변해 있었다.

일인자는 모든 것을 이인자의 탓으로 돌렸지만, 사실은 처음 그들이 만났을 때 일인자의 처지도 이인자에 비하여 별 달랐던 것도 아니었다. 특별히 좋은 직업이 있었던 것도 아니었고 외모, 성격, 재산 등등 뭐하나 이인자보다 나을 게 없었다.

일인자는 카페의 주방담당 종업원이었다. 정확히 말하자면 손님이 있을 때에만 일해주고 매상의 일정액을 받는 카페 주방 아르바이트였다. 일인자가 카페 홀 서비스가 아니라 카페 주방 담당이 된 것은 서른을 훨씬 넘긴 그녀의 나이와 그 나이가 고스란히 느껴지는 외모 때문이었을 것이다. 어쩌다 들르곤 하던 무렵 이인자는 철저하게 숨겨진 일인자의 발톱을 눈치 채지 못했다. 발톱은커녕 같은 처지의 자신을 잘 이해해 주는 일인자가 고맙기까지 했다. 그리고 그들은 결혼이랄 것도 없는 살림을 합쳤다. 사실상 자주 마주칠 일도 없는 어머니의 월셋집으로 주소를 옮겼을 뿐이었다.

아이가 태어나자 일인자의 횡포는 도를 넘어섰다. 그간에 일인자가 보여 준 태도를 생각하면 아이가 태어났다는 것은 정말이지 신기한 일이었다. 일인자가 이인자에게 적어도 한 번 이상 육체적 접근을 허락했다는 사실은 실로 놀라운 일이라 할 수 있었다. 최소한 한 번 이상 이인자에게 동등한 서열을 주었다는 것이 분해서였는지, 아니면 정말로 아이의 장래를 위해서였는지 일인자는 이인자에게 늘어난 식구 수만큼의 늘어난 앵벌이를 요구했다. 일인자의 횡포가 두려워서이기도 했지만 태어난 자식에 대한 책임감으로 이인자는 말 그대로 피나는 노력을 했다. 철저한 수업 준비와 풍부한 자료 제공, 성실하게 끝까지 채우는 수업. 쌍코피까지는 아니었지만 수업 중에 코피를 흘린 적도 여러 번 있을 정도였다. 그러나 이인자의 노력과 수강생의 숫자와는 전혀 상관없는 일이었다.

"고향으로 가려고 해."

이인자는 타의 반, 자의 반으로 학원을 그만 두었다.

"학원은 어쩌구?"

일인자가 빽 소리를 질렀다.

"잘렸어."

의외로 이인자는 담담하게 말했다. 전에 볼 수 없던 반란이었다.

"고향 가서 뭘 어쩔 건데?"

"머구리를 할 거야."

"웃기셔! 그 애비에 그 자식이라구 겨우 생각해 냈다는 게……."

"어쩔 거야?"

"뭘 어째, 인간아! 별."

일인자는 개소리괴소리를 했다.

"따라올 건지 아닌지……."

"미쳤어? 가려거든 니 혼자나 가!"

뜻밖이었다. 일인자가 순순히 이인자를 놓아주고 있었다.

"그대신 한 번 나가면 다신 돌아올 생각하지 마!"

고맙게도 일인자는 이인자가 돌아오지 못하게 협박을 하고 있었다.

"양육비하구 생활비 거르면 가만 두지 않겠어."

그러면 그럴 테지. 일인자는 이인자의 자유를 허락한 것이 아니었다. 단지 앵벌이의 장소를 옮기도록 허락한 것일 뿐이었다.

가슴이 답답해졌다. 잠시 잊고 있던 일인자의 공포가 다시 엄습해왔다. 동식은 길게 숨을 들이마셨다. 숨결에 맞춰 차가운 바닷물이 따라 들어오고 있었다. 큰일이었다. 바닷물이 들어온다는 것은 공기 줄이나 투구에 이상이 생겼다는 의미였다. 투구에 조그만 이상이 생겼다면 그나마 배로 올라 갈 시간이라도 있지만 공기 줄에 이상이 생겼다면 위험한 일이었다. 동식은 채 차지 않은 망태를 급히 올려 보낸 다음 상승을 시도하였다. 충분한 감압이 필요하였지만 상황을 알 수가 없는 상태에서 무작정 지체할 수도 없는 일이었다. 서서히 상승하면서 상태를 살폈다. 확실히 숨을 들이쉴 때 더 많은 물이 들어오고 있었다. 서둘러 빠르게 호흡을 했다. 얼마나 효과가 있을지는 모르지만 몸속에 남아 있는 질소를 없애려면 당장 할 수 있는 일은 그뿐이었다.

십오 미터 지점에 이르렀을 때는 꽤 많은 양의 물이 투구 속으로 들어와 있었다. 숨을 쉴 때마다 바닷물이 자꾸 코 속으로 들어왔다. 바닷물이 코 속으로 들어오자 구역질이 났다. 입을 다물고 구역질을 참아냈다. 먹은 것을 토하기라도 해서 투구속이 채워진다면 모든 것은 끝이었다. 상황이 다급했다. 하는 수 없었다. 동식은 십 미터 지점에서 더 이상 버티지 못하고 수직 상승하였다. 동식이 바다 위로 떠올랐을 때 삼수 아재가 바다로 뛰어

들었고 봉두 아재가 밧줄을 던졌다.

동식은 갑판 위에 누워 있었다. 햇살이 부서 눈을 찡그렸다.

"동식아, 정신이 좀 드냐?"

아무 말도 들리지 않았다. 무엇으로 막아 놓은 것처럼 귀가 먹먹하고 쑤셨다. 봉두 아재가 다가와 두 손으로 동식의 코와 입을 막았다.

"천천히 귀로 바람을 내보내그라."

봉두 아재가 입을 다물고 귀로 숨을 보내는 시늉을 했다. 동식이 봉두 아재를 따라 숨을 쉬었다.

"챔버 치료를 해야잖겠어요, 성님?"

삼수 아재의 말이, 입이 움직이는 모습과 목소리가 맞지 않던 어린 날 본 가설극장의 낡은 영화처럼 아득한 곳에서 따로 들려왔다.

"괜찮아요. 챔버는 무슨……."

동식이 몸을 일으키며 힘겨운 소리로 말했다.

"누워 있그라. 큰일 날 뻔한 거다. 삼수 니는 어디로 물이 샜는지 살펴봐라."

봉두 아재가 배를 돌렸다. 삼수 아재가 잠수복에 장착한 청동투구를 물속에 넣은 다음 공기 밸브를 열었다. 투구 옆면에서 제법 많은 공기 방울이 일었다.

"그만하길 천만 다행이에요. 투구에 꽤 큰 구멍이 있어요."

"그래, 천만다행이다. 얼른 돌아가서 좀 쉬자."

아직 해는 한낮이었다. 봉두 아재의 마음이 어지간히 급했는지 배가 숨찬 엔진 소리를 내며 달렸다. 어둠 속에서 바다를 질러 달리던 아침과 달리, 낮은 산들이 재빨리 뒷걸음질 치며 물러났다.

"천천히 가세요, 아재. 저는 이제 괜찮아요."

"아니다. 너두 얼른 가서 좀 쉬어야고, 나두 투구 산소 용접두 하고 이참에 장비두 손을 좀 봐야겠다……그리구 성님, 내일은 그냥 하루 쉽시다."

삼수 아재가 선실을 향해 소리쳤다.

"아니야 오늘 제대루 감압을 못 했으니까 내일이라두 바다 속에 들어가 제대루 감압을 해야지."

배가 용머리 물터를 지나고 있었다. 아직 한낮이어서 바다에 용머리 그림자는 지지 않았다. 바다 위에 용머리 그림자가 질 때면 늘 거센 파도로 사람들을 위협한다는 용머리 물터. 아직 용머리 그림자가 지지 않아서인지 바다는 잔잔하고 평화로워 보였다.

4.

"아재, 오늘 일 나가실 건지요?"

동식이 봉당에 서서 불이 훤히 켜 있는 안채를 향해 물었다. 비가 내리고 있었다. 비가 온다 해도 파도만 치지 않으면 바다엔 들어 갈 수 있었다.

"글쎄……일단 포구로 가 보자."

봉두 아재가 밖으로 나왔다. 겨울용 방한 잠바를 입고 있었다.

"오늘 같은 날이 겨울보다 더 추운 벱이다. 혹시 모르니까 겨울 잠바를 입어라."

"배에 겨울 잠바가 있어요, 아재."

동식이 앞을 섰다.

"지난밤 바다 소리로 봐선 파도가 꽤 높을 것 같기는 한데……."

두 사람의 걸음걸이가 빨라졌다. 마을을 벗어나 산모퉁이를 돌자 포구의 희미한 불빛이 눈에 들어왔다.

"여름이 왔나 봐요, 날씨가 흐렸는데도 제법 훤해진 걸 보면."

동식이도 봉두 아재도 손전등을 들지 않았다.

"벌써 사람들이 나와 있나 보군."

"배를 띄웠을까요?"

"글쎄……바다에 불빛이 없는 걸루 봐서는……."

"파도도 높아 보여요, 아재."

봉두 아재가 눈에 힘을 모아 어둑어둑한 바다를 살폈다.

"아무래도 오늘은 힘들 것 같다……오늘이라두 제대루 감압을 해야 되는데……."

봉두 아재가 말끝을 줄이며 동식을 바라봤다.

"잘 자고 났더니 괜찮아졌어요, 아재."

"아니다. 미리미리 조심하지 않으면 냉중에 큰일 난다."

포구에는 많은 사람들이 모여 있었다.

"저기 삼수 아재가 있어요."

동식과 봉두 아재를 알아본 삼수 아재가 뛰어왔다.

"오늘은 안 되겠어요, 성님. 배가 한 척두 못 나갔어요."

"그래야겠구나, 우리두."

작업을 포기한 사람들이 집으로 돌아가기 시작했다.

"우리두 그만 갑시다. 성님."

삼수 아재가 우산을 바짝 당겨쓰며 젖은 어깨를 털었다.

"조금만······더 기다려 보자."

봉두 아재가 머뭇거렸다.

"파도두 파도지만 조류가 험해서 오늘은 안 돼요, 일찌감치 들어가서 쉬는 게 나아요."

빗방울이 굵어지고 있었다. 삼수 아재가 빙그르 우산을 돌려 미처 흐르지 못한 빗물을 허공으로 날려 보냈다. 자동으로 발사된 파편처럼 빗물이 사방으로 흩어져 날아갔다. 어느새 주위에는 아무도 없었다. 포구에 모였던 사람들은 뿔뿔이 돌아가고 세 사람만 남았다. 날이 훤히 밝아 있었다.

"어촌계로 가 보자. 오랜만에 사람들도 좀 보구."

미련을 버리지 못한 봉두 아재가 결정을 유보했다. 시내에 살면서도 마을을 떠나지 않으려는 노모 때문에 일주일이면 두서너 번씩이나 들르던 고향집이었지만, 정작 삼수 아재가 시내 생활을 남에게 맡겨놓고 돌아왔다는 것을 아는 마을 사람들은 많지 않았다. 아침 일찍 일을 시작하는 탓도 있었지만 사람들을 만나려 하지 않은 탓도 있었다. 잡은 해산물을 봉두 아재와 동식이 경매에 올릴 때에도 삼수 아재는 슬그머니 자리를 피하곤 했었다.

"어차피 일을 계속할 거면 자네두 얼굴을 내미는 게 좋을 게야. 이참에 동식이두 인사를 터 두구."

"저야 뭐······."

동식과 삼수 아재가 동시에 마뜩잖은 표정을 지었다.

"인사하믄 어차피 다 알 만한 사람들이다."

봉두 아재가 앞을 서서 어촌계 사무실 문을 열고 들어섰다. 삼수 아재가 뒤를 따르고 동식이도 쭈뼛쭈뼛 안으로 들어갔다. 사무실에는 사람들이 많이 모여 있었다. 집으로 간 줄 알았던 사람들이 모두 다 거기에 있는 듯 싶었다. 사무실은 물론 한 쪽 옆으로 딸려 있는 꽤 큰 방에도 사람들이 가득 차 있었다. 어떤 사람들은 방에 누워 있기도 했고 어떤 사람들은 소주잔을 놓고 정담을 나누기도 했다. 벌써 얼굴이 벌게진 사람도 있었다.

"성님 나오셨소?"

마을 사람들이 봉두 아재를 보고 인사를 했다.

"자네들은 어쩔 셈인가?"

봉두 아재가 좌중을 훑어보았다.

"지는 좀 있다 집으로 갈랍니다. 오늘은 그냥 하루 쉬어야 할 것 같소."

"그런가? 아무래두 그러는 게 낫겠지? 인사들 하게. 삼수하구 동식일세."

"잘들 계셨소?"

삼수 아재가 여기저기를 향해 고개를 숙였다. 삼수 아재를 따라 동식이도 고개를 숙였다.

"자네는 시내서 사업 잘 한다드만 어쩐 일인가?"

"그렇게 되었소, 성님."

"저 사람은 서울 성님네 아들 아닌가?"

동식을 알아보는 사람도 있었다.

"맞네, 서울 사람 아들이네."

동식이 고개를 숙여 인사를 했다.

"서울 성님 얼굴이 남아 있구만⋯⋯벌써 스무 해두 훨씬 넘었는가."

"세월 참 빠르구만."

여기저기서 동식을 보고 한 마디씩 던졌다.

"정확하게 안 밝혀졌지요, 그게?"

불쑥 뱉어진 누군가의 말이 웅성거리는 사람들의 소리 밖으로 튀어 올랐다. 사람들의 웅성거림이 음소거 된 정지 화면처럼 한 순간에 멈췄다. 동식이 사람들을 살폈다. 사람들이 동식을 외면했다.

"자, 우리두 쇠주나 한 잔, 한 잔 할까?"

봉두 아재가 말을 허둥거렸다.

"그럽시다. 성님. 너두 이리 앉아라."

삼수 아재가 얼른 봉두 아재 옆으로 자리를 잡았다. 봉두 아재는 삼수 아재가 따라 준 술을 단 번에 마셨다.

"한 잔 더 주게."

봉두 아재가 다시 잔을 내 밀었다.

"급히 드시지 말구 천천히 드세요."

삼수 아재가 봉두 아재를 말렸다.

"성님두 다시 일한 지가 을마 안 됐지요?"

아까부터 방 한 쪽에서 술을 마시고 있던 사내가 봉두 아재의 잔에 술을 따르며 끼어들었다. 눌러 쓴 모자 밑으로 삐져나온 흰머리로 보아 얼추 잡아도 환갑은 된 것 같았으나 소주병을 쥔 손에 선 핏줄이 나이보다 억센 인상을 풍기는 사내였다.

"좀 되었네."

봉두 아재가 다시 잔을 비웠다.

"삼수도 같이 시작했지?"

"예."

삼수 아재가 슬쩍 흰머리 사내의 눈치를 살폈다.

"스무 해가 넘게 타지 않던 배를 다시 탄 이유라두 있수, 성님?"

봉두 아재가 흰머리 사내를 쏘아 보았다.

"이유는 무신⋯⋯먹구 살아야 하니까."

봉두 아재가 더 이상 말을 잇지 않겠다는 듯 말을 끊었다.

"배두 팔구 남의 땅으루 농사를 지으면서까지 버티던 성님이었잖수?"

흰머리 사내가 계속 말을 이었다.

"⋯⋯."

봉두 아재가 대꾸도 않은 채 거푸 술을 마셨다.

"삼수는 또 어떻구요⋯⋯완전히 자리 잡은 사업까지 놓을 때에야⋯⋯ 진상을 밝히시려구 다시 배를 타신 거 맞지 않수?"

"자네였는가?"

봉두 아재의 손에 들려 있는 잔에서 술이 흘러 내렸다.

"이상한 소릴 들어서 하는 말이외다. 뭐 이제 와서 어쩐다는 것보다는 진상은 밝혀야 하지 않느냐 이거지요."

흰머리 사내가 소주를 병째 입으로 가져갔다.

"무신 말인지 통 모르겠구만. 내 먼저 감세. 동식아 가자"

봉두 아재가 동식을 밖으로 끌었다.

"성님, 저 양반이 무슨 말을 하는 거예요?"

삼수 아재가 뒤따라 나오며 물었다.

"뭔 소릴 지껄이는지 나두 모른다니까,"

여전히 비가 내리고 있었다.

"바닷가에나 나가 보자."

봉두 아재가 바람에 날린 머리를 손가락 사이로 두어 번 쓸어 올렸다.

"보나마나 오늘은 일 못 나가요. 그냥 집에 가서 쉬어요."

"……"

봉두 아재는 벌써 바닷가 갈림길로 들어섰다.

"누가 있네요."

"몇 사람인가?"

"두 명이네요, 모두."

"누가 미역을 줍고 있나보군."

"그냥 바다를 향해 가만히 서 있는 거 같은데……서울 사람들인가?"

"오늘 같은 날 바닷가루 놀러오는 사람이 있을라구?"

"민수하구 인숙이에요."

"그 사람들이 왜……우연히 만났나?"

"미역이라두 건지러 왔겠지요."

가까이서 보는 파도는 멀리서 볼 때와는 완전히 딴 판이었다. 아침보다 훨씬 더 높고 맹렬했다. 이따금씩 세 사람이 서 있는 곳까지 파도가 밀려 왔다 사라졌다. 멀리 용머리 물터에는 허연 포말까지 일어댔다.

"진짜 자연산 미역이다. 건져다 말려 두면 다 먹을 만할 거다."

봉두 아재가 파도를 피해 미역을 건지며 슬쩍 동식을 곁눈질했다.

"예, 아재."

동식이 건성으로 대답했다.

진상을 밝히려구…… 동식은 흰머리 사내의 말을 떠 올리고 있었다. 무슨 말인지 짐작조차 가지 않았지만 자신의 말끝에 나온 것을 보면 어쩌면 자신과 관계있는 말일 수도 있다는 생각이 들었다. 봉두 아재가 당황해 한 것도 이상했다.

"아재, 안녕하셨어요? 여어, 동식이 아닌가?"

동식을 알아본 민수가 절뚝거리며 다가왔다. 몹시 힘겨워 보였다. 동식이 얼른 민수 쪽으로 다가갔다. 이십 년도 넘었지만 어릴 적 모습이 남아 있었다.

"민봉이한테 얘기 들었다. 지난 번……고맙다."

망태를 바꾼 일을 말하는 것일 터였다.

"고맙긴, 진작에 한 번 찾아 간다는 게 그만……미안하다."

"쟤 기억나니? 막골 살던 인숙이."

"얘기는 들었는데 얼굴은 기억이 안 난다."

"우리는 미역 좀 건지다가 들어 갈 테니 어디 가서 얘기도 하고 놀다가 천천히 들어오너라."

봉두 아재가 자리를 피해 주었다.

"저리로 가자."

민수가 인숙이 쪽을 가리켰다. 인숙은 동식이 온 것을 모르는지 여전히 바다를 향해 서 있었다.

"동식이 왔다, 인숙아."

인숙이 돌아섰다. 낯선 얼굴이었다.

"선배, 나 기억납니까?"

동식이 고개를 갸우뚱했다.

"이십 년이 넘었는데……."

세월 탓만은 아니었다. 동식은 인숙의 어릴 적 얼굴도 기억나지 않았다. 그도 그럴 것이 마을을 떠날 때까지 대부분의 시간을 친구들과 어울리기 보다 혼자 바다에서 아버지를 기다리며 보냈던 동식이었다.

"선배는 어릴 적 얼굴이 남아 있네."

어린 아이처럼 씨익 웃는 인숙의 눈가로 주름이 잡혔다.

"여기서 이럴 게 아니라 우리 어디 가서 술이라도 한 잔 하자. 이렇게 쉴 수 있는 날도 흔치 않은데."

민수가 동식과 인숙을 번갈아 바라보았다.

"그렇게 해요, 선배. 옛날 이야기도 좀 하구."

동식이 뜨악한 표정을 짓자 인숙이 재빨리 동식의 팔을 잡아끌었다. 동식의 입장에서는 할 옛날 이야기가 있는 것도 아니었으나, 모처럼 옛 친구들을 만나 마을 이야기라도 들어야겠다는 생각이 내심 생기기도 했다.

세 사람은 포구 쪽으로 발걸음을 옮겼다. 포구 쪽에는 서울 사람들을 맞기 위해 만들어진 횟집들이 모여 있는 곳이었다. 절름거리며 걸을 때마다 우산이 옆으로 기울어지는 바람에 민수의 얼굴이 우산 밖으로 나오곤 했다. 동식이 얼른 민수의 우산을 받아 들었다.

"파도가 이리 높은데 저 아재는 또 바다로 나가시려고 하는 모양이네."

인숙이 포구를 바라보며 말했다.

"석구아재다. 니도 생각나지?"

민수가 우산 밖으로 고개를 내밀어 동식을 쳐다보았다.

"응, 며칠 전에 인사했다."

"석구 아재는 비가 오는 날도 바다로 나간다. 그렇다고 욕심이 있는 분도 아니시면서……왜 그러는지 알 수가 없다."

세 사람은 '순길네' 라는 상호가 붙어 있는 횟집으로 들어갔다.

"아이구, 민수 아재가 웬일이래요? 해가 서쪽에서 뜨겠네, 우리 집엘 다 오구."

허리인지 가슴인지를 분간할 수 없는 곳에 앞치마를 두른 주인인 듯한 뚱뚱한 여자가 호들갑을 떨었다.

"형님은 오늘도 시내로 일 나갔습니까?"

"예, 손님도 없구해서 한여름에만 식당일 도와주고 평상시에는 일 다니잖아요?"

"돈은 이 집이 다 버는구만."

"아이구, 벌면 뭐 한대요? 순길이한테 다 들어가는 걸."

주인 여자가 푸념인지 자랑인지 알 수 없는 말을 지껄였다.

"이 집 아들이 올해 서울에 있는 대학에 들어갔잖니? 그거 자랑하는 거다. 상호도 '삼번집'이었는데 '순길네'로 바꿨다니까."

방으로 들어가며 민수가 작은 소리로 입을 실쭉거렸다. 배가 아프다는 표시였다. 서울에 있는 대학. 그게 뭐 그리 대단한 거라구. 별로 배 아파할 일도 아닌데 말이다. 서울에 있는 대학을 다닌 동식이었지만 그래봤자 지금 고향에 내려와 얹혀 사는 주제가 아니던가. 서울에 있는 대학이면 다 서울대학이라는 말은 우스갯소리일 뿐이었다. 동식이도 민수를 따라 실쭉 웃었다.

"그나저나 큰일이다."

민수가 방으로 들어 가 털썩 주저앉으며 벽에 등을 기댔다.

"무슨 일이라도 생겼냐?"

"저도 어장에 들어간 지가 메칠 되지도 않았는데 벌써 바닥이 나지 않았냐?"

"글쎄 말이다……."

"저도 어장을 확장한다고는 하는데……그게 좀 문제가 있어요."

매운탕을 접시에 퍼 담으며 말을 거드는 인숙을 향해 동식이 고개를 돌렸다.

"해양수산부가 저도 어장을 열 배 정도 확장해 주면서 조업권을 군 전체 어민에게 개방하기로 했다지 뭐냐."

"다 같이 먹구 살아야 하는 건 맞는데, 어장이 열 배 늘어난다고는 해도 군 전체 어민이 달려들면 그것도 메칠 못 가 바닥이 난다구 봐야지."

"뭐 좋은 방법이 없을까?"

동식이 술잔을 입으로 가져갔다.

"도에서 내려온 사람들이 군수하구 어촌계장들하구 매일 회의를 하고 있으니까 곧 뭔 소식이 있겠지."

"어장을 확대하는 것만으로는 궁극적인 해결책이 되지 못 한다. 어차피 어장이야 곧 바닥이 드러날 테고……모두가 머리를 맞대고 뭔가 다른 대책을 연구해야지."

"생각해 둔 거라두 있어요?"

"글쎄……다른 마을의 사례도 살펴보고 연구를 해봐야겠지……."

"……."

세 사람 사이로 잠시 짧은 침묵이 흘렀다.

"오늘은 다른 말 말구 술이나 한잔하자."

민수가 잔을 추켜들었다.

"그동안 선배는 어찌 살았어요? 간혹 소식이 들리기는 하더만, 그게 무슨 구름처럼 전해지는 말이라서……선배가 죽었다는 소문도 있었지요, 아마?"

말해놓고도 스스로 멋쩍은지 인숙이 피실피실 웃었다.

"그동안 마을 사람들을 한 번도 만난 적이 없었으니……소식이라는 거 대개는 짐작해서 하는 추측이잖아."

"하긴, 이렇게 살아 있는 걸 보면 헛소문이긴 해."

다시 잔이 돌았다. 방 한쪽 구석으로 빈병이 제법 줄을 섰다.

"형수! 여기 술하구……매운탕 국물 좀 더 넣어 줘요."

민수가 졸아붙은 매운탕을 뒤적이며 카운터 쪽을 향해 소리를 질렀다. 혀가 많이 꼬였다.

"아니야, 이제 그만하지. 술두 어지간히 된 것 같구, 낼 일도 나가야 하구."

동식이 얼굴이 벌게져 있는 민수를 쳐다보았다.

"무슨 소릴……우리가 만난 지가 이십 년두 넘었다니까! 그리구 시간이 매일 나는 것도 아니구……조금만 더 하자, 야."

"그렇게 하세요, 선배. 민수 오빠 말대루 언제 또 시간이 날지도 모르는데."

인숙이 거드는 바람에 동식은 물러앉았다.

"아재요, 뭐가 좀 잽히든가요?"

고기잡이를 끝내고 돌아가는 석구 아재를 용케 발견한 민수가 밖을 향해 소리쳤다. 밖에는 여전히 비가 내리고 있었다.

"문? 잡? 한?"

한 참 동안 밖을 향해 무슨 암호 같은 입엣말과 수신호를 주고받던 민수가 석구 아재의 조황을 알렸다.

"일 킬로 짜리 문어 한 마릴 잡았단다. 성공하신 거지."

"어휴, 갈강비가 저래 오시는데……그래도 다행이지 뭐여."

졸아붙은 냄비에 매운탕 국물을 붓던 주인 여자가 혀를 찼다.

"아재는 고기 잡는 일에 욕심이 없으셔요. 그냥 소일거리로 하시는 일이지."

"그래도 하루도 거르지 않는 걸 보면 뭔가 좀 이상하기도 한 게 사실이야."

동식으로서도 궁금한 일이기는 했다. 비가 내리는 날까지도 배를 띄워야 할 만큼 절박한 상황이라면 당연히 고기를 잡는 일에도 힘을 써야 앞뒤가 맞는 일인데 말이다. 그러나 동식은 아무 것도 짐작할 수가 없었다. 사실 동식은 석구 아재에 대한 기억이 별로 없었다. 아버지는 주로 봉두 아재와 삼수 아재와 함께 고기잡이를 다녔기 때문이었다. 동식이 알고 있는 석구 아재는 배가 쉬는 날 학교를 오가다 몇 번 만났던 모습과 사고가 나던 날 함께 구조를 하던 모습이 전부였다.

"너, 참 머구리질 잘 했어 야."

민수가 동식을 보며 씩 웃었다.

"그럼요. 학교가 끝나구 바닷가로 나가 보면 언제 왔는지 선배가 머구리질을 하구 있었어요. 어른들도 쉽지 않은 바위에 붙어 있는 섭이나 성게, 해삼 같은 걸 한 바가지 따 놓고는 우릴 기다리고 있었지요."

인숙도 동식을 보며 씩 웃었다. 민수나 인숙은 동식보다 더 많은 어릴 적 추억을 지니고 있었다. 같은 시기를 함께 보냈으면서도 함께 지니고 있는 추억이 없다는 것이 그들에 대한 자신의 무관심이었던 것 같아 동식은 미안한 마음이 들었다. 그것은 머구리질 하던 아버지가 너무나 멋있어 보여 다른 것에는 관심을 가질 틈이 없었다는 의미도 되겠지만, 어린 나이에 쫓겨나다시피 마을을 떠나게 된 것에도 이유가 있을 터였다.

"민수 왔는가?"

시내로 일 갔다던 순길이 아버지가 돌아왔다. 어느새 점심 무렵이 지나 있었다. 아직도 가랑비는 계속 내리고 있었다.

"오늘은 일찍 끝났네요, 성님?"

"비가 와서 마땅히 할 일도 없구 해서 일찍 왔네. 자네두 있었구만."

순길이 아버지라는 사람이 동식을 알아봤다. 다시 술이 돌고 이야기도 돌았다.

"우리 마을에서는 자네 아버지가 제일로 머구리질을 잘 했었지. 자네두 아버지 닮아서 바다에서 살다시피 했었구……근데 사고 원인은 정확하게 밝혀졌는가?"

순길이 아버지가 동식을 바라보았다.

"사고 원인이라니요, 성님?"

민수가 의아하다는 눈으로 순길이 아버지를 쳐다보았다.

"거센 풍랑 때문이 아니었나요?"

인숙이도 놀란 듯이 동식을 보았다. 동식의 눈이 반짝 빛을 냈다. 순길이 아버지는 그제야 뭔가 실수를 눈치챘다.

"아니……난 무슨……원인이라도 있었나 해서……."

순길이 아버지가 황급히 말을 얼버무렸다.

"알고 계신 대로 말씀해 주십시오."

동식의 표정이 싸늘하게 변했다.

"나는 그냥……궁금해서……."

"말씀해 주시죠?"

동식이 다시 낮은 소리로 단호하게 말했다.

"아니, 나는······석구 아재 배가······봉두 아재 배를 들이 받았다는 얘기를 들은 것 같아서······."

"그 얘기는 어디서 들으신 겁니까, 네?"

동식의 입술이 떨리고 있었다.

"아니, 그냥 마을에 떠돌던 이야기이네. 나는 정확한 이야기를 듣고 싶어서 자네에게 꺼낸 이야기일 뿐이야."

순길이 아버지가 괜한 일에 휘말렸다는 듯이 푸념을 하며 유리컵에 소주를 가득 따라 단숨에 들이마셨다.

"나 먼저 가네."

동식이 먼저 자리에서 일어섰다. 비는 좀처럼 그칠 기색이 없이 여전히 내리고 있었다.

검은 시거리가 비치면

1.

장마철 이름값이라도 하려는지 아침부터 또 비가 내렸다. 벌써 여러 날
째였다. 새벽녘부터 바람을 섞어 내리기 시작하는 비는 오후 무렵이 되면
그치기를 반복하며 똑 뱃일 나가는 것만을 방해하려는 듯 사람들의 애를
태웠다. 날이 그쳤다고 해도 섣불리 뱃일을 나갈 수도 없는 노릇이었다.
도저히 그 속을 알 수가 없는 것이 장마철 바다 날씨였다.

뱃일을 나가지 못하는 며칠 동안 동식은 꼼짝도 않고 집에만 붙어 있었
다. 딱히 할 일이 없는 동식의 일과는, 아침을 먹은 후 다시 잠들었다가 깨
어나 멀뚱히 누워 천장을 바라보며 하루를 보내는 게 전부였다. 그것도 하
루 이틀이었다. 며칠이 지나자 잠마저도 오지 않았다. 깨어 있는 시간이
많아지면서 생각은 더 복잡해졌다. 아닐 터였다. 그럴 리가 없었다. 그 건
단순한 사고가 분명했다. 석구 아재의 배가 봉두 아재의 배를 들이 박았다

면 그건 폭풍 속에서 어쩔 수 없는 일이었을 것이다. 먹이를 향해 달려드는 맹수처럼 사나운 파도가 밀어 닥치던 바다에서 목숨을 걸고 아버지의 흔적을 찾아 헤매던 석구 아재를 자신이 직접 보지 않았던가? 그렇긴 하지만……그래도……. 가슴이 답답했다.

오후 들면서 빗방울이 가늘어졌다. 용머리 물터 쪽 하늘도 멀겋게 벗어지고 있었다. 비는 그칠 것이 분명했다.

"바다를 한 바퀴 둘러보고 오겠습니다."

동식이, 벌써 며칠째 창고에서 틈만 나면 머구리 장비를 반질반질 윤이 날 만큼 닦곤 하는 봉두 아재를 찾았다.

"그렇게 하그라. 집에만 있는 거 보다 가끔씩 바람도 좀 쐬는 게 낫지."

봉두 아재가 닦고 있던 청동 투구를 옆으로 놓으며 대답했다.

"배를 타고 나가 보려 합니다."

동식의 말에 봉두 아재가 잠시 멈칫하며 밖을 내다보았다. 비는 완전히 멈추어 있었다.

"알았다. 조심해야 한다. 장마철 날씨는 아무도 모르는 거다. 갈매까진 가지 말고……가차이 둘러보고 곧 돌아오그라. 특히 용머리 쪽은 가지 말그라. 새안낼물이 흘렀다가 샌물이 흘렀다가 하는 게 똑 먼 갈매와 한 가지로 종잡을 수가 없는 곳이다."

봉두 아재의 걱정이 길어졌다.

"걱정 마세요, 아재."

무언가 내키지 않아하는 봉두 아재를 안심시키려고 얼굴에 웃음까지 만들어 보이며 동식은 대문을 나섰다. 대문을 나서자 어디선가 바다 냄새가 확 밀려왔다가 사라졌다.

그 사이 날은 많이 좋아져 있었다. 바람도 없었고 물먹은 장마철의 습습함도 걷혀 있었다. 날만 늦지 않았다면 뱃일을 나가도 괜찮은 날씨였다. 비가 그친 끝이라 바다도 많이 풍성해져 있을 터였다. 바다는 늘 그랬다. 잔잔하고 고요한 바다보다 폭풍우가 지나가고, 많은 것을 앗아 간 뒤의 바다가 더 풍성했다. 오묘한 바다의 아이러니였다. 바다가 아버지를 삼켰던 그 해에도 바다는 전에 없이 풍성했을 것이었다. 여느 해의 몇 배나 되는 소득을 거둔 마을 사람들은 아버지에 대한 기억쯤이야 손쉽게 잊어버리고 바다를 향해 아버지를 위한 고풀이가 아닌 감사제를 올렸을 터였다. 자연을 터전으로 살아가는 바닷사람들의 탓할 수 없는 삶의 방식이었다.

동식이 포구에 도착했을 때에는 구름을 밀어 낸 햇살이 비추고 있었다. 잠시 후면 비바람 불던 바다는 마치 남의 일이었던 것처럼 시치미를 떼고 감쪽같이 달라질 변덕스러운 장마철에 흔히 볼 수 있는 일이었다. 햇살이 비추는 곳으로 몇몇 사람들이 걸어가고 있었다. 해수욕 차림의 사람들이었다. 해가 난 틈을 이용해 잠시 바다 구경을 하려는 관광객일 터였다. 해수욕을 하기에는 아직 바닷물이 차갑다는 것을, 더구나 비가 막 그친 온화한 모습 뒤에 숨겨져 있는 바다의 두 얼굴을 모를 리 없는 마을 사람들은 아닐 터였다. 잠시 후면 저들도, 청무우 밭인가 해서 내려갔다가는 날개를 적시고서야 화들짝 놀라 돌아가는 어린 나비처럼 유월의 바다에 놀라 황급히 숙소로 돌아 갈 것이다.

동식은 봉두 아재의 배에 올랐다. 며칠 동안 운항하지 않은 배였지만 배 안은 잘 정리 되어 있었다. 그 동안 쉬는 몇 날 동안 봉두 아재가 매일 배에 들렀던 모양이었다. 방에서 두문불출했던 자신이 미안해졌다. 동식은 선실로 들어가 엔진에 키를 넣었다.

"한 바퀴 둘러보고 오겠습니다."

선박 출입신고소를 향해 두 손을 모아 소리친 다음 동식은 천천히 포구를 빠져 나왔다. 역시 바닷물은 맑고 고요했다. 얼마나 맑은지 바다 속이 보일 정도였다. 이렇게 바다가 맑은 날은 바다 속이 밝아 머구리질 하기가 참 쉬웠다. 앞에 있는 해삼이나 전복은 물론이고 바다말 속에 교묘히 숨어 있는 문어를 찾는 일도 평상시보다는 훨씬 쉬웠다.

문어는 꼭 제 몸 색깔과 비슷한 바닷말 속에 숨기를 좋아했다. 그 모습이 거의 흡사해 바다가 맑은 날이 아니고서는 어두운 삼십 미터 바다 속에서 놈을 구별해 내는 것은 늘 바다 속에서 살다시피 하는 머구리들에게도 결코 쉬운 일이 아니었다. 비록 문어가 해삼이나 전복 등에 비하면 상대적으로 가격이 많이 나가는 편은 아니었지만 머구리들 중에서도 문어를 잘 잡는 머구리를 으뜸으로 치는 이유가 거기에 있었다.

마을에서 문어를 가장 잘 잡는 머구리인 아버지는 무게만도 이십 킬로가 넘는, 쉽게 제압하기 힘들 만큼 힘도 엄청나게 센 바다의 포식자인 대왕문어를 어떤 날에는 몇 마리씩 잡기도 했었다.

동식은 용머리 쪽으로 배의 방향을 잡았다. 봉두 아재가 가지 말라던 용머리였다. 죄송해요, 아재. 배의 속력을 올렸다. 엔진이 굉음을 내기 시작했다. 금방이라도 어디론가 터져나갈 것만 같은 소리였다. 소리는 바다를 가르며 배보다 먼저 앞서 달렸다. 배가 지나간 자리로 바다가 갈라지고 있었다. 바다가 갈라진 자리에 조각난 하늘이 내려와 채웠다.

용머리 물터 쪽에서 배 한 척이 돌아오고 있었다. 석구 아재의 배였다. 동식의 눈에 힘이 들어갔다. 아닐 거야, 아닐 거야. 동식이 고개를 저었다. 석구 아재가 두 손을 흔들었다. 가지 말라는 뜻이었다. 못 본 체 앞으로 나갔다. 석구 아재가 하늘을 가리켰다. 동식은 고개를 들지 않은 채 흘끗 눈을 치떠 하늘을 보았다. 하늘이 심상치 않았다. 언제 몰려 왔는지 무게를 이기지 못하고 금방이라도 떨어질 것 같은 비구름이 하늘에 가득했다. 훅 훅 바다 냄새를 풍기는 바람도 예사롭지 않았다. 얼마 지나지 않아 다시 비바람이 몰아 칠 바다 날씨였다. 긴박한 순간이었다. 더 늦기 전에 돌아가야 했다. 그러나 동식은 상관하지 않았다. 용머리 물터가 보고 싶었다. 아버지가 보고 싶었다.

비가 몇 방울 떨어지기 시작했다. 동식은 잠시 낮추었던 배의 속력을 다시 높여 용머리 물터로 내달았다.

용머리 물터에는 갈매처럼 높은 파도가 허연 거품을 일으키며 꿈틀거리고 있었다. 새안낼물과 샌물이 섞어 돌다가 바위처럼 배를 향해 달려들었다. 미처 피할 틈도 없이 삼바리 쪽이 파도에 맞았다. 그 기세가 얼마나 센지 배가 움찔 옆으로 밀려나며 뒤집힐 듯 기울었다. 동식이 배의 시동을 껐다. 이럴 땐 오히려 배를 파도의 흐름에 맡기는 편이 더 안전했다. 시동을 끄자 배는 방향도 없이 제멋대로 움직이는 파도를 따라 더욱 심하게 흔들렸다. 눈을 감았다. 삼십 미터 바다 속에 맨몸으로 고립되었을 아버지의 고통이 떠올랐다. 잘려 나간 공기 줄을 붙잡고 애타게 구조를 기다렸을 아버지. 마지막 숨을 몰아쉬며 느꼈을 절망감.

동식은 다시 배의 시동을 걸었다. 속력을 최대로 높인 다음 파도를 향해 돌진했다. 파도에 부딪친 배가 잠시 허공으로 솟구쳤다가 풀썩 주저앉았다. 동식은 다시 배를 몰아 물이 섞어 돌고 있는 곳으로 달려들었다. 그러나 마음뿐이었다. 배는 더 이상 움직이지 않았다. 배는 이미 시동이 꺼져 있었다. 다시 키를 넣었지만 엔진이 말을 듣지 않았다. 서서히 물이 섞어

도는 곳으로 배가 빨려 들었다. 물길을 따라 배가 빙글빙글 돌기 시작했다. 휘청휘청 돌 때마다 배가 조금씩 기울어지고 있었다. 바닷물이 배 안으로 들어왔다.

동식은 키를 움켜쥔 채 하늘을 보았다. 어느 틈엔가 다시 비구름 속에 푸른 하늘이 군데군데 드러나 있었다. 저 놈의 하늘. 저 놈의 하늘. 어지러웠다. 어지러운 하늘, 어지러운 바다. 동식은 비틀거리며 바다를 향해 절을 했다. 한 번, 두 번. 흔들리는 배를 따라 넘어지기도 하며 끝없이 바다를 향해 절을 했다. 마치 아버지를 위한 고풀이라도 하는 것처럼.

아버지가 대왕문어를 잡고 있었다. 문어는 얼핏 보아도 삼십 킬로그램은 넘어 보이는, 한 번도 본 적이 없는 무시무시한 놈이었다. 마을 최고의 머구리인 아버지도 이번에는 쉽게 놈을 제압하지 못 하고 있었다. 아버지가 먼저 쇠갈퀴로 놈의 다리를 건드리며 기회를 엿보았다. 그러면 놈은 다리를 들어 갈퀴를 휘감으려 할 것이다. 다음 아버지가 할 일은 재빨리 갈퀴를 돌려 놈의 빨판에 있는 급소를 찔러 놈의 기운을 뺀 다음 목줄을 매어 배 위로 끌어 올리면 되었다. 그러나 놈도 만만치 않았다. 아버지가 아무리 갈퀴로 놈의 다리를 건드려도 놈은 마치 아버지의 체포 작전을 눈치라도 채고 있는 것처럼 꿈쩍도 하지 않았다. 하는 수 없이 아버지는 순서를 바꾸어 놈의 머리에 목줄을 거는 작업을 먼저 시도했다. 그 순간 놈이 몸을 돌려 아버지를 공격해 왔다. 놈은 긴 다리로 아버지의 몸을 얽어매었다. 갑작스러운 놈의 공격에 미쳐 손쓸 틈도 없이 아버지는 문어의 품에서 허우적거렸다. 동식이 달려들었다. 그러나 동식은 아직 거대한 대왕문어를 잡을 만큼 바다에 익숙하지 않았다. 문어의 한 쪽 다리가 동식의 목을 감았다. 숨을 쉴 수가 없었다. 숨이 막혔다. 안 돼, 안 돼!

동식이 눈을 떴다. 갑판 위였다. 비구름은 사라지고 맑게 갠 하늘이 눈에 들어왔다. 모든 것이 평화로웠다. 더 이상 파도가 배를 때리지도 않았고 물이 들어오지도 않았다. 동식은 몸을 일으켜 주위를 살폈다. 배는 용머리 물터를 벗어나 있었다. 조섬 근처였다. 새들이 많이 산다는 조섬. 한 번 들어가면 다시는 돌아올 수 없다는 조섬. 아버지의 쇠갈퀴를 찾은 곳.

조심스럽게 엔진의 시동을 걸었다. 다행히 시동이 걸렸다. 천천히 배를 포구 쪽으로 몰았다. 포구에는 많은 사람들이 나와 있었다. 경찰들이 나와 사람들과 무슨 이야기인가를 나누고 있었고, 봉두 아재와 삼수 아재도 나와 있었다.

"동식아!"

"어디 다친 데는 없냐?"

봉두 아재와 삼수 아재가 달려왔다.

"왜들 나와 계세요, 아재?"

동식이 배에서 내렸다.

"급새가 갑자기 몰아 닥쳤잖니? 나울두 대단했구."

"물에 들어갔던 관광객 한 명이 실종됐다."

봉두 아재가 동식의 손을 잡았고, 삼수 아재가 모여 있는 사람들을 가리켰다.

"나울이 심해 이제야 수색을 나갔으니…… 곧 날이 저물 텐데 큰일이다…… 그만 들어가자."

봉두 아재가 한숨을 쉬며 돌아섰다.

"오늘 밤을 넘기면 큰 바다로 흘러 가 찾기가 쉽지 않을 텐데요. 성님."

"갈매까지 밀려나가면 못 찾는다. 으떻게 하든 그 전에 찾아야 할 텐데."

"물 위로 떠오르면 몰라도 가라앉으면 찾을 방법이 있겠어요? 바다 밑을 다 뒤져 볼 수도 없구……."

집으로 돌아가는 내내 봉두 아재와 삼수 아재는 실종됐다는 관광객 걱정을 했다. 그러나 동식은 아무 말도 하지 않았다. 모르는 체, 못 들은 체 외면하고 싶은 일이었다. 산모퉁이를 돌아 더 이상 보이지 않을 때까지 동식은 아직도 돌아가지 못 하고 바다를 바라보며 모여 있는 사람들을 애써 외면했다.

그러나 그 밤, 동식은 잠들지 못했다. 동식은 아버지를 떠올리고 있었다. 겨우 쇠갈퀴 하나만을 남긴 아버지……본 적도 없는 관광객과 아버지의 모습이 교차되며 자꾸 눈앞에 떠올랐다. 용머리 물터가 아니면 조섬 쪽일 텐데…….

새벽녘이 되자 다시 비가 내리기 시작했다. 이따금씩 문으로 빗살 뿌리는 소리가 들렸다. 어김없이 또 바람이 불었다. 동식은 갈등하고 있었다. 오늘을 넘기면 실종된 관광객은 영원히 찾을 수 없을 터였다. 아버지처럼.

"아재, 동식입니다."

아직 날이 채 밝기도 전이었다.

"들어오너라."

봉두 아재도 깨어 있었던 모양이었다.

"아무래도 제가 나가봐야 할 것 같습니다."

"……."

"끝까지 외면하고 있을 수가 없습니다."

"니 마음을 모르는 건 아니지만……날씨가 너무 좋지 않다."

"해경에서는 오늘 순찰을 나가지 못 할 겁니다. 저라도 나가보겠습니다."

"그러믄 좀 있다 날씨 봐가며 내하구 같이 나가자."

"저 혼자 가겠습니다."

"아니다, 내하구 같이 나가자."

아침을 먹고 나서도 비바람은 계속 이어졌다. 동식과 봉두 아재는 근심스러운 얼굴로 마당으로 뿌리는 빗줄기를 바라보고 있었다. 비는 좀체 그칠 기색이 보이지 않았다.

"더 이상 기다릴 수가 없습니다. 큰 바다로 흘러가면 도저히 찾을 수 없습니다."

동식이 일어섰다.

"……알았다."

하는 수 없이 봉두 아재도 동식을 따라 일어섰다.

"아재는 집에 계시는 게 좋겠습니다."

동식이 봉두 아재를 쳐다보았다.

"……."

대답 대신 봉두 아재가 동식의 어깨를 두어 번 두드려 준 다음 앞을 섰다.

동식은 마음이 급한데 봉두 아재의 걸음걸이는 느리기만 하였다. 동식이 몇 번씩이나 봉두 아재를 앞질러 가려 하였지만 그 때마다 봉두 아재의 걸음걸이가 교묘히 동식의 앞을 막았다. 그 바람에, 비가 내리는 길을 걸었다고는 해도 포구에 도착한 시간은 평상시보다 갑절이나 더 걸렸다. 포구에 도착하자마자 동식이 먼저 배 위로 뛰어올랐다. 비를 맞은 갑판은 미끄러웠다. 갑판을 밟은 동식의 발이 순간적으로 미끌 미끄러졌다.

"급할수록 침착해야 한다. 특히 오늘 같은 날 서두르는 것은 위험한 일이다."

봉두 아재의 얼굴이 굳어 있었다.

생각했던 것보다 바다의 날씨는 더 사나웠다. 빗줄기가 방향을 바꾸어 가며 뿌리고 있었고 파도도 사나웠다. 파도는 흰색 거품을 일으키며 방파제에 부딪치고는 하늘로 치솟았다가 내항에 매어져 있는 배를 향해 떨어져 내렸다. 파도를 맞은 배들이 서로 부딪히며 금방이라도 부서질 것처럼 흔들렸다. 한참 동안 서서 바다를 바라본 후에야 배에 오른 봉두 아재는 여기저기 배 곳곳을 살펴본 다음 갑판에 고여 있는 물을 퍼내기 시작했다. 시간을 끌고 있는 것이 분명했다.

"아재……."

동식이 무슨 말을 하려다 말았다.

"오늘은 아무래도 나가지 않는 게 좋겠다."

봉두 아재가 동식을 외면한 채 말했다.

"아재……."

또 동식이 무슨 말인가를 하려다 멈추었다.

"……알았다. 구명조끼를 입그라."

구명조끼를 동식에게 건넨 다음 자신도 구명조끼를 입은 후에야 봉두 아재는 배의 시동을 걸었다.

"조섬으로 갈 거다. 얼른 입그라."

봉두 아재가 구명조끼를 받아들고 머뭇거리는 동식을 다그쳤다.

"용머리 물터로 가 주세요."

"이미 늦었다. 용머리는 벗어났을 거다."

"해안에서 사고가 났기 때문에 아직 멀리 가지는 않았을 거예요."

"조섬에 가서 기다리고 있으면 된다."

"용머리를 벗어나면 영영 못 찾을지도 몰라요, 아재."

동식이 애원하는 눈빛으로 봉두 아재를 바라보았다.

"……"

봉두 아재는 동식의 눈길을 피하며 배를 출발시켰다. 배는 내항에서부터 심하게 흔들렸다. 큰 바다로 나가기는 어려울 것 같았다.

"동식아, 아무래도 지금은 안 될 것 같구나. 좀 더 바다를 지켜보는 게 좋겠다."

봉두 아재가 배를 멈추었다. 동식은 못 들은 체 바다를 바라보고 있었다.

"그러믄 일단 나갔다가 상황이 좋지 않으믄 바로 들어오는 거다."

봉두 아재가 다시 배를 출발시켰다. 배는 외항으로 나오자마자 거센 파도에 부딪히기 시작했다. 파도에 부딪힐 때마다 배는, 풀밭을 따라 이동하다 맹수를 만나 기가 질려버린 초식동물처럼 주춤주춤 멈칫거렸다. 봉두 아재가 파도를 피해가며 용머리 물터로 배를 내달았다. 봉두 아재의 얼굴이 땀으로 번들거렸다.

"아무래도 지금은 안 되겠다."

용머리 물터에 도착하자 봉두 아재가 고개를 저었다. 용머리 물터에는 마치 모든 것을 바다 깊숙이 빨아들이기라도 할 것처럼 커다란 소용돌이가 일고 있었다.

"가차이 갔다가는 큰일 난다."

멀찌감치 배를 멈추며 봉두 아재가 상황의 심각성을 일깨웠다.

"이제 좀 기다리면 나아질 거예요."

동식도 물러서지 않았다. 어쩔 수 없이 봉두 아재가 키를 잡고 배를 버텼다. 연신 커다란 파도가 배를 부숴버릴 것처럼 달려들었지만 그때마다 봉두 아재는 배의 방향을 이리저리 바꿔가며 용케 견뎌내고 있었다. 그때까지도 동식은 갑판에 서서 소용돌이치는 바다에서 눈길을 거두지 않았다. 얼마쯤 지나자 빗방울이 가늘어 지기 시작했다. 파도도 조금씩 잦아들고 있었다. 동식이 머구리 장비를 챙겨들었다.

"안 된다."

전에 없이 봉두 아재가 단호한 어조로 말했다.

"해안에는 조류가 약해 아직 가능성이 있어요, 아재."

"벌써 점심때가 지났다. 조섬 쪽으로 가서 기다리는 게 더 낫다. 더구나 은제 바다가 변할지도 알 수가 없다."

"아재."

"안 된다."

두 사람이 서로 마주 보았다. 동식은 간절한 표정으로 봉두 아재를 바라보았고, 봉두 아재는 단호한 표정으로 동식을 바라보았다. 그러나 봉두 아재의 마음을 모를 리 없는 동식이었고 동식의 마음을 모를 리 없는 봉두 아재였다. 속을 알 수 없는 변덕스러운 바다, 다시 아끼는 사람을 잃을 수 없는 봉두 아재의 절박한 마음을 동식도 잘 알고 있었다. 그러나 동식은 시신조차도 찾지 못 한 채 평생을 살아가야 할 유족의 아픔 또한 잘 알고 있었다.

"아재."

어느새 빗방울이 멈추어 있었다. 바다도 잔잔해졌다. 비가 멈춘 하늘에서는 구름 사이를 뚫고 햇빛이 비추기까지 했다. 시커먼 하늘색처럼 어두운 바다에 햇빛이 검게 번쩍였다.

"아재."

다시 동식이 봉두 아재를 불렀다.

"……검은 시거리다. 을마 지나지 않아 날씨가 다시 나빠질 거다. 곧 올라와야 한다."

동식이 서둘러 잠수복을 입기 시작했다. 혼자 입기에 버거운 잠수복이었으나 봉두 아재는 바다만을 바라보고 있을 뿐 동식을 도와주지 않았다.

"아재, 죄송해요……."

그제야 봉두 아재가 동식이 쪽으로 걸어갔다.

"반 시간을 넘기면 안 된다. 그 안에 올라와야 한다."

봉두 아재가 청동 투구를 머리에 씌웠다.

검은 시거리가 번쩍이는 바다를 향해 동식이 뛰어들었다. 용머리 물터가 마지막 희망이었다. 시체가 용머리 물터를 벗어나면 영영 찾을 수 없을 가능성이 컸다. 동식은 마음이 급했다.

검은 구름의 그림자가 가득 깔린 바다 속은 앞을 구분할 수 없을 만큼 어두웠다. 천천히 바다 밑으로 내려갔다. 바다 밑에는 여전히 거센 조류가 돌고 있었다. 자꾸 몸이 균형을 잃고 조류에 쓸렸다. 납신을 신고 있는 발을 아래로 버티며 균형을 잡았다.

바다 밑은 바위틈인 것 같았다. 바위틈이라면 희망은 있었다. 동식은 허리에 차고 있던 쇠갈퀴를 뽑아 들었다. 한 차례 급한 조류가 지나갔다. 갑자기 봉두 아재가 공기 줄을 두 번 쳐서 신호를 보내왔다. 날씨가 다시 나빠지고 있는 모양이었다. 그러나 이대로 올라갈 수는 없었다. 동식은 천천히 쇠갈퀴로 바위틈을 확인하며 아무것도 보이지 않는 바다 속을 더듬어 나갔다.

2.

"바다 속은 어떻드냐?"

삼수 아재가 동식의 청동 투구를 벗겼다. 변덕스러운 날씨 속에 어쩌다 하루 종일 맑은 날 저녁 무렵이었다. 오랜만에 바닷일을 마친 배들이 기울어 가는 저녁 햇살을 받으며 포구로 돌아가고 있었다.

"그 사이 얼마나 자랐겠어요?"

동식이 잠수복을 벗었다.

"그래도 평상시보다 많이 잽히지 않았니?"

봉두 아재가 선실에서 고개를 내밀었다.

"오늘처럼만 잡혔으면 좋겠어요, 성님."

크고 실한 해삼들로 제법 채워진 망태를 정리하며 삼수 아재가 실실거렸다.

"인숙이하고 민수는 좀 잡았나 모르겠어요?"

멀지 않은 곳에 민수와 민봉이가 탄 배가 보였다.

"제대루……잡았겠냐?"

"꾸준히 소득을 올릴 수 있으믄 좋을 건데."

봉두 아재가 배의 속력을 올렸다. 꼭 내닫는 배의 속도만큼 불어오는 바람이 여름 바다의 습기를 먹은 더위를 몰아내었다.

포구에는 먼저 도착한 몇몇 배들이 경매 준비를 하고 있었다. 동식이, 삼수 아재가 실한 놈들을 위로 올려 그럴싸하게 만들어 놓은 플라스틱 함지를 경매에 올렸다. 관광객들이 오는 기간인데다가 한 동안 배가 나가지 못 한 까닭에 물건 값은 괜찮은 편이었다. 해삼 값도 좋았고 전복 값도 좋았다. 문어는 킬로그램 당 육천 원이나 나가고 있었다.

　"성님, 모처럼 어디 가서 저녁이라도 먹구 갈까요?"

　삼수 아재가 경매전표를 지갑에 넣으며 말했다.

　"그럴 거 뭐 있는가, 우리 집에 가서 소주나 한 잔 하지."

　봉누 아재가 앞을 섰다.

　"한두 번두 아니고……."

　삼수 아재가 머리를 긁으며 머뭇거리는 그 즈음에 인숙이 작업하는 배가 도착하였다.

　"선배!"

　인숙이 동식을 부르며 배에서 내렸다.

　"우리 먼저 갈 테니 인숙이하구 저녁이라도 먹구 오너라."

　봉두 아재와 삼수 아재가 먼저 자리를 떴다.

　"오늘 작업 많이 했어요?"

　인숙이 동식에게 다가왔다.

　"며칠 안 나가서 그런지 제법 작업을 했다. 인숙이는?"

　"저야 뭐……잠깐 기다려요, 경매 끝나구 저녁이나 같이 먹어요."

　미처 동식이 대답할 틈도 주지 않은 채 인숙이 경매장으로 뛰어 갔다. 하는 수없이 동식은 인숙의 경매가 끝날 때까지 기다려야 했다. 동식은 그냥 머쓱하게 서서 인숙을 기다리는 것이 어색하여 포구 쪽으로 걸음을 옮졌다. 그 때 누군가 경매장 옆 수협 창고 뒤쪽으로 재빨리 몸을 숨기는 사람이 있었다. 민수였다. 어색한 걸음걸이로 몸을 숨기던 사람은 분명 민수였다

"어디 있나 했네, 선배도 참."

인숙이 숨을 헐떡이며 찾아온 것은 동식이 막 민수가 사라진 골목으로 들어가려던 그 참이었다.

"어디 가서 같이 저녁이라도 해요."

말보다 먼저 인숙이 앞을 서고 있었다.

"민수도 부르지?"

동식이 수협 창고 쪽을 슬쩍 쳐다보았다.

"예……오늘은 그냥……."

"우리 둘이 같이 가는 걸 보면 민수가 오해나 하지 않을지……."

앞을 섰던 인숙이 걸음을 멈추고 돌아서 동식을 쏘아보았다. 갑작스러운 인숙의 싸늘한 태도에 동식이 멈칫했다.

"뭐 드시고 싶으신 거 있으세요? 오늘은 제가 기념으로 사드릴게요."

인숙이 억지웃음을 웃으며 어색한 분위기를 넘겼다.

"기념으로?"

"네에. 오늘이 선배 텔레비에 나오는 날이잖아요?"

"텔레비?"

"네에."

그제야 생각이 난 듯 동식이 멋쩍게 웃었다. 며칠 전에 있었던 실종자 수색 건을 말하는 것이리라.

"뭐가 대단한 일이라고……."

"해경에서도 수색을 나가지 못할 만큼 사나운 날씨였어요."

"간단히 저녁 먹을 수 있는 곳으로 가지."

동식이 저 번에 들렀던 적이 있는 '순길네' 집 앞에 섰다.

"아니……오늘은 좀……읍내까지 나가고 싶은데요."

인숙이 앞서 가던 걸음을 멈추지 않고 말했다. 하는 수 없이 동식도 인숙을 따라 걸었다.

"읍내라고 뭐 별 건가……."

"자꾸 그러시면 속초까지 나가 버릴까부다. 분위기 잡고 데이트 좀 하자는데 남자가 참."

인숙이 뒤를 돌아보며 눈을 흘겼다.

"데이트?"

동식이 정색을 했다.

"알았어요, 알았어. 놀라긴."

인숙이 웃음으로 말을 얼버무렸지만 동식의 표정은 여전히 굳어 있었다. 두 사람은 말없이 걷기만 했다. 인숙이 택시를 잡을 때까지.

읍내까지는 오 분 거리도 못 되었다. 인숙은 익숙하게, 간판이 마치 숨은 그림 찾기처럼 교묘하게 숨겨져 있는 '레스토랑 만남' 앞에 택시를 세웠다.

"이 층이에요."

인숙이 먼저 계단을 올라갔다. 식당 안에는 아무도 없었다. 두 사람은 A4 용지에 컴퓨터 프린터로 뽑은 듯한 '돈까스 정식 스페셜 8천원' 이라는 특별 메뉴판 밑에 자리를 잡고 앉았다.

"중학교 동창이 하는 식당이에요. 아직 안 뇌왔나……"

주방 쪽을 살피던 인숙이 휴대폰을 꺼내 문자를 보냈다.

"미안해요, 선배."

그 때였다. 갑자기 전등이 꺼졌다. 창밖에서 들어오는 불빛이 있기는 했으나 식당 안은 꽤 어두웠다. 전등이 꺼지고 곧이어 '생일 축하합니다 사랑하는 내 친구 생일 축하합니다' 노랫소리와 함께 칸막이가 되어 있는 구석 테이블에 촛불이 켜졌다. 인숙이 동식의 손을 잡아끌었다.

"기집애."

인숙이 테이블로 앉으며 촛불을 껐다.

"동식씨! 듣던 대로 미남이시네요. 오늘 인숙이 생일인데 아셨어요?"

주인인 듯한 여자가 벽에 붙어 있는 전등 스위치를 넣으며 말했다. 갑자기 밝아진 식당이 낯설었다. 언제 준비했는지 테이블 위에는 케이크와 샴페인이 놓여 있었다.

"기집애두, 난 또. 미리 연락까지 했는데 잊어버린 줄 알고 삐쳤잖니."

"잊어버리긴, 사랑하는 친구의 생일이자 친구의 애인을 보는 날인데……."

친구라는 여자가 동식을 흘깃 쳐다보았다.

"쓸데없는 소리 그만하고 텔레비 좀 켜봐라."

주인 여자가 벽걸이 TV를 켰다.

"아직 시간이 조금 남아 있네. 그 사이 식사 좀 준비해 주라."

인숙이 동식에게 샴페인 잔을 건넸다.

"난 인숙이 생일인 줄도 몰랐는데……."

"괜찮아요, 그리고 친구의 말도 너무 신경 쓰지 마세요. 장난치는 거 좋아하는 짓궂은 친구니까."

음식이 나왔다. 음식을 날라 온 주인이라는 친구가 자연스럽게 인숙의 옆에 앉았다.

"어려운 일을 하셨다구 들었습니다."

"아, 예……."

동식이 어색하게 미소를 지었다.

"이제 시작하려나 봐요."

인숙의 말에 주인 여자가 텔레비전의 음량을 높였다. 텔레비전에서는 '목숨을 건 희생정신'이라는 방송 타이틀 자막이 나오고 있었다.

"이게 전국 방송이지요, 아마?"

주인 여자가 동식의 행동을 추켜세우려는 듯 '전국 방송'이라는 말에 힘을 주며 인숙을 쳐다보았다. 인숙은 광고 방송이 막 끝난 후 거센 파도가 치는 동해 바다가 나오는 텔레비전 화면을 보고 있었다.

'바다, 누구도 예측할 수 없는 거센 여름 바다. 해수욕장을 쓸고 지나간 사나운 파도에도 두려워하지 않고 자신을 던진 바다 사나이가 있다. 그의 말을 들어 보자.'

텔레비전은 동식이 인터뷰하는 장면으로 이어졌다.

아무 것도 보이지 않는 바닷속은 조류마저 회오리치고 있었다. 온힘을 써 간신히 몸을 지탱하며 쇠갈퀴 끝으로 느껴지는 손 감각에 모든 것을 의지했다. 체력의 한계와 밀려오는 두려움을 견딜 수 있었던 건 아버지에 대한 죄스러운 마음 때문이었다.

"선배를 이해하지 못 하는 건 아니지만 이번 일은 위험한 일이었어요, 무모할 만큼."

취기가 오르는지 인숙의 얼굴이 불그스레해져 있었다.

"……."

동식이 대답대신 유리잔에 담겨 있는 샴페인을 마셨다.

"다른 사람 생각도 해야지……."

인숙이 계속 말을 살렸다. 비어 있는 자신의 잔에 샴페인을 따랐다. 분위기가 무거워졌다. 때마침 군인 한 명과 면회를 온 애인인 듯한 여자 한 명이 레스토랑 안으로 들어왔다. 주인인 친구가 핑계 삼아 얼른 자리를 피했다. 그러고 보니 토요일 오후였다.

"선배는 다른 사람 생각을 전혀 안 해. 일부러 그러는 척 하는 건지는 모르지만."

술기운을 빌려 자신을 공격하는 인숙의 시선을 피해 동식은 군인 연인 쪽으로 어색한 눈길을 돌렸다.

"선배는 비겁한 사람이에요."

인숙이 자신의 눈길을 외면하고 있는 동식을 향해 또 툭 한 마디를 내뱉었다. 서로 테이블 위로 손을 올려 마주 잡고 있는 군인 연인을 바라보던 동식의 눈빛이 조금 흔들렸다.

"그거 알아요?"

인숙이 동식을 바라보았다. 얼굴은 붉게 변해 있었지만 눈빛은 흔들리지 않았다.

"……아이들하고 부인은 어쩌구 내려오셨어요?"

동식을 바라보는 눈길을 거두지 않은 채, 따지듯이 인숙이 물었다. 인숙의 말에 동식의 눈빛이 또 흔들렸다. 아내, 일인자. 하나도 애틋하지가 않다. 아니, 무섭다. 아내에 대한 기억에서 벗어날 수 있으면 좋겠다. 이제 동식은 테이블에 놓여 있는 케이크를 보고 있었다.

"나, 선배 좋아해요."

인숙은 여전히 동식을 바라보는 그대로였다. 동식이 고개를 들었다. 동식의 얼굴도 붉게 변해 있었다.

"······인숙에게는······."

"아뇨. 다른 사람 얘기할 거 없어요. 본인 생각이 중요한 거지."

인숙이 더듬거리는 동식의 말을 단호하게 잘랐다.

"글쎄······나로서는 좀······."

"민수 오빠하고는 아무 사이도 아니에요."

인숙이 폭 숨을 들이마셨다.

"그만 일어나지."

동식이 먼저 일어나 서로 음식을 먹여주고 있는 군인 연인 옆을 지나 밖으로 나왔다. 그러나 먼저 밖으로 나온 동식이 레스토랑 앞에서 한참동안을 기다려도 인숙은 밖으로 나오지 않았다. 다시 안으로 들어갈 수도 없고 그렇다고 혼자 집으로 돌아갈 수도 없어 동식은 인숙이 나올 때까지 기다렸다.

인숙이 나온 것은 십 분도 더 지나서였다. 주인 친구의 손에 떠밀려 나온 인숙은 동식을 외면한 채 지나쳐 갔다. 동식이 거리를 두고 뒤를 따랐다. 동식은 두 사람 사이를 이을 만한 말을 열심히 찾고 있었다.

"걸어서 갈 거야?"

읍내를 다 벗어날 때쯤이 되어서야 겨우 동식이 말을 걸었다.

"······."

단단히 화가 났는지 인숙은 대답하지 않았다.

"사실 나는 집안 문제도 정리 되지 않았고, 인숙이도······민수가 있는

데……."

동식의 말끝에 앞서 걷던 인숙이 뒤를 돌아 동식을 쏘아 보았다.

"인숙은 아무 사이가 아니라고 하지만 민수는……."

"……."

두 사람 사이에 다시 말이 끊어졌다. 읍내를 벗어나 마을 쪽으로 컴컴한 길을 휘적휘적 걷기만 했다.

"정리하기는 할 거구요?"

마을에 다 도착해서야 인숙이 말을 꺼냈다.

"해야……겠지."

인숙이 먼저 자신의 집 쪽으로 걸어갔다. 인숙이 자신의 집으로 들어간 뒤 동식도 발길을 옮겼다.

"어디 갔다 오니?"

사람의 모습보다 술 냄새가 먼저 훅 풍겼다. 전봇대 뒤에 민수가 서 있었다.

"읍내서 저녁 좀……."

동식은 괜히 미안한 마음이 들어서 말끝을 맺지 못했다.

"인숙이하구……있었니?"

민수가 굳은 표정으로 동식을 바라보았다.

"……."

갑작스런 민수의 말에 동식은 대답하지 못했다.

"오늘이……인숙이 생일이지……아마?"

맥없는 소리로 더듬더듬 민수가 말을 맺었다.

"우리는 그냥……우연히……."

동식도 맥없는 소리로 더듬더듬 말을 흐렸다.

"먼저 간다. 나중에 보자."

돌아서는 민수의 절름거리는 발걸음이 힘겨워 보였다. 그래서는 안 돼. 동식은 고개를 저었다. 그동안 인숙과 몇 번 마주한 적은 있었지만 특별한 마음으로 보았던 것은 아니었다. 그러나 오늘 고백을 들은 후부터 마음이 흔들리고 있는 것이 사실이었다. 인숙의 관심과 따뜻한 말 한 마디는 오랫동안 메말랐던 가슴을 적시기에 충분했다. 말하지는 못했지만 생각 같아서는 서로의 아픔을 위로해 주는 사람이 되었으면 싶기도 했다.

나, 선배 좋아해요. 집에 돌아와서도 인숙의 말과 민수의 절름거리던 모습이 자꾸 떠올랐다. 굳이 한 사람을 택해야 된다면…….

새벽 늦게야 잠이 들었던지 봉두 아재가 깨우는 소릴 듣고서야 동식은 간신히 일어날 수 있었다. 잠이 부족한 상태로 바다엘 나갔다. 바다 한가운데서 여느 날처럼 잠수 장비를 꾸렸다. 철컥 어깨 위로 채워지는 납덩이보다 마음이 더 무거웠다. 쿨컥쿨컥 갑판을 지나 사다리 위로 올라가 반쯤 몸을 바닷물 속으로 잠갔다. 삼수 아재가 청동 투구를 씌웠다. 큰 숨을 몰아 쉰 다음 바닷속으로 뛰어들었다. 거침없이 바닷속으로 내려갔다. 아래로 내려갈수록, 주변이 점점 어두워질수록 마음이 편해졌다. 혼자만의 공간. 혼자라는 의미의 아이러니. 아무도 없어 외로운 공간은 아무도 없어 홀가분한 공간이 되기도 했다. 눈을 뜨면 혼자였던 지긋지긋했던 어린 시절. 어른이 되어서조차도 진저리치게 항상 혼자였던 동식이었다.

인숙의 따뜻한 눈길과 민수의 안타까운 눈빛이 또 눈앞에 어렸다. 어찌해야 할지 알 수가 없다. 도망이라도 치고 싶었다. 앞으로 내달렸다, 정말 도망이라도 치듯. 언젠가 보았던, 인력이 약한 달 표면을 유영하던 우주인처럼 경중경중 위로 솟구치며 앞으로 내달았다. 미처 따라오지 못하는 투구로 연결된 공기 줄이 뒤에서 잡아당겼다. 배 위에서 줄을 잡고 있는 삼수 아재가 공기 줄로 느껴지는 바닷속 상황에 놀라 신경을 집중하고 있으리라. 바닷속에서 갑자기 속력을 내는 것은 위험한 일이었다. 투구의 줄이 빠지거나 줄이 엉키기라도 한다면. 그러나 동식은 아무 생각 없이 계속 앞으로 내달았다. 그렇게 해서라도 벗어날 수 있다면 좋으련만.

몇 미터 앞에서 누군가 작업을 하고 있는 모습이 희미하게 눈에 들어왔다. 힘겹게 움직이는 품이 똑 민봉이였다. 더 가까이 접근하는 것은 위험했다. 동식은 잠시 제자리에 머물며 민봉을 살폈다. 역시 생각대로 민봉의 망태가 반도 채워지지 않은 채 비어 있었다. 동식이 자신의 망태를 들어 올리다 말고 멈칫했다. 자신의 망태도 텅텅 비어 있었다. 그러고 보니 오늘은 아무 일도 하지 않았다. 그저 바닷속을 돌아다니기만 한 셈이었다.

올라간다는 신호도 없이 몸을 솟구쳐 물 위로 올라간 동식은 배 위로 올라오자마자 갑판에 누워버렸다. 푸른 하늘이 빙빙 돌았다.

"충분히 감압을 해야지 큰일난다."

삼수 아재가 초콜릿 한 조각을 내밀었다.

"몸이 안 좋으면 오늘은 그냥 돌아가는 게 좋겠구나."

봉두 아재의 목소리가 선실에서 들렸다.

"괜찮아요. 잠시 쉬었다 시작하겠습니다."

"무리하지 않는 게 좋다. 이걸 좀 먹구 기운을 차려라."

봉두 아재가 말린 미역 한 줌을 들고 선실에서 나왔다.

"저기 보이는 배가 민수가 일하는 배지요?"

미역을 씹으며 동식이 삼수 아재를 쳐다보았다.

"맞긴 한데……어디가 아픈가? 오늘은 민수가 보이질 않네."

삼수 아재가 가늘게 뜬 눈 위로 손바닥을 펴 햇빛을 가리며 건너편 배를 살폈다. 민수가 일을 나오지 않았다면? 무거운 것이 동식의 가슴을 훑고 지나갔다.

그만 돌아가자는 봉두 아재의 만류를 뒤로 하고 다시 바닷속으로 내려갔다. 생각 같아서는 당장 민수에게로 달려가 보고 싶었지만 기껏 아침부터 서둘러 출어한 봉두 아재나 삼수 아재를 보아서 그럴 수는 없었다. 자신을 위해 다시 어렵게 배를 탄 두 아재가 아니던가? 일당은 몰라도 기름 값이라도 충당하려면 게으름을 피울 처지가 아니었다.

바닷속은 누군가 다녀 간 것처럼 휑하니 비어 있었다. 하긴 누군가 다녀가지 않았을 리가 없었다. 사람들은 채 이 평방 킬로미터도 되지 않는 바닷속을 벌써 두 달이 넘게 훑고 있는 중이었다. 잡을 거리가 많다면 그게 더 이상한 일일 터였다. 동식은 부리나케 몸을 움직였다. 평상시에는 잡지 않던 성게도 몇 마리 망태 속으로 잡아넣고 듬북이나 진누아리도 망태 속으로 집어넣었다. 작업을 마치고 배 위로 올라왔을 때에는 운 좋게 꽤 큼직한 문어도 두 마리나 잡은 뒤였다.

"뭐든 서둘러서는 안 된다. 특히 뱃일은 시남히 하지 않으면 몸을 상하게 되는 거다. 하루이틀 하고 말 일두 아니고."

서둘러 잠수복을 벗는 동식을 봉두 아재가 걱정했다.

"예, 아재."

대답은 하면서도 동식은 건너편 배를 살피고 있었다. 역시 민수가 보이지 않았다. 공기 줄도 한 가닥만 바닷속으로 내려져 있었다. 민수는 일을 나오지 않은 게 분명했다.

"삼수 아재! 뒤처리 좀 부탁해요."

포구로 돌아오자마자 동식은 경매장으로 가지 않고 민수네 집으로 향했다. 분명히 해둘 요량이었다. 자신은 인숙과 아무 사이도 아니라는 것을, 자신은 서울에 가족이 있다는 것을. 그러니 아무런 오해도 하지 말기를, 전처럼 열심히 바닷일을 하기를.

술 냄새가 가득 찬 방에서 민수는 팔을 한껏 끌어 당겨 가슴에 모은 채 옆으로 누워 웅크린 모습으로 자고 있었다. 자고 있는 민수 옆에는 몸 쪽으로 오그라든 민수의 가녀린 다리와는 상반되게 통통하고 빤질빤질한 모양의 술병 몇 개가 뒹굴고 있었다. 동식은 차마 민수를 깨우지 못했다.

동식이 문지방에 걸터앉아 기다린 지 한 시간은 족히 되어서야 소변이 마려운지 민수는 부스스한 얼굴을 찡그리며 잠에서 깨어났다.

"무슨 일이냐?"

"너한테 할 말이 있어 왔다."

"무슨 말? 나는 들을 말 없다."

제 멋대로 뻗쳐 있는 머리카락을 대충 손으로 정리한 다음, 민수는 방구석에 놓여 있던 지팡이를 짚고 마당 끝에 허름하게 지어져 있는 화장실로 절룩이며 걸어갔다. 여기저기 틈이 보이고 뒤 쪽으로 괴어놓은 드럼통에 의지해 간신히 버티고 있는 시멘트 블록으로 만든 벽과, 하늘색이 허옇게 바라고 군데군데 금이 간 슬레이트로 지붕을 덮은 화장실은 바람이라도 불면 금시에 주저앉을 것처럼 낡아 있었다.

"나는 인숙이하고 아무 사이도 아니다. 그러니 걱정 말고……."

화장실 쪽을 향해 동식이 혼잣말을 하듯 지껄였다.

"아니요, 저 선배 좋아해요. 설령 선배가 날 좋아하지 않는다 해도 민수 오빠에게 가지는 않아요."

언제 왔는지 인숙이 동식의 뒤에 서 있었다. 화장실 안에서 헉하는 숨소리가 들렸다.

3.

또, 비가 내렸다. TV에서는 장마가 끝났다는데 아랑곳하지 않고 비는 계속 내렸다. 바다에 내리는 비는 꼭 심상치 않은 돌개바람을 몰고 다녔다. 예측할 수 없는 비바람 앞에 평생을 바다에서 살아온 봉두 아재도 하는 수 없이 또 창고에서 시간을 보냈다. 아침마다 포구를 다녀온 후 아무말 없이 장비 손질만 하는 날이 달을 넘기고 있었다. 삼수 아재는 삼수 아재대로 봉두 아재 옆에 앉아서 '소양강 처녀'를 망가진 전축처럼 반복해서 구슬프게 불러댔고, 동식은 동식대로 두 아재들 틈에서 하릴없이 시간을 보내고 있었다. 비가 오는 날이 길어지자 해수욕객도 전혀 오지 않았다. 여름 한 철 장사로 일 년을 먹고 산다는 순길네는 대목 특수를 위해 시내로 일 다니던 남편까지 대기시켜 놓고도 허탕치고 있는 게 분해, 괜히 눈치를 보느라 마누라를 피해 진즉 씨가 말라버린 파리를 쫓아다니는 남편에게 순길이 학비 타령을 하며 연신 분풀이를 했다. 포구 사람들은 하늘만을 바라보며 그렇게 익숙지 않은 휴식 시간을 힘겹게 보내고 있었다.

정말 비는 끈질기게 내렸다. 지구 온난화로 이상 기온이 발생한다는 말은 자주 들었지만, 방금 전까지 맑았던 하늘이 갑자기 어두워지면서 말로만 듣던 열대우림지역의 스콜처럼 하루에도 몇 번씩 지나가곤 하는 소나기는 바다 사람들의 애를 말리며 여러 날 동안 계속 되었다.

"얘기 들었냐?"

며칠째 더 이상 닦을 곳도 없는 장비를 닦기만 하던 봉두 아재가 어디론가 외출을 다녀온 뒤였다.

"무슨 말씀을요?"

밑도 없는 봉두 아재의 말에 봉두 아재가 외출한 사이 봉두 아재가 닦던 장비를 봉두 아재처럼 아무 말 없이 손질하고 있던 삼수 아재와, 삼수 아재 곁에서 삼수 아재처럼 '소양강 처녀'를 반복해 웅얼대던 동식이 동시에 뒤를 돌아보았다.

"민수가⋯⋯약을 먹었댄다."

봉두 아재가 한숨을 내쉬며 창고 문턱에 걸터앉았다.

"민수가요? 그래서요?"

동식과 삼수 아재가 봉두 아재 곁으로 다가왔다.

"다행히 별 이상은 없을 거라고 하드라. 그보다도 하루 이틀 있다가 통영으로 간댄다. 잠수병이 심각한가 보드라."

봉두 아재가 방으로 들어갔다.

"내려가기 전에 한 번 다녀오너라."

평상복으로 옷을 갈아입은 후, 방에서 나온 봉두 아재가 다시 창고로 들어갔다.

"많이 힘든가 보드라."

함께 가자는 삼수 아재를 간신히 떼어놓고 동식은 혼자서 문병 길을 나섰다. 바람이 불고 있었다. 봉두 아재가 챙겨 준 우산을 썼지만 부는 바람을 따라 제멋대로 날리는 빗방울에 온몸이 금세 젖었다. 옷이 젖는 줄도 모른 채, 급한 마음에 동식은 언제 올지도 모르는 택시를 무작정 기다리고 있을 수만은 없어 택시를 잡을 수 있는 읍내를 향해 진등한등 뛰어가고 있었다.

민수가 상처를 받았다는 것은 짐작하고 있었지만 민수의 마음이 그 정도인 줄은 생각지 못했다. 동식은 자책했다. 젊은 나이에 잠수병으로 장애인이 된 뒤, 힘겨운 삶의 유일한 위안이었던 여자의 배신. 그것이 자신과 관련된 일이라는 것이 더욱 괴로웠다. 할 수 있다면 어떻게든 자신이 나서서 인숙의 마음을 되돌려 놓고 싶었다. 그러나 지난번 보았던 인숙의 태도는 너무나 단호했다. 설득해서 되돌리기에는 이미 너무 많은 마음을 민수에게 보인 인숙이었다.

버스 터미널 근처에 도착해서야 동식은 택시를 잡았다. 민수가 입원해 있는 의료원까지는 택시로 꼬박 삼십 분이나 달려 도착했다. 결코 짧지 않은 시간이기도 했지만 동식에게 삼십 분은 삼 년은 되는 듯 길었다.

그 사이 비가 그쳐 있었다. 땅바닥이 젖은 것을 제외한다면 비가 왔다는 것을 믿을 수 없을 정도로 구름 사이로 해가 비추기까지 하는 날씨였다.

병실 앞에서 잠시 숨을 고른 후 동식은 안으로 들어갔다. 옆 침대가 비어 있는 이인용 병실은 적막할 만큼 조용했다. 혼자 병실을 지키던 민봉이 동식을 보자 휠체어를 돌렸다.

"계속 잠만 자고 있네. 담당 의사 말로는 괜찮다는데."

민봉이 냉장고를 열어 음료수를 내밀었다.

"정말 괜찮은 거야?"

"많이 괴로워하고 있다는 것은 알았지만……약까지 먹을 줄은 생각지도 못했는데……."

민봉이 천장을 쳐다보며 눈을 껌뻑거렸다. 동식이 민봉의 손을 잡았다.

"빨리 회복됐으면 좋겠다."

동식은 민수가 깨어나는 것을 보지 못하고 밖으로 나왔다. 어쩌면 민수가 깨어나기 전에 서둘러 밖으로 나왔는지도 모를 일이었다. 안타까운 마음에 내처 달려오기는 했지만 막상 동식의 얼굴을 대할 자신이 없었던 것이다. 엉켜버린 실 뭉치를 풀다가 내던지고 만 것처럼 마음이 복잡했다.

터덜터덜 시외버스 터미널을 향해 걸었다. 그것뿐이었다, 기억나는 것은.

어느 순간 동식은 바닷가에 서 있는 자신을 발견했다. 아무 것도 기억이 나질 않았다. 어떻게 버스를 탔고 언제 어디를 돌아 다녔는지.

구름을 뚫고 나온 햇살이 검붉은 시거리를 좁고 길게 동쪽으로 늘어트리고 있는 저녁 무렵이었다. 시거리가 길게 지면 비가 온다는데. 동식은 바다를 보고 있었다. 아니 동식은 아무 것도 보고 있지 않았다. 인숙을 설득해야 된다. 그래서 자신 때문에 뒤틀려 버린 민수의 삶을 바로잡아 주어야 한다. 동식의 머릿속은 온통 그 생각으로 가득 차 있을 뿐이었다.

구름 사이를 비추던 해와 함께 시거리가 사라지면서 바다가 어둑어둑해지기 시작했다. 바다가 어두워지자 넋이 나간 사람처럼 몇 시간째 멀거니 바다를 향해 서 있는 동식과, 아까부터 바닷가를 다니며 파도에 밀려나온 미역줄기를 줍던 낯선 사내만이 아직도 계속 바닷가를 서성거리고 있을 뿐 오가는 사람이라곤 아무도 없었다.

"쉽게 좋아질 날씨가 아니외다. 이런 거래두 주워다 놓으면 한 끼 때거리는 되지요?"

미역을 줍던 사내가 동식 앞을 지나며 말을 던졌다. 동식이 눈을 치떠

힐끔 사내를 쳐다보았다. 처음 보는 사내였다. 얼굴뼈의 윤곽이 느껴질 정도로 깡마른 사내의 모습은 몹시 강인해 보였다. 사내는 한 자루 가득 채운 미역을 둘러메고 있었다. 바람에 밀려 나온 미역이 때거리가 된다는 말은 맞는 말이기는 했다. 동식이네도 어렸을 때에 파도에 밀려 나온 미역을 햇빛에 말려 두었다가 곧잘 국을 끓여 먹곤 했었다.

주위가 완전히 어두워져 아무 것도 분간 할 수 없게 될 때까지 동식은 바닷가에 서 있었다. 날씨가 나빠 고기잡이 나간 배 한 척 없는 바다는 완전히 죽은 바다였다. 검은 색 도화지를 눈앞에 펼쳐 놓은 듯 빛이라고는 한 점도 새어들지 않는, 아무 것도 살아 움직이는 것이라고는 없는 죽은 바다는 올 들어서만도 벌써 여러 날째 이어지고 있었다. 밤마다 죽는 바다.

동식은 멀리서 어렴풋하게 나타났다가는 사라지는 포구의 식당에서 흘러나오는 가냘픈 불빛을 짐작 삼아 더듬더듬 바다를 빠져 나왔다. 다시 비가 내리기 시작했다. 포구까지 왔을 때는 온몸이 비와 땀으로 완전히 젖어 있었다. 동식은 '순길네' 식당으로 들어섰다.

"어아구, 어디서 이렇게 엉망으로 젖었대요, 그래? 감기 걸리면 큰일 난다니까."

순길네가 호들갑을 떨며 수건을 내밀었다. 젖은 머리를 대충 말린 후 동식은 술과 매운탕을 시켰다.

"여기서 또 봅니다그려. 일행이 없으면 같이 한 잔 합시다."

저녁 무렵 바다에서 미역을 줍던 사내였다. 처음 보는 사람과 어울린다는 것이 별로 내키지는 않았으나 그렇다고 딱히 거절할 만한 말도 생각나지 않아 동식은 옆으로 비켜 앉으며 사내에게 자리를 만들어 주었다.

"이 마을에 사시오?"

사내가 동식의 잔에 소주를 따르며 물었다. 마흔이 조금 넘어 보이는 사내의 말에는 고향을 알 수 없는 심한 사투리 억양이 묻어 있었다.

"예, 그렇소만……."

낯선 사내를 경계하는 태도가 동식의 말과 낯빛에 들어났다.

"허허, 심심해서 말동무나 할까 생각했더니 너무 하십니다. 형씨!"

사내가 시비조로 툭 말을 내 뱉은 후 소주를 한 입에 털어 넣었다. 그런 다음 매운탕에서 젓가락으로 쑥갓을 집어내어 아직 끓지도 않은 국물에 두어 번 담근 다음 입에 넣고는 우직우직 소리가 나도록 씹었다. 동식은 아무 말도 하지 않은 채 문밖으로 내리는 빗방울을 보고 있었다.

"뭐하는 분이쇼?"

사내가 여전히 거친 말투로 물었다.

"머구립니다."

문밖으로 내리는 빗방울을 바라보는 시선을 거두지 않은 채 동식이 건성으로 대답했다.

"머구리요? 그래 요즘은 주로 뭐가 잡힙니까?"

사내의 관심이 얼굴빛에 나타났다.

"해삼, 멍게."

귀찮다는 듯이 동식이 간단하게 대답했다.

"잘 마셨수다."

동식의 경계하는 태도에 기분이 상했는지 사내가 먼저 일어섰다.

"또 봅세다."

자신에게 아무런 관심조차 없는 동식을 향해 혼자 몇 마디를 지껄인 사내는 우산 대신 잠바에 달린 모자를 뒤집어쓰며 어둠 속으로 사라졌다. 또 보자는 사내의 말이 묘하게도 동식의 마음에 남았다.

"나도 한 잔 줘요."

언제 나타났는지 사내가 앉았던 자리에 인숙이 앉아 있었다. 동식이 고개를 떨구었다. 사내도 그랬지만 인숙이도 불편하기는 마찬가지였다. 아니, 오히려 인숙과 마주 앉아 있는 것이 더 불편했다. 인숙을 만날수록 상황은 점점 더 복잡해지기만 할 뿐이었다.

"나도 한 잔 달라니까요!"

인숙이 손을 내밀었다. 동식은 여전히 인숙을 외면하고 있었다.

"참, 선배도……."

인숙이 동식의 손에서 잔을 빼앗아 스스로 소주를 따라 한 모금에 마셨다.

"민수가 병원에 입원해 있다."

동식이 자세를 조금 돌려 인숙을 바라보았다.

"……."

이번에는 인숙이 동식을 외면한 채 다시 소주를 따랐다.

"알고 있었어?"

"예."

"병원에는?"

"……아뇨."

"곧……통영으로 내려 간대더라. 한 번……."

"화가 나요. 무슨 일을……그런 식으로……."

말을 하다 말고 인숙이 다시 소주를 마셨다.

"민수의……진심은 알아주어야지……."

동식도 순길네가 막 가져다 놓은 잔에 소주를 따랐다.

"아까 그 사람은 누구예요?"

"모르는 사람."

"별로 인상이 좋지 않던데……."

"다시 만날 사람도 아닌데 뭘……그보다도 나는 모든……일이 잘 해결됐으면 좋겠어."

"동정심으로 해결할 일은 아니에요."

"내가 오기 전까지는 잘 지냈잖아? 두 사람."

"앞으로도 잘 지낼 수 있어요, 전처럼."

"그게 아니라……."

"나는 변한 게 없어요. 예나 지금이나. 우리는 좋은 친구일 뿐이에요. 선배가 없었다 해도 결과는 같았을 거예요."

"그 동안 민수의 마음을 몰랐던 건 아니었잖아?"

"민수 오빠가 고백을 할 때마다 내 마음을 분명히 밝혔어요. 다만 차이가 있다면 그 땐 민수 오빠도 그렇게 심각하게 충격을 받지는 않았다는 것뿐이지요."

"어쨌든 나는 두 사람이……."

말을 하려다 말고 동식은 주머니에서 휴대폰을 꺼내 문자를 확인하였다.

"누구예요?"

"집사람."

"뭐래요?"

"내일 올라오라네."

"왜요?"

"모르겠어."

"아직두 정리가 안 됐어요?"

"……아직."

동식의 얼굴에 알 수 없는 불안감이 피어났다. 느닷없이 날아 온 거역할 수 없는 일인자의 호출. 잠시 잊고 지냈던 이인자의 비굴한 복종심이 고개를 들었다. 동식이 고개를 숙였다.

"같이 가요."

취기가 올라 빨개진 얼굴로 인숙이 동식을 쳐다보았다.

"같이?……아니야, 괜히 일만 더 복잡해져."

"들은 얘기도 있구요, 선배의 우유부단한 성격 때문에 일이 더 복잡해지는 거예요."

인숙의 도전적인 말에 동식이 주춤했다. 맞는 말이었다. 자신의 왜곡된 삶은 자신의 우유부단한 성격에서부터 기인한 것임을 동식도 잘 알고 있었다. 갑작스런 아버지의 죽음 후에 변한 건 어려워진 가정환경만이 아니었다. 아무도 없는 무인도에 혼자 남겨진 것 같은 절망감에 자신도 모르는 결에 자꾸 안으로 숨어드는 왜소한 자신이 더 큰 문제였다.

"선배가 못 하면 내가 해결하겠어요. 그러니 의사 표시를 분명히 해 주세요."

"……."

"중요한 건 선배의 마음이에요. 더 이상 질질 끌려 다니며 소중한 인생을 낭비할 필요는 없어요."

모두 옳은 말이기는 했다. 그러나 동식은 대답하지 못 했다. 그것은 마음속에서만 존재하는 말일 뿐이었다. 동식의 마음속에는 수많은 말이 존재하고 있었다. 그러나 그 중에서 말이 되어 밖으로 나온 것은 거의 없었다. 그게 동식이었다. 인숙도 말을 멈추었다. 두 사람 사이로 한동안 침묵이 이어졌다. 적당한 출구를 찾지 못한 채 이어지는 침묵이 두 사람을 더 어색하게 만들었다. 인숙은 고개를 돌려 동식을 외면하고 있었고 동식은 술로 어색한 분위기를 견디고 있었다.

"몇 시에 올라가실 거예요?"

여전히 동식을 외면한 채 자리에서 일어서며 인숙이 물었다.

"첫차."

인숙이 먼저 집으로 돌아 간 뒤에도 동식은 계속 자리에 남아 있었다. 자신에 대한 인숙의 마음을 어찌해야 할지 고민스러웠다. 함께 올라가자는 인숙을 말리지 못한 자신. 동식은 인숙의 당당하고 거침없는 태도와 자신을 배려하는 마음에 끌리고 있었다. 만약 민수만 아니라면 인숙의 마음을 진작에 받아들였을 동식이었다.

인숙과의 관계가 아니더라도 아내와의 문제를 정리하기는 해야 했다. 어차피 아내와의 사이에 부부로서의 관계는 존재하지 않은 지 오래가 아니던가. 단지 아내가 어떻게 나올지 두려워서 꺼내지 못 한 말일 뿐이었다.

집으로 돌아와서도 동식은 아침이 터 올 때까지 잠들지 못했다. 한 동안 마시지 않던 술을 마신 탓만은 아니었다. 마을에 돌아온 뒤 생긴 새로운 버릇이었다. 이제 막 어둠이 걷히기 시작한 바깥 날씨부터 살폈다. 오랜만에 비가 내리지 않고 있었다. 서둘러 자리에서 일어났다. 봉두 아재가 바다 채비를 시작하기 전에 자신의 서울 나들이를 알리기 위해서였다.

"아재."

언제 일어났는지 봉두 아재는 거실을 환하게 밝혀 놓고 있었다.

"그래, 좀 더 자 두지 않구."

"서울엘 다녀와야겠습니다. 아재."

"왜, 무신 일이라두 생겼드냐?"

"집엘 다녀와야 할 것 같습니다."

"알았다. 그리 하그라."

"모처럼 날씨가 맑았는데……죄송해요, 아재."

"아니다. 변덕스러운 요즘 날씨에 어디 한두 번 속았든가?

말은 그렇게 하면서도 봉두 아재는 이미 바다에 나갈 채비를 마치고 있었다.

"무얼 좀 먹고 가그라. 아직 시간두 있으니까."

"괜찮아요."

봉두 아재 말대로 차 시간이 되려면 아직 멀었지만 내친 김에 동식은 집을 나섰다. 오랜만의 나들이라 해서 특별히 준비할 건 없었다. 필요하다면 그건 오직 마음의 준비뿐이었다. 모든 걸 정리해야 돼. 입술을 문 동식의 입가에 작은 경련이 지나갔다.

동식은 아직 조용하기만 한 읍내 거리를 가로 질러 천천히 버스 터미널을 향했다. 갑자기 바다로 나가고 싶다는 생각이 들었다. 그동안 바다 일을 쉰 탓에 오늘 같은 날은 꽤 수확이 좋을 터였다. 하필 오늘 같은 날 자신을 호출한 아내가 미웠다. 참 눈치도 없는 못된 아내였다. 그러나 그것은 아내 앞에 불려나가는 것에 대한 두려움 때문에 생기는 일종의 심리적 알

레르기 현상 같은 것이었다. 가시지 않는 일인자에 대한 두려움. 이인자의 비극. 혹 불어오는 바람에 끈적한 칠월의 더위가 묻어 있었다. 동식의 이마로 땀방울이 맺혔다.

너무 일찍 도착했는지 아직 불도 켜져 있지 않은 대합실 앞 쪽으로 지난 밤에 대기시켜 놓은 듯 문이 잠겨 있는 서울행 버스 한 대만 덜렁 정차 되어 있을 뿐 버스 터미널은 오가는 사람 하나 없이 조용했다. 동식은 낡은 모습을 감추기 위해 녹색 페인트를 여러 겹 칠한 나무 의자에 앉아 시계를 보았다. 아직도 시간이 되려면 족히 이십 분은 더 기다려야 했다. 그 때였다. 동식의 앞에 택시 한 대가 멈춰 섰다. 인숙이었다.

"일찍 나왔네."

성격으로 보아 함께 가자는 말이 빈말이 아닌 것은 알았지만 막상 인숙이 나타나자 동식은 이상하게도 마음이 안정되었다. 반가움에 자신도 모르게 들떴다.

"아침에 번거로울 것 같아 어제 표를 예매해 놨어요."

인숙이 동식에게 버스표를 내밀었다.

"미안해."

인숙의 마음 씀씀이에 고맙다는 말 대신 미안하다는 말이 불쑥 튀어 나왔다. 그것은 자신에 대한 인숙의 마음을 받아들인다는 의미이기도 했다.

"알긴 아시네."

인숙이 첫 웃었다. 동식도 피식 따라 웃었다. 정말 몇 년 만에 편안하게 웃어보는 것인지 알 수 없을 만큼 오래된 기억이었다.

"약속 시간과 장소를 정하세요."

인숙이 동식의 옆 자리에 앉았다.

버스는 제 시간을 조금 넘긴 뒤에야 출발했다. 출발 오 분 전쯤에서야 아직도 잠이 덜 깼는지 약간 살집이 있는 볼가로 잔뜩 심술이 붙어 있는 표정의, 쫄바지와 그 속으로 짐작되는 다리선의 조화가 옷의 실용적 기능이나 미적 기능 중 어느 하나도 그다지 감당해내는 것 같지는 않은 이십 대 초반쯤으로 보이는 여자 매표원에 의해 대합실에는 불이 켜졌고, 출발 시간이 되어서야 이를 쑤시며 도착한 운전기사에 의해 게으르게 문이 열린 버스는 -버스를 탈 때마다 조금도 다르지 않게 늘 똑 같이 반복 되는- 그러고도 몇 분이 더 지나서야 출발했다. 승객이라고는 둘밖에 타지 않은 버스는 속초 터미널에 도착해서야 겨우 열 명을 넘겼고 서울에 도착하기까지 몇 군데를 더 들른 후에야 열다섯 명을 넘겼다.

서울은 몹시 더웠다. 승객이 많지 않아 수지타산을 맞추느라 그랬는지 아니면 뚱뚱한 외모에 비해 더위를 덜 느끼는 운전기사의 무감각 때문이었는지 이대 팔로 에어컨을 켰다,껐다하는 후텁텁한 버스 속보다도 서울의 날씨는 더 숨이 막혔다.

"저녁 때 만나기로 했으니까 서울 구경이나 할까?"

아무런 효과가 없다는 것을 알면서도 손으로 얼굴에 부채질을 해대며 동식이 물었다.

"이것 보슈, 이 몸이 을매 전까지 서울 살던 몸이라우. 구경은 무신."

인숙이 동식을 향해 입을 실죽이며 봉두 아재의 말투를 흉내 냈다.

"하긴, 그럼 어데 가서 밥이라도 먹을까? 으차피 즘심때도 다 되어 가는데."

동식도 인숙을 바라보며 봉두 아재의 말투를 흉내 냈다.

두 사람은 약속 시간을 기다리는 동안 서울 시내를 돌아다녔다. 인사동

골목을 연인처럼 걷기도 했고, 한강변에 나가 시원한 강바람을 쐬기도 하다가 결국은 늦은 점심을 먹은 후에 동식의 아내를 만났다. 다행히 동식과 아내의 이야기에 별 문제가 발생하지 않아 인숙은 구석 자리에 앉아 있는 것으로 후견인으로서의 역할을 수행했지만 인숙이 곁에 있다는 것만으로도 동식은 당당하게 아내를 만날 수 있었다.

두 사람은 다음 날 아침 일찍 포구로 돌아왔다. 돌아오는 길에 우연히 길에서 만난 인숙의 친구와 차를 마시느라 막차 시간을 놓친 때문이었다.

4.

"더 자그라. 괜히 일찍 일어날 필요가 있드냐?"

동식의 방에 켜진 불을 보고 봉두 아재가 말했다. 아침이 일찍 오는 동해안의 여름철이라 밖은 이미 훤해지고 있었지만 아직 다섯 시도 되지 않은 시각이었다. 할 일도 없으면서 괜히 새벽녘부터 마당을 어슬렁거리는 봉두 아재는 말 끝에 쿨럭 기침을 달았다. 언제부터인지 봉두 아재의 기침이 깊어져 있었다.

뱃일을 나가는 둥 마는 둥 한 지가 꽤 오래되었다. 장마철부터 시작된 휴어기를 셈하면 두어 달을 넘겨 손을 놓고 있는 상태였다. 장마철이 끝나고 날씨도 연일 뙤약볕이 내리쬐는 맑은 날이 계속되고 있었고 피서객들도 늘어 해산물의 수요가 급증했건만 포구의 사람들은 누구도 바다에 나가지 않고 있었다.

바다에 나가봐야 별 소득이 없었다. 소득은커녕 기름 값조차도 감당하지 못할 지경이었다. 이미 바다에는 아무 것도 없었다. 봄부터 매일같이 바닥까지 훑다시피 해댄 바다에 무엇이 남아 있을 리가 없었다. 누구를 원망할 수도 없는 노릇이었다. 따지고 보면 그저 열심히 일한 죄밖에는 없었지만 결국은 자신들이 만들어 놓은 결과이기도 했다. 풍요로웠던 바다는 이제 더 이상 포구 사람들의 삶의 터전이 되어 주지 못 했다.

포구 사람들이 느끼는 절망감은 날씨가 나빠 바다에 나가지 못 할 때보다 훨씬 더 심각했다. 날씨가 나쁠 때는 날씨가 좋아지기만 기다리면 되었다. 그러나 지금 포구 사람들은 무얼 기다려야 할지 알지 못했다. 희망이 사라진 사람들이 하는 일이란 대개 정해져 있었다. 처음에는 술로 마음을 달래다가 종당에는 노름 같은 유혹에 빠지게 되거나 아니면 일거리를 찾아 마을을 떠나는 일이었다. 그러나 마을을 떠난다고 해서 그들의 삶에 희망이 보이는 것은 아니었다. 마을을 떠나 도회로 나간 사람들이 하는 일이란 것이 거개는 일당직 막노동이었다. 일거리가 보장되지 않는 막노동으로 도회에서 생활하기 위해서 그들이 찾는 곳은 산비탈의 달동네였다. 오나가나 뿌리 뽑힌 사람들의 삶은 바뀌지 않았다. 삶의 터전의 붕괴. 포구 사람들은 몸서리를 쳤다.

포구 사람들에게는 이미 한 차례 휩쓸고 지나간 홍역 같은 기억이 있었다. 금강산 관광이 처음 발표 되었을 때 포구 사람들은 누구 할 것 없이 들떠 있었다. 북한이 고향인 사람들이 대부분인 포구 사람들은 이것이 계기가 되어 곧 통일이 올 것이라 흥분했었고 고향을 떠난 지 육십 년 만에 거짓말처럼 고향으로 돌아 갈 수 있으리라는 희망에 몸을 떨었다. 북으로 가려는 사람들과 이미 북을 다녀온 사람들이 연일 포구에 넘쳐났다. 눈앞에서 일어나는 꿈같은 현실. 어떤 사람들은 일손을 놓아버렸고 어떤 사람들은 전재산을 팔아 읍내에 가게를 세냈다. 비록 자신들이 북으로 갈 수는 없었지만 다녀오는 사람들을 보면서 꿈을 키웠고 위로를 삼았다.

그러나 포구 사람들의 흥분은 오래가지 못했다. 몇 년이 지나지 않아 금강산 관광길이 막히면서 희망은 절망으로 변하고 말았다. 아무도 찾지 않는 포구, 북으로 오가는 사람들로 넘쳐나던 포구에는 일손을 놓은 포구 사람들의 한숨 소리만이 가득 찼다. 가족들에게 줄 선물을 사기 위해 물려들던 읍내 가게에는 전재산을 투자하고서도 파리만 날리고 있는 포구 사람들의 실성한 모습만이 설렁한 읍내를 지키고 있었다.

얼마의 세월이 흐른 후 정신을 수습한 사람들은 정든 포구를 떠나기 시작했다. 잃어버린 꿈. 이미 삶의 터전을 상실해 버려 다시 예전으로 돌아가려도 갈 수 없는 사람들은 한 바탕 마을을 휩쓸고 지나간 역병처럼 그렇게 마을을 떠났었다.

사정이 비슷한 사람들끼리 삼삼오오 식당에 모여 앉아 술판을 벌였다. 삼수 아재도 술을 마시는 횟수가 늘어났다. 특히 문제가 되는 사람은 봉두 아재였다. 말로는, 너무 조급하게 생각마라, 곧 괜찮아 질거다,하며 동식을 달래곤 했지만 일거리가 없어지면서 정작 봉두 아재의 기침소리는 점점 잦아졌다. 큰 병원엘 다녀오는 것이 좋을 성싶었지만 봉두 아재는 읍내 병원에서 간단한 처방을 받은 후 집에서 몸을 추스르고 있었다.

"지금이라도 챔버가 있는 통영에 가서 제대로 치료를 받아야 할 텐데……."

아침나절 봉두 아재의 상태를 살피러 왔던 삼수 아재가 마당을 나서며 말했다.

"이참에 조금 나아지시는 대로 모시고 가야겠어요."

"그게 좋겠다. 그리구 내일은 우리끼리라도 한번 바다에 나가 보자. 가만히 있으려니 못 견디겠다. 놀더라도 바다에 가서 놀아야지."

"예."

삼수 아재를 배웅한 동식은 잠수 장비를 점검했다. 압착 장비도 걸쳐 보고 납신도 신어 보았다. 그 동안 봉두 아재가 매일 손질을 해 놓아 별 문제가 없을 것이기는 했다. 기름이 잔뜩 칠해진 청동 투구를 썼다가 막 벗었을 무렵이었다. 휴대폰이 울렸다. 인숙에게서였다. 함께 서울을 다녀온 뒤 처음 걸려오는 인숙의 전화였다. 동식은 망설였다. 인숙의 전화를 받는 것도 어색했지만 인숙의 전화를 피하는 것도 어색한 일이었다. 동식은 저절로 끊어질 때까지 계속 울려대는 휴대폰을 지켜보기만 했다.

"오늘은 어디 가서 실컷 술이나 마셔요."

계획 없이 만난 인숙의 친구와 차를 마시고 헤어진 뒤, 막차 시간이 지났다는 것을 확인하고는 당황해 하는 동식에게 인숙이 말했었다.

"술은 무슨……."

"안 잡아먹어요. 동식 씨!"

인숙이 동식의 팔짱을 끼며 장난을 걸었다.

"그게 아니고……."

"숙소로 가요, 맥주 몇 병 사 갖구……."

인숙이 동식의 손을 잡아끌고 앞장을 섰다. 하는 수 없이 동식이 인숙의 뒤를 쭈뼛쭈뼛 따랐다. 눈에 띄는 모텔을 향해 인숙이 거침없이 들어갔다. 주무실 거예요? 사람은 보이지 않고 반원으로 뚫린 유리창 속에서 목소리가 물었다. 네, 조용한 방으로 주세요, 맥주 몇 병하구요. 인숙이 말할 때 동식은 허공을 쳐다보고 있었다. 오만 원, 선불이에요. 인숙이 지갑에서

돈을 꺼내 목소리를 향해 디밀었다. 유리창 속에서 들려오는 '삼백일 호
요' 라는 말이 채 끝나기도 전에 동식은 이 층으로 연결된 계단의 절반쯤
에 올라가 있었다.

"그렇게 급하세요?"

뒤 따라 올라오며 인숙이 또 동식을 놀렸다. 인숙이 받아온 열쇠로 객실
문을 열었다. 동식이 또 멈칫했다.

"선배는 처음 오나 봐요, 이런데."

"그게 아니고……."

동식이 기억하기로 모텔에 오는 사람들은 잠잘 곳을 찾아오는 사람들
은 아니었다. 어린 시절 여인숙에 머물며 보아 온 숙박 손님은 두 종류였
다. 하나는 동식이네처럼 장기 투숙하는 사람, 또 하나는 여자와 대실을
들어오는 사람. 오늘 동식은 정말 잠을 자기 위해 들어온 사람이었다.

"맥주 한 잔 하고 있어요, 난 좀 씻어야겠어요."

인숙이 욕실로 사라진 뒤 동식은 맥주 두 잔을 연거푸 마셨다. 자신 앞
에 펼쳐지고 있는 상황을 거부할 자신이 없어서 두려웠다. 아무 생각 없이
인숙의 뜻을 따르고 싶었다. 그러나 그럴 때마다 민수의 얼굴이 떠올랐다.
목숨을 건 절실한 민수의 사랑. 자신은 민수만큼 인숙을 사랑해 주지 못할
것 같았다. 그러면서도 버릴 수 없는 미련. 자신의 이중적인 태도 앞에서
동식은 고민하고 있었다.

"자, 이제 동식 씨 차례네요. 도망 갈 생각일랑 아예 포기하시구 어서 씻
고 오세요. 기다리구 있을게요오."

젖은 머리를 수건으로 감싼 채 욕실에서 나오며 인숙이 또 장난을 쳤다.
울컥, 동식은 가슴에서 솟아오르는 욕구를 느꼈다. 화장을 하지 않은 인숙

의 맨 얼굴이 늘 대하던 얼굴인 것처럼 가깝게 느껴졌다. 얼른 욕실로 자리를 피했다. 욕실에 들어 선 동식은 거울 앞에서 한참동안 자신의 얼굴을 바라보았다. 상기된 표정 안으로 역력히 드러나는 욕망의 빛. 추해보였다. 찬물을 틀어놓고 샤워꼭지 앞에 섰다. 얼마 지나지 않아 젖은 옷들이 몸에 달라붙었다. 그러나 동식은 그대로 서 있었다. 사그러들지 않는 욕망. 욕망을 사라지게 할 수 있다면 물벼락쯤은 얼마든지 더 맞을 수 있었다. 떳떳한 마음으로 민수와 인숙을 대할 수 있게 된다면. 동식은 샤워 꼭지를 욕조로 옮겨 놓은 다음 욕조 안으로 들어가 비스듬히 몸을 눕혔다. 욕조에 물이 차오르기 시작했다. 차가운 물속으로 몸이 조금씩 잠기었다. 그래도 몸에 남아 있는 욕망은 쉽게 사라지지 않았다. 옷을 벗었다. 온몸에 비누칠을 하고 살을 밀기 시작했다. 처음에는 손으로 밀다가 나중에는 누군가 쓰다가 남긴 목욕용 때밀이 수건으로, 마치 살 속 깊이 새겨진 문신이라도 지워내듯이 온몸을 밀어냈다. 온몸이 불그스레하게 변하고 살갗이 따끔거릴 때가 되어서야 동식은 젖은 속옷의 물기를 대충 털어내 입은 후 밖으로 나왔다. 일찍 잠자리에 들 요량이었다. 정말 그럴 요량이었다. 그러나 몸이 통제를 따르지 않았다. 회로가 엉겨버린 로봇처럼 주인의 통제를 벗어난 동식의 몸이 그 때까지 말없이 맥주를 마시고 있던 인숙을 끌어안았다. 인숙도 동식의 손길을 거부하지 않았다. 아니 인숙이 더 적극적이었다. 인숙이 마시던 맥주를 구석으로 밀어놓은 다음 전등을 껐다.

"나 동식 씨 사랑해요."

인숙이 동식의 입술을 찾았다.

"나도 인숙일 좋아해."

동식이 인숙의 입술을 받았다.

"그런데 뭐가 문제예요?"

인숙이 스스로 옷을 벗었다.

"모르겠어, 그냥……."

동식이 허겁 숨을 몰아쉬었다. 두 사람은 한참동안 서로를 탐하였다. 아무 것도 생각하지 않았다. 아무 것도 생각나지 않았다. 그러다가 동식이 땀으로 젖은 몸을 빼내었다.

"그만……더 이상은."

"왜요?"

"아무래도……."

"또 민수 오빠 때문에?"

"……."

"알았어요."

인숙이 일어나 어둠 속에서 옷을 찾아 입었다. 오랫동안 두 사람 사이로 침묵이 흘렀다.

"무슨 말 했어요, 두 사람? 급히 올라오라 한 걸 보면……."

한참 뒤에야 인숙이 차분해진 말투로 아내와의 일을 물었다.

헤어지는 게 좋겠어. 아내가 말했다. 아무런 표정 없이, 담담하게, 남의 일을 말하듯이. 뜻밖이었다. 당황스러웠다. 사실 그 말은 동식이 아내에게 하려던 말이었다. 그러나 막상 아내에게서 헤어지자는 말을 듣자 아내의 말을 어떻게 해석해야 할지, 자신을 떠보느라 해보는 말은 아닐지, 혼란스러웠다. 아내가 던진 미끼에 섣불리 걸려들었다가는 또 무슨 꼬투리를 잡힐지 알 수 없는 노릇이었다. 분명 아내는 무슨 꿍꿍이속이 있을 터였다. 무슨 뜻이야? 뜻은 무슨. 말 그대로 헤어지자고. 예전의 아내가 아니었다.

흥분하지도 않았고 화를 내지도 않았다. 몇 달 사이에 아내는 변해 있었다. 분명 정상이 아니었다. 정상적인 아내라면 생활비는 어떻게 된 거야, 사내가 책임감이 있어야지, 처자식 버리고 나가니 처먹구 살만 하냐, 어쩌구저쩌구 하면서 악을 바락바락 써대야 하는데 말이다. 아내의 속셈을 알기 위해 한참을 궁리하다가 생각해 보자,라고 동식이 말하려할 때 아내는 누군가와 전화 통화를 하고 있었다. 동식의 존재 따위는 진작에 관심도 없는 듯이. 지금?손님 만나고 있어. 곧 끝나. 응. 이따 봐. 어쩌면 아내는 대답을 듣기 위해 자신을 부른 것이 아닐지도 모른다는 생각을 동식은 순간 했다. 아내는 자신의 생각을 아니, 결정을 통보하고 있는 것일지도 몰랐다. 생각해 보고 연락할게. 동식이 일어서 나올 때도 아내는 차분했다. 빨리 결정해 줬으면 좋겠어. 아내를 만나기 위해 투자한 시간보다 만난 시간이 턱없이 짧았다.

"대답해 주면 되겠네. 고맙다고."

인숙이 돌아누웠다. 그리고 그날 밤, 두 사람은 아침이 오도록 한 잠도 들지 않고 깨어 있었다. 서로 아무 말도 하지 않은 채.

저절로 끊어졌던 휴대폰이 다시 울리기 시작했다. 이번에도 동식은 전화를 받지 않았다. 인숙에게 미안해서였다. 두 번씩이나 전화를 걸었다는 것은 어느 정도 화가 풀어졌다는 인숙의 의사 표현일 테지만 동식은 달랐다. 아직은 스스로 인숙을 볼 낯이 없었다. 자신의 행동 때문에 인숙이 받았을 상처가, 아직도 결정을 내리지 못하고 우왕좌왕하는 자신의 우유부단함이 인숙 앞에 나설 수 없게 만들었다. 모든 것이 정리되면…… 그 것이 동식의 생각이었다.

두 번 걸려왔던 인숙의 전화는 그것으로 끝이었다. 인숙의 전화를 기다린 것은 아니었지만 혹시나 하는 마음으로 종일 휴대폰을 곁에 두고 있었으나 인숙에게서는 더 이상 전화가 오지 않았다. 다시 휴대폰 벨소리가 울린 것은 다음 날 아침이나 되어서였다. 삼수 아재였다.

"준비 되는 대로 포구로 나오너라."

휴대폰 너머로 갈매기 소리가 슬쩍슬쩍 들려왔다. 그저 심심해서 소일거리 삼아 나가보자던 삼수 아재는 이미 포구에 나와 있는 것 같았다. 동식은 서둘러 채비를 챙긴 다음 안방엘 들렀다.

"아재, 오늘은 삼수 아재하고 바다에 나가 보려 합니다. 그냥 손 놓고 있기도 그렇구 해서……몸은 좀 어떠세요?"

"늙은이 몸이 늘 그렇지 뭐. 그나저나 뭐가 나오겠느냐? 괜히 고생들만 하지."

봉두 아재가 비스듬히 몸을 일으켰다.

"푹 쉬고 계세요, 아재. 요즘 감기몸살이 더 지독한 법이에요."

동식은 서둘러 포구로 향했다. 삼수 아재가 기다리고 있는 것도 기다리는 것이었지만 동식에게도 오랜만에 바다에 나간다는 기대감이 있었다. 어려서는 물론이고 성장한 뒤에도 어려울 때면 늘 꿈꾸던 바다가 아니던가? 동식은 마치 소풍을 가던 초등학교 적 어느 날처럼 들떠서 포구로 내달았다. 포구에서는 삼수 아재가 이미 배의 시동을 걸어 놓고 동식을 기다리고 있었다. 모든 출항 준비를 끝내놓은 상태였다.

"여기 냄비에 밥과 국을 만들어 놨다."

삼수 아재가 배를 출발시켰다. 오랜만에 느껴보는 얼굴을 가르는 바닷바람이 신선했다.

"배들이 별로 안 보이네요?"

동식이 국에 밥을 넣으며 말했다.

"뭐가 나와야 말이지."

"그러고 보니 배 주위에 갈매기들도 날지 않네요."

"그냥 바람 쐰다 생각하고 한번 나가보는 거야."

"조섬 쪽으로 가 보죠."

"조섬 쪽으로?"

삼수 아재가 잠시 망설였다. 조섬 쪽은 어부들이 조업을 하는 곳은 아니었다. 아버지의 갈퀴가 발견된 곳. 어쩌면 아버지의 유골이 묻혀 있을지도 모르는 곳.

"괜찮아요, 아재."

동식이 슬쩍 웃었다. 삼수 아재가 배를 조섬 쪽으로 돌렸다.

"조섬 쪽에는 바람이 없어도 늘 저렇게 까풀이가 치고 있어 조심해야 한다."

멀리서도 보일 정도로 조섬 쪽에는 잔파도가 팔랑거리고 있었다. 그래도 까풀이는 그 밑으로 흐르는 조류보다는 덜 위험했다. 용머리 물터에서 큰 바다로 나가는 조류도 위험했지만 용머리 물터에서 조섬으로 이어지는 조류도 거세기는 매한가지였다.

"조류를 타야 한다."

조섬에서 꽤 멀리 떨어진 곳에 배를 멈춘 삼수 아재가 동식을 걱정했다. 동식은 잠수 장비를 갑판 위로 펼쳐 놓았다.

"걱정 마세요, 아재."

배의 닻을 내린 뒤 삼수 아재가 동식의 잠수 준비를 도왔다. 잠수복을 입고 납신을 신은 동식이 갑판 옆 사다리에 올라섰다. 삼수 아재가 청동

투구를 동식의 머리에 씌웠다. 동식이 팔랑거리는 까풀이 속으로 뛰어들었다.

바다 속은 역시 겉에서 보던 것과는 딴 판으로 급한 조류가 흐르고 있었다. 몸을 가누기가 어려웠다. 아버지가 떠올랐다. 정신을 잃은 상태에서도 끝까지 갈퀴를 쥐고 계셨을 아버지. 심호흡을 한 뒤 동식이 조류를 탔다. 조류를 탄 동식의 몸이 한 번 물속에서 휘청하는가 싶더니 이내 균형을 잡았다. 동식은 천천히 바다 속으로 들어갔다.

바다 속에는 이따금씩 자기의 영역을 지키기 위해 바삐 바위틈을 돌아다니는 놀래미나 해뜨기 같은 작은 물고기와 얼마나 먹이를 먹어댔는지 어른 손바닥보다도 더 크게 자라버린 불가사리만이 여기저기 눈에 띨 뿐 내다 팔 만한 해산물은 아무 것도 없었다. 무엇이든 잡아먹는, 꼭 별모양을 한 생명력 강한 불가사리가 있는 곳에는 아무 것도 남아나지 않았다.

한 시간을 물속에 있다가 동식은 빈손으로 올라왔다.

"작은 성게 몇 마리와 멍게 몇 마리밖에 없어요."

동식이 잠수복을 벗었다.

"바람이나 쐬려고 나오긴 했지만 큰일이다. 이러다가는……."

삼수 아재가 닻을 올리고 배를 출발시켰다.

"이렇게라도 나오니 마음은 좀 시원해졌다. 그만 들어가자."

아직 점심때도 지나지 않은 이른 시간인데도 포구에는 어쩌다 고기잡이를 나갔던 몇몇 배들이 돌아오고 있었다. 이 시간에 배가 돌아온다는 것은 모두 소득이 없다는 의미였다. 정말 큰일이었다.

"동식 씨!"

배를 부두에 정박시키고 돌아설 때였다. 어촌 계장이었다.

"저녁에 회관으로 좀 나와 줄 수 있어?"

"무슨 일이라도 있으세요?"

"저도 어장 확대 문제가 잘 타협이 되지 않네. 어민 대표로 참석 좀 해주시게."

"제가 무얼 아나요? 온지도 얼마 되지 않았구……."

"아니야, 우리야 바다 얘기라면 몰라도 논리적으로는 부족하잖아, 그러니까 동식 씨가 참여해 줘요."

문득 동식의 머릿속에 불가사리만이 널려 있던 텅 빈 바다가 떠올랐다. 어차피 바다에서 살기로 한 바에야 남의 일 대하듯 구경만 하고 있어서는 안 되겠다는 생각이 들었다. 어민들의 안정된 생활을 위해 자신이 할 수 있는 일이라면 그것이 무엇이든 나서야 한다는 의무감 같은 것도 생겼다.

회관에 모인 사람들은 스무 명 정도 되었다. 국토해양부에서 나온 담당관과 도에서 나온 담당관, 군수, 그리고 지역 어촌계장과 어민 대표들이 모두 모였다. 분위기는 무거웠다.

국토해양부에서는 이미 저도 어장의 확장을 허가했다. 저도 어장의 확장은 육지에서 동쪽으로 1.3km까지로 설정된 어장을 6.43km확장하고 폭은 어로 한계선(북위33도33분09.69초)에서 북쪽으로 1.6km 확대하는, 기존의 1.7km²에서 15.6km²로 확대하는 것이었다.

저도 어장이 확장되면 지역의 3대 어장 중 가장 규모가 큰 어장이 될 터였다. 4월1일부터 11월 30일까지 운영되는 저도 어장은 7월 말 경에 며칠 간 운영되는 삼선녀 어장이나 10월 1일부터 3월 31일까지 운영되는 북방 어장에 비해 비교가 되지 않을 만큼 중요한 어장이었다. 쟁점은 확장된 어장에서의 조업권이었다. 관련 공무원들이 지역 어민들의 타협을 이끌어

내기 위해 중재를 했으나 지역 어민들은 자신의 생존권이 달린 문제여서 누구하나 양보하려는 사람이 없었다. 자칫하다가는 지역 어민들 간의 불신의 골만 더 깊어질 판이었다.

"어장이 조금 넓어지기는 했지만 관내 모든 어민들에게 조업권을 주면 며칠 안 가서 끝장나고 맙니다. 그럴 바에는 차라리 확장하지 않고 기존의 어민들만 조업하는 편이 더 낫습니다."

"정 안 된다면 주소를 옮겨 놓고 할 수도 있습니다. 그러느니 떳떳하게 조업권을 달라는 겁니다."

사람들이 서로 언성을 높였다. 어느 쪽도 양보할 기색이 아니었다. 이야기는 계속 원점을 돌고 있었다.

"둘 다 살아야지요."

듣고만 있던 동식이 나섰다.

춤추는 바다

1.

봉두 아재의 감기몸살은 며칠이 지나도 별 차도가 없었다. 읍내 병원에서 주사도 맞고 처방해준 약도 먹고 의사의 말대로 집에서 푹 쉬었지만 기침은 여전히 멈추지 않았고 열도 떨어지지 않았다. 봉두 아재의 고집도 어지간했다. 연세가 있으셔서 큰 병원으로 가보는 게 좋겠다고 동식이 말씀드려도, 늙은이 감기가 다 그렇지 뭐, 하며 들은 체도 하지 않았다. 강제로 모시고 갈 수도 없을 만큼 봉두 아재의 태도가 완강해서 병세를 지켜보며 기다리는 수밖에 별 도리가 없었다.

"내 잠시 밖엘 좀 다녀오마."

아침 일찍 봉두 아재가 길을 나섰다. 외출을 할 만큼 감기몸살이 좋아진 것은 아니었다.

"어디 급한 볼 일이라도 있으세요? 푹 좀 쉬시는 게 좋을 텐데요."

소일거리 삼아 배낚시를 나가려고 채비를 하던 동식이 봉두 아재를 말렸다.

"속초에나 나갔다 오려고 한다. 금방 댕겨 오마."

"그러면 제가 모시고 가겠습니다. 나간 김에 병원에도 들러보고요."

동식이 낚시채비를 하던 손길을 멈추고 일어섰다.

"아니다. 몸도 그만하고 집에만 있기 갑갑해서 바람이나 쐴려구 나가는 거다. 걱정말구 니 볼 일 보그라."

말을 마치기도 전에 봉두 아재는 마당을 나섰다. 봉두 아재의 몸이 조금 나아졌나 싶어 동식은 굳이 따라 나서지 않았다.

며칠씩 집에서 쉬고 있는 것이 봉두 아재로서는 갑갑하기도 할 터였다. 봉두 아재는 평생을 일하면서 살아온 사람이었다. 머구리 일을 할 때는 물론이고 뱃일을 그만 둔 뒤에도 봉두 아재는 열심히 일하면서 살았다. 남의 땅을 빌려 농사를 짓기도 했고 양계사업도 해 보았고 연안에서 양식업도 했다. 그러나 노력에 비해 결과는 늘 좋지 않았다. 밭을 빌려 처음으로 해 보았던 배추농사는 예년보다 길어진 장마로 빚만 진 채 접어야 했고 버섯 양식도 별 소득을 내지 못했으며 양계사업도 때 맞춰 유행한 조류독감의 영향을 받아 그만 두어야 했다. 루사 태풍 때는 양식장이 흔적도 없이 사라지는 고통도 겪어야 했다. 어떻게 보면 봉두 아재에게는 뱃일이 천직인 셈이었다.

봉두 아재가 외출을 나간 지 얼마 지나지 않아 동식도 낚시채비를 챙겨 들고 포구로 향했다. 벌써 삼수 아재는 배에 시동을 걸어놓고 동식을 기다릴 터였다. 오늘도 별다른 소득을 얻을 수는 없을 터였지만 마음은 가벼웠다. 얼마 전 동식이 두 번째로 참석한 대책회의에서 갈등을 보이던 조업권이 극적으로 타결되었기 때문이었다. 동식이 제안한 면 관내 어민들은 기존의 어장과 확장된 어장 두 곳 모두에서 조업을 할 수 있도록 하고 기타 어민들은 확장된 어장에서만 조업을 하는 것으로 반대하는 사람들을 설득시켰다. 이제 관련 당국의 승인 절차에 소요되는 며칠만 기다리면 확장된 어장에서 조업을 할 수 있을 터였다. 때마침 무더운 날씨도 계속 이어지고 있어 찾아온 해수욕객도 예년에 비해 많은 편이었다. 별일만 없다면 해산물 가격도 괜찮을 성싶었다. 모든 것은 곧 정상으로 돌아올 일이었다. 그 때까지만 버티면 어려운 고비는 넘길 수 있을 터였다.

콧노래를 흥얼거리며 동식이 포구 가까이 도착했을 때에는 무슨 일인지 평소보다 많은 사람들이 모여 있었다. 자세히 보니 사람들 틈에는 삼수 아재도 섞여 있는 듯했다. 봉두 아재의 배 위에 올라가 있는 사람도 몇몇 눈에 띄었다. 예감이 좋지 않았다. 무엇인지 알 수는 없었지만 무슨 일이 생긴 건 분명했다. 동식은 걸음을 빨리해 부두 쪽으로 내달았다.

"동식아, 큰일 났다."

사람들에 둘러싸여 있던 삼수 아재가 동식을 발견하고는 달려왔다.

"배가 경매에 넘어갔단다, 경매에."

"갑자기 경매라니요?"

"배를 사느라 수협에서 융자를 받으셨는가 보더라. 성님에게는 이미 며칠 전에 통보가 갔단다. 그동안 우리에게 감추고 계셨던 거지."

"저 사람들은 다 뭐예요?"

"수협 직원 몇 명하고 입찰하려고 경매 물건 보러 온 사람들인 것 같애"

"입찰에 들어가면 큰일이네요. 제값에 배를 살 만한 사람도 딱히 없고."

"큰일이지. 몇몇 사람이 개입해서 담합하면 헐값으로 낙찰될 수도 있다더라."

"막아야지요."

"막는 방법은 빌린 돈을 갚는 수밖에 없는데……당장 내일이 일차 경매
일이란다. 오늘부터는 배도 운행하지 말라는구나. 그동안도 성님을 생각
해 많이 봐준 거라면서."

동식은 입술을 물었다. 무일푼인 자신으로서는 뾰족한 수가 없었다. 아
내에게는 얼마간의 돈이 있을 터였지만 말을 들어 줄 아내가 아니었다.

"얼른 집으로 가서 성님을 만나 보자."

"아침에 속초에 나가셨어요. 갑갑하다고 바람이나 쐰다고……이 일 때
문에 나가셨는가 봐요. 저는 그것도 모르고……."

"여기서 이래봤자 뭐 하겠니? 일단 집으로 가서 대책을 생각해 보자."

삼수 아재가 챙겨온 낚시 도구를 어깨에 걸쳐 메었다.

"자주 보게 됩니다그려."

배를 살피던 사람들 중에서 한 사람이 아는 체를 했다. 며칠 전 바닷가
에서 미역을 줍던 사내였다.

"아, 예."

동식이 돌아섰다.

"여전하십니다. 이제 자주 뵙게 될 텐데."

동식은 못 들은 체 삼수 아재의 뒤를 따라 걸었다. 우연처럼 자주 마주
치는 사내가 못내 눈에 거슬렸다.

"아는 사람이냐?"

"예에, 몇 번……어민인 것 같기두 하구요. 저번 어민 회의에도 나왔던
데…… 여기는 또 웬일일까요?"

"입찰하려구 배 구경 온 사람 아니겠냐?"

그러고 보니, 바다에서 미역을 줍던 것이나 뭐하는 사람이냐고 묻던 것, 그리고 또 보자는 말, 어민 회의 등 뭔가 있기는 있는 게 분명했다.

"아직 성님도 집에 오지 않으셨을 테구 또 괜히 성님네 아주머니가 놀라실 수도 있으니까 집으로 가지말구 어디 다른 데루 가서 의논을 하는 게 낫겠다."

"갚아야 할 금액이 얼마나 된대요?"

"그러지 않아도 아까 수협 직원에게 물어봤는데 본인 외에는 말해 줄 수 없다더라."

동식은 죄책감을 느꼈다. 이번 사건은 순전히 자신 때문에 생긴 일인 것 같았다. 자신이 돌아와 머구리를 하겠다고 하지 않았다면 봉두 아재가 배를 사기 위해 융자금을 빌리지도 않았을 텐데 말이다.

"너무 걱정하지 마라, 어떻게든 되겠지?"

삼수 아재가 동식을 위로했다.

"당장 내일이 경매일이라면서요?"

"낙찰이 된다면 손해를 많이 보기는 하겠지만 혹시 유찰이 된다면……."

"유찰이 되면은요?"

"유찰이 되면 다음 경매일까지 얼마간 시간을 벌 수 있으니까 헐값에 낙찰되기 전에 어떻게든 손을 써 봐야지."

삼수 아재의 말을 듣고 나서야 동식은 안도했다. 삼수 아재의 말이 단순히 동식을 위로하기 위해서 하는 말은 아닌 듯싶었기 때문이었다. 두 사람은 언제 돌아올지 모르는 속초에 나간 봉두 아재를 기다리기 위해 밤이 내다 보이는 터미널 근처 기사 식당으로 들어갔다.

두 사람이 아침부터 기다리고 있는 것을 알고 일부러 피하기라도 하는지 봉두 아재는 긴 여름 해가 넘어갈 때까지도 돌아오지 않았다. 아침부터 몇 시간째 식당에서 찌개 하나와 소주 한 병을 시켜놓고 자리를 차지하고 있던 두 사람은, 그렇지 않아도 별로 필요해 보이지도 않는 의자를 정리하며 손님이 없어 생긴 불만을 노골적으로 드러내는 주인의 눈치를 끝까지 모른 체 할 수가 없어 진즉 터미널 대합실의 나무 의자로 자리를 옮긴 터였다.

봉두 아재는 아직 돌아오지 않은 게 분명했다. 버스에서 내리는 손님이라야 한두 명이 고작이었으므로 두 사람의 감시망을 벗어나지는 못했을 터였다.

"벌써 여덟 시가 되어 가는데."

삼수 아재가 검붉은 색으로 어두워지는 서쪽 하늘에 멀거니 시선을 둔 채 웅얼거렸다.

"곧 오시겠지요? 조금 있으면 막차 시간인데……."

동식이 이미 바닥난 빈 소주병을 종이컵에 기울였다.

"한 병 더 하겠니?"

삼수 아재가 지갑을 꺼냈다.

"아니요, 제가 언제 술 마시나요."

"그래, 서울 성님도 술은 잘 안 하셨지."

삼수 아재가 동식의 아버지 이야기를 슬쩍 꺼냈다. 이십 년도 더 된, 아니 삼십 년이 다 되어가는 이야기였다. 봉두 아재나 삼수 아재도 그랬겠지만 동식도 자신의 얼굴에서 이따금 아버지의 모습을 발견하곤 했다. 그 때마다 동식은 애써 아버지를 지우려 노력했다. 아버지를 떠올리는 것은 동식에게는 견디기 힘든 고통이었다. 너무나도 자랑스러웠던 아버지의 갑작스러운 부재와 그로인해 겪어야 했던 고달픈 삶, 그리움과 원망. 그러면서도 결국은 아버지의 흔적을 찾아 포구로 돌아올 수밖에 없었던 애증.

"성님!"

대합실 천장의 형광등에 불이 켜진 무렵이었다. 삼수 아재가 봉두 아재를 부르며 자리에서 일어섰다. 봉두 아재가 시든 꽃잎처럼 무거운 몸으로 버스에서 내렸다.

"몸도 편치 않은데 어딜 그리 오래 다녀오세요?"

삼수 아재가 얼른 달려가 봉두 아재를 부축했다.

"누가 보면 내가 죽게 된 줄 알겠네, 이 사람아."

"어디에 계셨어요, 몸살 기운은 좀 어떠세요, 저녁은요?"

동식이 한꺼번에 걱정을 늘어놓았다. 허허, 하며 대답 대신 봉두 아재가 웃었다.

"어딜 가면 간다고 얘길 하고 가서야지, 우선 저녁부터 하러 가세요, 우리도 오늘 한 끼도 못 먹었거든요."

삼수 아재가 봉두 아재를 향해 입을 삐죽 내밀었다. 삼수 아재가 온 종일 머물며 눈치를 보던 조금 전의 기사 식당으로 들어갔다.

"대충은 알고 있지만 자세히 좀 말씀해 보세요."

음식이 나오기를 기다리는 동안 삼수 아재가 물었다.

"……."

"죄송해요 아재, 저 때문에."

동식이 고개를 숙였다.

"아니다. 그게 왜 너 때문이냐? 그런 소리 하지 말그라."

봉두 아재가 동식의 어깨를 쓰다듬었다.

"다른 건 다 그렇고 갚아야 할 액수가 얼맙니까?"

삼수 아재가 봉두 아재를 쳐다보았다.

"느들은 몰라도 된다. 내가 알아서 할 거다."

"성님!"

삼수 아재가 버럭 소리를 질렀다. 그 바람에 매운탕 냄비를 휴대용 가스 레인지 위에 올려놓던 식당 주인이 잠시 멈칫했다.

"액수를 말해 주셔야 대책을 세우지요?"

삼수 아재가 목소리를 낮추었다.

"내가 알아서 하마."

"성님, 제가 어떻게 하겠다는 게 아니고 뭘 알아야 같이 의논이라도 할 게 아니냐구요?"

"글쎄 느들은 그냥 가만히 있으면 된다. 내가 알아서 하마."

"아재, 말씀해 보세요."

동식도 삼수 아재를 거들었다.

"성님, 정말 섭섭해요. 난 성님을 친형님처럼 생각했는데······."

"그래요 아재, 말씀해 보세요."

"오천만 원 조금 넘는다. 어떻게든 내가 해결할 거다."

봉두 아재가 아까부터 따라 놓고만 있던 소주를 마셨다.

"성님은 내일은 나오지 마시구 집에 계세요, 우리가 다녀올 테니."

"아니다. 내도 갈 거다······그만들 들어가자. 내일 또 나가려면."

매운탕 국물에 밥을 말아 몇 숟가락을 뜬 뒤 봉두 아재가 자리에서 일어났다.

"괜찮겠어요, 성님?"

"괜찮지 그럼. 이래봬도 바다에서 평생을 산 사람 아닌가?"

바다에서 평생을 살았다는 것은 강인함을 의미하는 말이긴 했다. 속을 예측할 수 없는 바다에서 평생을 견디어 낸다는 것은 결코 쉬운 일은 아니었다. 정확히 말하자면 바다를 이겨 낸다기보다 바다에 적응한다는 표현이 옳을 정도로 때로는 자연을 극복할 힘을 지녀야 하고 때로는 자연의 순리를 따를 줄 아는 지혜가 필요한 것이 바다를 터전으로 살아가는 사람들이 지녀야 할 강인함이었다. 봉두 아재도 그랬다. 젊은 시절에는 몇 십 미터 바다 속을 누비며 살아가던 강인함도 있었고 바다의 순리를 따르는 지혜도 지니고 있었다. 그러나 이제 봉두 아재는 칠순을 바라보는 노인이었다. 봉두 아재는 나이 들고 쇠약해져 있었다.

"그래두……."

미처 봉두 아재의 건강을 챙기지 못한 자신을 동식은 자책했다.

봉두 아재를 모시고 집으로 돌아온 동식은 일찍 잠자리에 들었다. 하루 종일 봉두 아재를 기다린 일이 피곤했던지 동식은 잠자리에 들자 곧 잠이 들었다가 새벽 일찍 잠에서 깨었다. 아직 네 시도 되지 않은 이른 시간이었다.

안채에서 봉두 아재의 기침 소리가 자주 들렸다. 봉두 아재의 기침은 십여 분마다 한 번씩 계속 이어지고 있었다. 아마도 봉두 아재는 밤새 제대로 잠을 이루지 못했을 터였다. 동식도 더 이상 잠들지 못했다. 쇠약해진 봉두 아재, 자신 때문에 배를 사기 위해 융자금을 빌리고 경매까지 치를 상황이 된 봉두 아재. 마음이 복잡했다.

얼마 지나지 않아 봉두 아재가 일어나 채비를 하는 기척이 들렸다. 동식도 일어나 외출 채비를 했다.

"네가 미안해 할 필요 없다. 전에 양식업하구 밭농사를 하면서 빌린 융자금이 겹쳐서 생긴 일이니까."

몸살기운도 있으니까 집에서 쉬시라는 동식의 말에 봉두 아재는 짐짓 다른 소리를 하며 앞서 집을 나섰다. 말은 그렇게 했지만 바다에도 나가지 못해 수입이라고는 전혀 없는 상태에서 누구에게 말도 못 한 채 혼자서만 속을 끓였을 봉두 아재의 모습은, 그리고 보면 며칠 새 훨씬 더 수척해져 있었다.

"건강 좀 신경 쓰세요, 성님."

터미널에서 기다리고 있다가 합류한 삼수 아재가 봉두 아재에게 퉁아리를 주었다.

"허허, 그 사람. 난 괜찮다는데두……너무 야단하지 말게."

삼수 아재의 퉁아리 속에 담겨 있는 진심을 아는 봉두 아재가 허허 웃음으로 삼수 아재를 달랬다. 서로를 위하는 마음을 모를 리 없는 두 사람이었다.

일찍부터 서두른 탓에 세 사람은 여덟 시도 되기 전에 법원에 도착했다. 경매 시간이 한 시간이나 남아 있는 법정은 아직 문도 열어 놓지 않은 상태였다. 특별히 갈 곳이 없는 세 사람은 법원의 나무 밑에서 시간을 기다려야 했다.

"몸도 편치 않으신데 빨리 문이라도 열어줬으면 좋겠구만……."

"괜찮다니까."

"잠깐 기다려 보세요."

삼수 아재가 경비실 쪽으로 걸어갔다.

"지금 곧 문은 열어 놓는답니다. 그 쪽으로 가서 기다리지요, 뭐."

경비실을 다녀온 삼수 아재가 내처 되돌아섰다. 봉두 아재와 동식이 삼수 아재 뒤를 따랐다.

"동식아, 저기……."

앞서 법정으로 가던 삼수 아재가 동식을 불렀다. 어제 포구에서 만난, 미역을 줍던 사내가 복도에서 커피를 마시고 있었다. 경매에 참여하기 위해 온 것이 틀림없었다.

"저 자가 또……입찰을 온 것이겠지요?"

"그런 모양이다."

"주위에 있는 사내들은 무얼까요?"

사내 주변에 검은 양복을 입은 사내 몇이 더 있었다.

"입찰을 도와주는 놈들이겠지."

"그럼 어쩌지요?"

"오히려 잘 됐다. 오늘은 유찰될 게 틀림없으니까."

삼수 아재가 씨익 웃었다.

"아재도 많이 해 보셨나 봐요?"

동식이 장난을 걸었다.

"여어, 또 봅니다. 우린 인연이 있나 봅니다."

사내가 동식에게로 다가왔다.

"그렇군요. 어쩐 일이십니까?"

동식이 사내를 쏘아보았다.

"좋은 물건이 있나 해서 나와 봤습니다."

"그래 좋은 물건이 있습니까?"

"글쎄요, 이제부터 살펴봐야지요. 혹시 정보가 있으면 좀 알려 주시던 가요?"

사내가 능글거렸다.

"좋은 결과 있기를 빕니다."

동식도 사내를 향해 빈정거린 후 법정으로 들어갔다.

딱히 무엇 때문이었는지 꼬집어 말할 수는 없었지만 처음 만났을 때부터 동식은 사내에게 좋지 않은 인상을 받았다. 지난 어민 대표 회의 때도 그랬다. 무슨 자격인지 사내도 그 자리에 있었다. 그 날, 동식이 타협안으로 '면 관내 어민은 전 어장에서의 조업권을, 기타 군 관내 어민은 기존의 저도 어장을 제외한 확장된 곳에서의 조업권'을 제시했을 때, 사내는 아무 말 없이 사람들의 토론을 지켜보기만 했지만 이상하게도 동식에게는 사내의 그런 태도가 눈에 거슬렸다.

"어장이 특정 지역의 재산입니까? 특혜를 주어야 할 이유가 뭡니까? 우리나라 어민이면 누구나 조업권을 주어야 한다고 봅니다. 더군다나 같은 군 지역에 사는 사람을 차별한다는 것은 소지역 이기주의일 뿐입니다."

"선생의 말도 일리는 있지만 저도 어장은 이미 면 관내 어민들만 조업을 하던 곳입니다. 기득권을 인정해 줘야 합니다."

동식과 사람들이 서로 언성을 높여도 사내는 어느 편도 들지 않고 그저 자리를 지키고만 있었다.

"그렇다면 이미 면 관내 어민은 특혜를 받고 있었던 것 아닙니까? 지금이라도 잘못 된 것은 바로 잡아야 합니다. 안 그렇습니까?"

옆 자리에 있던 사람이 사내에게 도움을 청했다.

"글쎄요."

역시 사내는 속내를 드러내지 않았다.

"그런 식으로 말한다면 어장 확대 문제는 없었던 것으로 하고 기존의 방식대로 하는 것이 더 낫겠습니다. 그러니까 서로 조금씩 양보하자는 중재안을 제시한 것입니다."

동식이 논의의 원천무효라는 초강수를 들고 나오자 국토부 담당 공무원이 동식의 중재안을 지지하면서 결국 어렵게 타협은 이루어졌지만 사내는 입가에 알 수 없는 묘한 웃음을 지을 뿐 끝까지 아무 말도 하지 않았다.

"뱃일이 수지가 맞지 않는 일인데 무엇 때문에 관심을 보이는 걸까요?"

동식이 알 수 없다는 듯 삼수 아재에게 물었다.

"조업권을 따려는 것이겠지."

"그래서요?"

"대형 어선이 있다면……대량으로 어로 행위를 하려는 것일 거야."

"그렇게 되면 소규모로 생계나 유지하는 지역 어민들은 타격이 심하겠네요?"

"버텨내기가 힘들겠지. 동해안의 수산물을 독점하여 대량 이익을 보려는 계산인 게야."

삼수 아재의 예상대로 봉두 아재의 배 경매 건은 유찰되었다. 아무도 응찰하는 사람이 없었다. 사내와 사내 주변의 검은 양복들은 입찰이 시작되자 조용히 앉아 있다가 유찰을 확인하고는 어디론가 사라졌고 다른 사람들은 아예 응찰하려는 사람이 없었다. 당연한 일이었다. 기름값도 감당하기 어려워, 있는 배도 내다 팔아야 할 판에 새로이 뛰어들 정신 나간 사람은 없을 터였다.

우선 급한 대로 다음 경매일까지 한 달간의 시간은 벌었지만 문제는 이제부터 시작이었다. 확장된 어장에서의 조업 개시일에 맞추기 위해서는 빠른 시간 안에 융자금과 밀린 대출 이자를 해결해야 했지만 문제는 생각처럼 쉽게 풀리지 않았다. 삼수 아재와 동식은 수협과 은행을 온종일 찾아다녔지만 별 효과가 없었고, 설상가상 봉두 아재는 그 날 집으로 돌아온 후 몸살 기운이 더 심해져 자리에 눕고 말았다.

확장된 어장 조업 개시일은 다가오고 있었다. 상황은 급박했다. 모종의 결단이 필요했다. 동식은 서울로 올라갔고 삼수 아재는 삼수 아재대로 분주히 시내를 오갔다.

2.

확장된 어장에서의 조업이 시작되었다. 모처럼 포구가 다시 활기를 되찾았다. 날이 훤히 밝은 이른 새벽부터 배들은 저마다 경주라도 하듯 북으로 달리기 시작했고 갈매기들도 배를 따라 하늘을 맴돌았다. 사람들은 저마다 희망에 부풀었고 바다는 잔잔한 모습으로 사람들을 반겼다.

여전히 몸살 기운으로 고생을 하면서도 둘이서는 힘이 들어 안 된다며 굳이 따라나서는 봉두 아재를 간신히 설득하고 일을 나선 동식과 삼수 아재도 설레기는 마찬가지였다. 제대로 일을 하지 못한 지가 언제부터였던가. 참으로 힘겨운 시간이었다. 아무 일도 하지 않고 날이 좋아지기를 기다리던 일도 힘들었고, 해산물이 바닥 난 바다를 바라보며 아무 대책도 없이 무작정 손을 놓고 있던 일이나, 경매로 넘어가는 배를 다시 찾기 위해 장소를 가리지 않고 분주하게 뛰어다니던 일, 어느 것 하나 쉬운 일은 없었다. 다시 떠올리고 싶지 않은 절망적인 시간이었다. 그러나 이제는 모든 것이 해결되었다. 열심히 살기만 하면 될 일이었다. 이제부터는 훤히 밝아 오는 햇빛처럼 희망찬 일만 일어날 터였다.

"고마워요, 아재."

뱃머리에서 바람을 맞으며 바다를 바라보고 있던 동식이 배를 조정하고 있는 삼수 아재를 향해 소리쳤다.

"뭐라구?"

엔진 소리 때문에 동식의 말을 제대로 듣지 못한 삼수 아재가 다시 소리를 되받아쳤다.

"고맙다구요!"

"뭐가?"

"전부 다요!"

동식이 하지 못한 일을 삼수 아재가 해결해 주었다. 경매가 유찰된 후 동식은 삼수 아재와 수협을 찾았었다. 자신이 보증을 서는 조건으로 융자금 상환 기일을 연장시켜 보려는 의도에서였다. 그러나 이미 봉두 아재가 여러 번 상환 기일을 연장한 터여서 더 이상의 연장은 곤란하다고 했다. 수협 직원이 내미는 서류를 보면서 동식은 가슴이 아팠다. 뱃일을 그만 둔 봉두 아재는 융자금을 빌려 농사를 지었으나 농사에 실패한 후 더 큰 돈을 빌려 융자금을 갚은 다음 남은 돈으로 새로운 사업을 시작했고, 그 때마다 실패를 거듭한 봉두 아재에게는 결국 밀려 있는 이자와 커져버린 대출 원금만이 남아 있었다. 거기다 배를 사면서 대출한 융자금까지 봉두 아재는 혼자서 고통을 숨기고 있었던 것이다.

동식이 마지막 수단으로 찾은 것은 아내였다. 아내는 약속 시간보다도 삼십 분이 지나서야 나타났다. 그러나 동식은 화를 내지 않았다. 그저 나타나 준 것만으로도 고마웠다. 아내는 늘 동식보다 서열이 위였으니까.

"이렇게 불쑥 나타나서 나오라면 어떻게 해."

아내가 낮은 소리로 말했다. 아내는 확실히 예전과 달라져 있었다. 예전 같으면 '지금 뭐 하자는 거야, 응?' 하고 소리를 질러댔거나 아니면 욕설로부터 만남의 인사를 시작했을 것이다. 아니, 아예 동식의 말을 무시하고 약속 장소에 나타나지도 않았을 아내였다. 이정도면 일단은 성공이었다. 그러나 아내는 여전히 일인자였다. 위엄 있는 목소리만으로도 동식은 아내에게 주눅이 들었다.

"당신한테 부탁할 게 있어서……."

동식의 목소리는 기어들어 가고 있었다. 문득 인숙이 떠올랐다. 인숙과 함께 올라왔던 지난번에는 아내 앞에서 꽤 당당했다는 생각이 들었다.

"뭔데."

약속이 있는지 아내가 시계를 들여다보며 시큰둥하게 말했다. 동식은 잠시 망설였다. 지금 아내의 태도로 보아 자신의 부탁을 들어 줄 가능성은 없어 보였다.

"약속……있어?"

생각지도 않은 말이 저 혼자 스르르 나왔다.

"응."

아내는 참 경제적인 사람이었다. 경제적인 아내는 '약속이 있으니 빨리 용건을 말해라' 는 말을 '응' 이라는 단답형 단어 한 마디로 간단히 해결해

버렸다.

"저번에 당신이……."

동식의 경제관념은 엉망이었다. 의사 전달능력도 아내에 비하면 턱없이 부족했다.

"……."

이제 아내는 아예 아무 말도 하지 않았다. 그래도 동식은 그것이 '답답하게 굴지 말고 계속 말해 봐' 라는 뜻이라는 것 정도는 알고 있었다.

"이혼해 줄게."

동식이 용기를 내었다. 견딜 만했다. 등줄기로 소름이 쫙 끼친 것을 제외하고는.

"……."

아내는 동식을 빤히 쳐다볼 뿐 역시 아무 말도 하지 않았다.

"그 대신……."

동식이 침을 꿀꺽 삼켰다.

"그 대신 돈을 좀 줘!"

너무 긴장한 탓이었을 터였다. 동식이 아내를 향해 버럭 소리를 질렀다.

"위자료……아니 재산 분할……합의금……아무튼 돈이 필요해!"

듣고 있는 아내는 태연한데 말하는 동식이 덜덜 떨고 있었다.

"없어."

아내는 동식의 제의를 거절했다.

"난 알고 있어. 당신이 남자 만나고 있는 거."

스스로 말해 놓고도 동식은 깜짝 놀랐다. 허락하지 않은 말이 또 튀어나왔다. 그러나 동식이 그렇게 생각하고 있었던 것은 사실이었다. 지난번 아내가 주고받는 전화는 분명 다른 남자였다는 것을 동식은 눈치 채고 있었다.

"그래서?"

아내가 표정 없는 얼굴로 물었다.

"우리는 엄연히 부부라고."

"그래서?"

아내는 눈 한번 깜빡이지 않았다.

"남편이 있는 여자가 다른 남자를 만나는 건 불륜이라고."

"그래서?"

아내는 조금도 흥분하지 않았다. 그것은 자신의 잘못이 무엇인지도 모른다는 뜻이거나, 아니면 그로인해 발생할 어떤 결과도 감당할 자신이 있다는 뜻이기도 할 터였다.

"……"

이번에는 동식이 머뭇거렸다.

"맘대로 해."

아내가 먼저 일어섰다. 그 순간 동식은 깨달았다. 아내가 흥분하지 않는 것은 일인자이기 때문이라는 것을. 그리고 자신은 아직도 이인자라는 사실을. 잠시 잊고 있었지만 그것은 영원히 변하지 않을 아내와의 관계였다.

아내에게 돈을 받는다는 것은 애초에 무리였다는 생각이 동식을 무력하게 만들었다. 동식이 터덜터덜 패잔병처럼 포구로 돌아왔을 때에는 이미 삼수 아재가 철물점을 담보로 대출금을 해결한 뒤였다. 고기를 잡아 대출금을 상환한다는 것이 불가능에 가깝다는 것을, 평생 이루어 놓은 것을 모두 잃어버릴 수 있다는 의미라는 것을 모를 리 없는 삼수 아재로서는 결코 쉽지 않은 결단이었을 터였다.

"고마워요, 삼수 아재."

해가 뜨기 직전 온통 붉은 기운 속에 잠겨 있는 바다를 바라보며 동식이 입속말을 웅얼거렸다.

"오랜만이라 그런지 흥분이 되네."

삼수 아재가 선실에서 나왔다.

"꽤 많은 배들이 나왔네요?"

모습을 숨기고 있다가 들켜버린 어릴적 놀이처럼 붉은 기운 속에 모습을 감추고 있던 배들이 어느 순간 한꺼번에 드러났다.

"조업권이 있는 배는 모두 나왔을 테지."

"그나저나 아재가 힘드셔서 어쩌지요? 두 사람 몫을 하셔야 하는데."

"욕심 부리지 않고 하면 상관없다. 그보다도 이제는 송수화 앰프를 고치도록 하는 게 좋겠는데 어떠냐?"

"급한 것도 아닌데 나중에 천천히요."

"……."

삼수 아재는 더 이상 동식을 설득하지 않았다. 바닷일을 하는 첫날부터 일부러 송수화 앰프를 사용하지 않았던 동식이었다. 바다로 돌아온 지 몇 달이 지났건만 아직 동식의 마음이 제자리를 찾으려면 좀 더 시간이 필요하다는 의미이기도 했다.

"무리하지 마라. 하루 이틀 할 일도 아니고 평생을 할 건데……."

"예, 아재."

조업 개시를 알리는 사이렌이 울렸다. 참으로 오랜만에 들어보는, 눈물이 날 만큼 벅찬 소리였다. 소리에 맞추어 배들이 각자 일할 장소로 내달리기 시작했다. 일제히 배들이 달려 나가는 곳은 당연히 새로 확장된 바다였다. 새로 확장된 바다는 바다가 남북으로 갈라진 후 수십 년간 조업을 하지 않던 곳이었다. 어떤 해산물이 어떻게 자라고 있는지 알 수 없는 곳이었다. 머구리로서는 생각만 해도 저절로 흥분되는 희망의 장소였다.

삼수 아재도 서둘러 배를 몰았다. 배가 높은 기계음을 내며 앞으로 내달았다.

"오늘은 안전하게 여기서 작업을 하자."

한참동안 내달리던 배는 먼저 도착한 배 두어 척이 있는 곳에서 멈추어 섰다. 아직, 새로 설정된 어로 한계선인 북위 38도 34분까지는 거리가 조금 남아 있었으나 삼수 아재는 일찌감치 배를 멈추었다. 자칫하여 북으로 흐르는 조류에 밀려가다 보면 자신도 모르게 한계선을 넘어갈 수도 있기 때문이었다. 실제로 던져 놓은 낚시가 조류에 밀려 북쪽으로 넘어가는 경우는 허다하게 발생한곤 했다. 그런 경우에는 눈앞에서 사라지는, 원가로도 몇 만원은 될 낚시도구와 미끼를 그저 바라보는 수밖에 별 도리가 없다. 더군다나 확장된 바다의 지형 구조에 대해서는 전혀 알고 있는 정보도 없는 터였다.

"이걸로 요기라도 좀 해라."

닻을 내린 삼수 아재가 김밥을 싼 도시락을 꺼내 놓았다.

"아재는요?"

"내 거는 또 있다. 네가 내려 간 뒤 먹을란다."

삼수 아재가 선실에서 잠수 장비를 꺼냈다.

"성님도 오셨으면 좋아하셨을 텐데."

"몸살이 나아지시더라도 그냥 쉬셨으면 좋겠어요."

동식이 마지막 남은 김밥 한 개를 입에 넣으며 말했다.

"하긴 통영에 가서 치료도 받으셔야 되고……."

삼수 아재가 잠수복을 내밀었다.

"몸살이 너무 오래 가시는 것 같아요."

"아무래도 연세가 있으시다 보니……."

삼수 아재가, 몸을 반쯤 잠그고 사다리 위에서 기다리고 있는 동식의 머리에 청동투구를 씌웠다.

"조심해라, 무리하지 말고."

동식이 바다로 뛰어들었다. 수십 년 동안 사람들의 접근을 허용하지 않은 바닷속은 맑고 밝았다. 삼십 미터는 족히 될 바닷속에서도 바닥에 있는 붉은 멍게가 훤히 보일 정도였다. 선명한 붉은 색을 띤 멍게는 군락을 이루고 있었다. 그 사이사이로 손바닥보다 더 커 보이는 전복이 가득 자라고 있었다. 잠시 망설이다 동식은 멍게와 전복을 쓸어 담기 시작했다. 다음을 위하여 선별적으로 작업을 하는 게 옳지만 삼수 아재가 철물점을 담보로 짊어진 융자금을 갚으려면 어쩔 수 없는 일이었다. 상환 기일 내에 갚지 않으면 봉두 아재와 똑 같은 상황은 또 벌어질 터였다.

얼마 지나지 않아 망태가 가득 찼다. 첫 번째 망태를 올려 보내고 두 번째 망태를 채우기 시작했다. 두 번째 망태도 순식간에 차올랐다. 자리를 옮기지도 않았다. 거의 제자리에서 두 망태를 채웠다. 이런 식으로 작업을 한다면 오래지 않아 융자금을 갚을 수 있을 것 같았다. 그러면서도 동식의 가슴 한구석을 누르는 것이 있었다. 일시적으로 어민들의 숨통은 트였으나 확장된 어장도 한계는 있었다. 면적으로 따지면 아홉 배 정도 늘어난 것이 사실이긴 했으나 확장된 어장만큼 조업을 하는 어민의 수도 같이 늘

어났던 것이다. 얼마나 더 버텨줄는지. 결국은 확장된 어장이 바닥을 드러
내는 것도 그리 오래 걸릴 일이 아니었다. 그렇다고 작업을 멈출 수도 없
는 상황이었다.

동식은 갈등 속에서도 열심히 망태를 채워나갔다. 정말이지 거짓말처
럼 처음 보는 커다란 전복이 지천에 얼마든지 널려 있었고 망태는 계속해
서 배 위로 끌려 올라갔다. 전복뿐만이 아니었다. 주변으로는 멍게나 해
삼, 대왕문어도 여러 마리 눈에 띄었다. 대왕문어를 잡으려면 많은 시간이
필요 했고 위험하기까지 했다. 덩치가 어린아이만한 놈은 힘이 세서 놈의
다리에 한번 휘감기면 사람도 빠져나오기가 쉽지 않았다

대왕문어를 잘 잡던 아버지가 떠올랐다. 아무리 큰 놈이라 해도 아버지
앞에서는 꼼짝도 못했다고 했다. 갑자기 눈물이 났다. 너무나 쉽게 자신의
곁을 떠나간 아버지. 학교 선생님이 되기를 바랐던 아버지가 지금의 자신
을 보면 무어라 하실까. 늘 자신의 편이었던 아버지는 분명 또 자신의 편
을 들어주실 거라는 생각이 들었다.

한참동안 대왕문어를 바라보다가 동식은 돌아섰다. 다른 해산물을 잡
는 동안 놈을 며칠간 더 살려 둘 셈이었다.

삼수 아재가 신호를 보냈다. 벌써 점심 먹을 시간이 되었다는 뜻이었다.
그리고 보니 시간이 꽤 흐르기는 한 것 같았다. 햇빛이 비친 수면 위의 색
깔이 희게 바뀌어 있었다. 동식은 작업하던 망태를 마저 채워 올려 보낸
뒤 서서히 상승하였다.

배 위로 올라오자 배 위에는 잡아 올린 망태로 가득했다. 솜씨 좋은 삼
수 아재도 미처 해삼과 전복, 멍게를 분류하지 못한 채 절절 매고 있을 정
도였다.

"정말 대단하다. 동식아!"

삼수 아재가 동식의 밥을 폈다.

"괜찮을까 모르겠어요?"

동식의 얼굴이 어두웠다.

"뭐가?"

"이런 식으로 잡다간 며칠이나 버티겠어요, 곧 바닥이 드러나지."

"그렇긴 하다만, 우리 힘만으로 되는 일이 아니잖니?"

"한번 생각해 봐야겠어요."

점심을 먹자마자 동식은 다시 바닷속으로 들어갔다. 잡을 만큼 잡았으니 좀 쉬었다 들어가라고 삼수 아재가 만류했으나 동식은 식사에 이어 커피 한 잔을 마신 후 곧바로 일을 시작했다. 배를 멀리 옮기지도 않았다. 동식이 다시 들어간 자리는 거의 제자리였다. 다른 사람들도 마찬가지였다. 자리를 옮기는 사람은 거의 없었다. 확장된 어장의 덕을 모두들 단단히 보고 있는 중이었다.

동식은 열심히 작업했다. 융자금과 자원의 부족 사이에서 갈등하면서도 동식은 당장 급한 융자금을 선택할 수밖에 없었다. 봉두 아재의 병원비도 마련해야 했다. 잠수병 치료야 국가에서 보조해 준다 치더라도 종합 진단이라도 받아보시게 하려면 어쩌는 수가 없었다.

처음으로 만선이라는 것을 경험했다. 저장고는 물론 갑판 바닥까지 남은 공간 없이 배가 가득 찼다. 마지막 올린 망태는 분류도 하지 못한 채 출발할 정도였다. 그만큼 소득도 많았다. 모두 삼백 만원이 조금 넘었다. 평상시의 열배는 되고도 남았다. 상황은 다른 배들도 비슷했다. 매출 전표를 받아든 사람들의 얼굴 표정이 달랐다. 활어 경매장 곳곳에서 웃음소리가 넘쳐났다.

"아재, 고생하셨어요."

"고생이야 자네가 했지. 그래 얼른 들어가서 좀 쉬어라."

활어 경매장을 벗어나오다 동식은 활어 경매장 앞 공터 구석에 있는 민봉을 보았다. 휠체어에 앉아 있는 민봉은 고개를 숙인 채 담배를 피우고 있었다.

"아재, 먼저 들어가세요."

동식이 민봉에게 다가갔다.

"왜 여기 이러고 있어?"

동식이 다가가 말을 걸자 그제야 손가락을 두어 번 튕겨 피우던 담배를 끈 민봉이 고개를 들었다. 민봉의 얼굴이 젖어 있었다. 동식이 말없이 민봉의 어깨를 두드렸다.

"다른 사람들 삼분의 일도 못 했어. 선주가 때려치라더구만. 선주로서는 당연한 얘긴데……같이 일하는 사람한테도 미안하구……그만 두어야 하는데 마땅히 할 일두 없구."

민봉의 어깨가 흔들렸다.

"너는 최선을 다했잖아."

"……"

민봉이는 한동안 아무 말도 못한 채 그렇게 가만히 있었다.

"민수는……좀 어때?"

민봉이 진정하기를 기다렸다가 동식이 어렵게 입을 열었다.

"통증은 많이 나아졌는가 봐. 근본적으로 좋아지는 건 아니구."

"한번 가 본다하면서도 잘 안 되네."

"가 보긴 뭘, 스스로 이겨내야지."

"미안해."

동식은 진실로 민수에게 미안한 마음이 들었다. 본의 아니게 인숙과의 문제로 부르는 것조차 어색해진 친구의 이름이었다.

돌아서는 동식의 마음이 착잡했다. 너털너털 집으로 향했다. 한참을 집을 향해 가다가 동식은 다시 돌아섰다. 아무래도 안 되겠다 싶었다. 눈에 뻔히 보이는 파멸을 두고 볼 수만은 없었다. 오래도록 다 같이 사는 방법을 택해야 한다고 생각했다. 동식은 활어 경매장으로 들어가 어촌계장을 찾았다. 마침 어촌 계장도 확장된 어장에서의 첫 조과를 파악하느라 아직 활어 경매장에 있었다.

"계장님, 군청 수산과에 얘기해서 군 전체 어민 회의를 소집해 주십시오."

"왜, 무슨 의논할 일이라도 있는가?"

"지금 보시는 것처럼 모든 어민들이 첫날부터 엄청난 조과를 올렸습니다. 이렇게 나가다가는 한 달도 넘기지 못해서 어장은 바닥이 납니다. 대책을 세워야 합니다."

"그렇기는 한데……무슨 좋은 계획이라도 있어?"

"글쎄요, 쿼터제를 실시하는 것이 어떨까 생각합니다. 하루 최대 어획량을 정해서 그 이상은 조업할 수 없도록 하는 것입니다."

"그렇지만 모처럼의 조업에 들떠 있는 사람들이 호응을 할까 모르겠네."

"설득해야지요. 부탁드려요, 계장님!"

"일단 신청은 해보겠지만 너무 기대는 안 하는 게 좋을 거야. 괜히 사람들에게 미움만 살 수도 있으니까?"

"계장님이라도 도와주세요."

어촌 계장도 탐탁하게 여기지 않는 눈치였다. 당연한 일이기는 했다. 오랫동안 일손을 놓고 방황하다가 이제 겨우 뱃일다운 뱃일을 시작한 사람들이 아니던가? 사는 것 자체가 절박한 그들을 탓할 수는 없었지만 마음은 무거웠다.

"선배!"

인숙이었다.

"오랜만이네."

"어디 가서 저녁이나 해요."

"……."

동식이 망설였다.

"왜요, 바빠요?"

"그게 아니라……아재도 아직 몸이 안 좋으시고……."

"왜 절 피하세요? 전화도 안 받고."

인숙이 앞을 섰다.

"이 근처에서 하면 안 될까?"

동식이 인숙의 뒤를 따르며 말했다.

"순길네 식당에는 민봉이가 있어요. 일부러 피할 필요는 없지만 그렇다고 일부러 마주 칠 필요도 없잖아요?"

"오늘 일 나갔어?"

"이백만 원 좀 안 돼요."

"민봉이가 걱정이야, 얼마 못한 것 같던데."

"아까 보니까 백만 원 조금 넘는 것 같던데요."

어느새 두 사람은 읍내에 들어섰다.

"제 친구 레스토랑으로 가요."

동식이 잠자코 인숙의 뒤를 따랐다.

"어촌 계장님께 어민 회의를 부탁했어."

"왜요?"

"인숙이는 일손 놓고 놀 때 무슨 생각을 했어? 혹시 고향을 떠날 생각은 안 했어?"

"선배가 없었다면 떠났겠지요?"

인숙이 피식 웃었다.

"오늘은 개방 첫날이라 많이들 잡았지만 그것도 얼마 못가서 바닥이 드러날 거야. 그러면 우리는 또 손을 놓고 술타령으로 세월을 보내게 되겠지."

"그러면은요?"

"쿼터제를 실시하는 거야?"

"쿼터제가 뭐예요?"

"배 한 척당 하루에 잡는 양을 정해놓고 그 이상은 조업을 할 수 없게 하는 거야. 그런 식으로 저도 어장과 북방 어장을 잘 이용하면 일손을 놓지 않고 연중 조업을 할 수 있을 거야."

"그거 좋은 방법이네요."

"문제는 사람들을 어떻게 설득시키느냐 하는 건데……쉽지는 않을 거야. 여름내 놀다가 모처럼 만선을 경험한 사람들인데."

"설득해야지요. 사람들도 맥없이 노는 게 얼마나 힘든지 아니까 이해할 거예요."

"우리 면내 사람들이야 어떻게든 설득할 수 있겠지, 문제는 조업권이 있는 군 전체 어민의 의사를 물어야 되는 것이라서 더 어려운 거야."

"학교 동창들도 있고 친구 남편들도 있고……하여간 우리 한번 열심히 해 봐요. 진심은 통하는 법이니까."

"고마워."

"고맙긴요, 남의 일인가요, 뭐. 선배는 자료 준비나 잘 해두세요. 성공 사례 같은 것도 있는지 찾아 보구."

두 사람은 오랜만에 편안한 마음으로 저녁을 먹었다.

"그건 그렇고 서울일은 어떻게 됐어요?"

아내와의 이혼 문제를 묻는 것이었다.

"뭐가?"

난처해진 동식이 모른 체 짐짓 딴청을 부렸다.

"이럴 때 선배는 꼭 바보 같아요. 다른 일은 잘 하면서도 어떻게 자신의 일에는 그렇게 우유부단한지, 원. 저쪽에서 이혼을 요구하는데 뭐가 문제에요, 미련이 남아 있는 건가요?"

인숙이 일어서 밖으로 나갔다. 찬바람이 휙 인숙의 뒤를 따랐다.

3.

"여러분, 지난여름을 기억하고 계십니까? 무분별한 우리의 욕심 때문에 바닥을 드러낸 바다에는 고기 한 마리 남아나지 않았습니다. 바다에 나가 봤자 기름 값도 감당하지 못할 정도로 우리의 바다는 황폐화 되고 우리는 술로 세월을 보내고 있었습니다.

지금 우리는 확장된 어장에서 예전에는 느껴 보지 못하던 만선의 기쁨을 연일 느끼며 행복하게 살고 있습니다. 그러나 여러분, 이러한 행복한 기쁨도 이제 얼마 남지 않았습니다. 우리가 전처럼 무분별한 남획을 계속한다면 얼마 지나지 않아서 우리의 바다는 다시 말라버릴 것입니다. 그러면 우리는 또다시 말라버린 바다를 바라보며 아무런 희망도 없이 술타령이나 하다가 폐인이 되거나 혹은 먹고 살기 위해 도시로 떠나가게 될 것입니다."

동식이 어촌 계장에게 부탁했던 어민 총회는 8월 초순에 군청 수산과장의 사회로, 관련 공무원과 군수가 참여한 가운데 군청 대회의실에서 열렸다. 동식에게 먼저 발언권이 주어졌다.

"그래서요?"

동식이 말도 마치기 전이었다. 누군가 동식의 말을 자르고 나섰다. 미역을 줍던 사내였다.

"쿼터제를 실시하는 것입니다."

회의장 여기저기서 웅성거리는 소리가 들렸다.

"배 한 척당 하루에 잡을 수 있는 양을 정하자는 것입니다. 그러면 무분별한 남획을 막을 수 있고 그렇게 되면 어족 자원이 보호돼 우리는 아무 걱정 없이 연중 조업을 할 수 있습니다."

"한꺼번에 많이 잡고 쉬는 것이나 조금씩 나누어 일 년 내내 잡는 것이나 무엇이 다르다는 말입니까? 오히려 한꺼번에 많이 잡고 쉬는 편이 낫지."

사내가 다시 이죽거렸다.

"그렇지 않습니다. 한꺼번에 고기를 잡으면 어족자원이 고갈되지만 조금씩 나누어 잡으면 자원이 고갈되지 않습니다. 절대 같지 않습니다. 한번 황폐해진 바다를 살리려면 많은 시간이 걸립니다. 그러니 지금 해야 합니다. 지금 우리의 앞에는 수십 년 동안 인간의 출입이 금지되었던 황금의 바다가 놓여 있습니다. 그러나 지금 우리가 보존하지 않으면 이것 또한 다른 바다와 다를 게 없는 황폐한 바다로 변하는 것은 시간문제일 따름입니다."

동식이 목소리를 높여 설명했다.

"궤변 늘어놓지 마십시오, 다 자기 능력껏 먹고 사는 게 자본주의 아닙니까? 동식 씨가 왜 그리 나서는지 알 수가 없군요, 무슨 꿍꿍이인지."

동식은 깜짝 놀랐다. 사내를 거들고 나선 사람은 민봉이었다. 다른 사람은 몰라도 민봉은 자신의 말을 따라 줄줄 알았었다. 그럼, 다 자기 능력껏 사는 거지. 여기저기서 사람들이 민봉의 말을 옹호하고 나섰다.

첫 번째 총회는 현실의 벽만을 확인시킨 채 그렇게 끝났다.

"내가 잘못하고 있는 걸까?"

모두가 돌아간 빈 회의장에서 동식이 자책했다.

"아마, 갑작스레 듣는 말에 당황해서 그럴 거예요. 곧 선배의 진심을 알아주겠지요. 힘내세요."

인숙이 동식을 위로했다.

"때를 놓치면 다 끝이야. 나중에 후회해 봤자 무슨 소용이 있냐고. 사실 지금 난, 굳이 이런 대접을 받아가면서 내가 이 일을 계속할 이유가 있는지 회의가 생겨."

"그럼 선배는 이 일이 쉽게 성사되리라 생각했던 거예요? 반대하는 사람들도 이해해 주어야 해요. 얼마나 오랫동안 바다에 나가지 못했었는지 선배도 잘 알잖아요?"

"……."

동식은 깊은 갈등에 빠졌다. 사실 일을 처음 생각해낼 때 쉽게 되리라는 예상을 한 것은 아니었지만 이렇게 완강한 반대에 부딪힐 줄은 몰랐던 동식이었다.

어민 총회가 있은 후 사람들은 보란 듯이 연일 만선을 이루고 돌아왔다. 활어 경매장으로 돌아오는 배마다 전복이며 해삼 멍게를 그득그득 싣고 있었고 어민들은 얼굴 그득히 웃음을 띠었다. 배들이 만선을 이루면 이룰수록, 어민들마다 웃음이 넘쳐나면 날수록 바다 종말의 날이 가까워 오고 있다는 것을 사람들이 깨닫기에는 그간의 고통이 너무 컸다. 사람들은 꿈처럼 이어지는 현실이 꿈이 아니기를, 꿈이라면 영원히 깨지 않기를 바라고 있을 터였다.

무거운 마음으로 동식은 바닷일을 했다. 전복이나 해삼도 하루에 똑 오십만 원어치만큼만 잡았다. 아직 바다에는 얼마든지 전복이 널려 있었지만 자신만이라도 행동으로 바다를 지키는 모습을 보여 주어야겠다고 생각했다. 그러면 사람들도 무언가 깨닫는 것이 있을 것이라 여겼다. 그러나 눈앞에 널려 있는 전복을 두고 돌아선다는 것은 생각보다 쉽지 않을 터였다. 하루에 똑 오십만 원어치 해산물만을 잡아오는 사람은 동식과 인숙을 제외하고는 아무도 없었다. 어촌 계장도 민봉이도 동식의 뜻에 전혀 협조하지 않았다.

심지어 민봉은 어민 총회 이후 사람이 변하기까지 했다. 총회가 있은 지 얼마 되지 않아서 민봉은 타던 배를 옮겼다. 그간 어떤 일이 있었는지는 몰라도 민봉이 옮겨 탄 배에는 미역을 줍던 사내가 함께 타고 있었다. 배를 옮겨 탄 후 민봉은 바닷속에서 만난 동식이 전복 망태를 건네주어도 받지 않았다. 그 때 동식은 이미 전복을 두 망태나 올려 보낸 뒤였지만 민봉은 아직 한 망태도 채우지 못한 상황이었는데도 그랬다. 평상시 같으면 동식의 우정을 거부할 그가 아니었다. 그뿐이 아니었다. 활어 경매장에서 만나도 입가에 알 수 없는 이상한 웃음을 보이며 지나갈 뿐 아는 체도 하지 않았다. 갑자기 변한 민봉의 태도에 동식은 당황했지만, 생각해 보면 단순한 의견의 차이라고 여겼던 총회장에서부터 이미 민봉의 태도는 이상하기는 했었다.

이상한 일은 그것만이 아니었다. 민봉은 작업도 열심히 하지 않는 듯했다. 매일 배를 타고 바다에 나오기는 했으나 배 위에서 공기 줄을 잡거나 또는 작업을 지시하는 등의 일을 주로 했다. 처음엔 머구릿일이 힘에 겨워 수입이 조금 적더라도 상대적으로 편한 일로 역할을 바꾼 것이라 생각했었다. 그런데 그것도 아닌 것 같았다. 아주 가끔씩이기는 했지만 어떤 날은 민봉이 직접 바닷속으로 들어가기도 했던 것이다. 하여간 어민 총회 이후 민봉에게는 이해가 되지 않는 여러 가지 변화가 생기고 있었다.

며칠이 지나자 민봉에게 또 다른 변화가 나타났다.

"선배, 얘기 들었어요?"

어느 날 활어 경매를 막 끝내고 집으로 갈 무렵이었다. 인숙이 동식을 불렀다.

"무슨?"

"어장에 저인망 어선이 등장했어요."

"저인망? 선주가 누구래?"

"모르는 사람이에요."

"그러면 조업권이 없을 텐데?"

"자세한 거는 모르겠어요."

"큰일이네……그게 들어오면 정말로 바다에는 고기 씨가 마를 텐데."

"벌써 며칠째 마구잡이로 쓸어 담고 있어요."

"그런데 왜 난 몰랐을까?"

"선배나 나는 오십만 원어치만 잡고 일찍 들어오잖아요, 그러니 선배나 내 눈에 잘 안 띠었던 거지."

동식이 길게 한숨을 내쉬었다.

"그런데 그 배에 사내가 타고 있었다네요……민봉이도."

"민봉이가?"

"뭔가 민봉이 좀 이상하긴 했어요, 계속."

"역시 그 사내가 선주하고 연결되어 있었군."

"그리고 민봉이를 끌어들인 거지요."

말을 듣고 보니 그 동안 민봉의 이상한 태도가 조금은 이해되었다.

"이 지역 어민인 민봉의 이름으로 조업을 한다면 불법도 아니니 단속을 할 수도 없고 정말 난감한 일이네."

"민봉을 만났는데……설득이 되지 않아요……민봉은 나에게 감정이 좋지 않아요."

"뭐래?"

"뭐, 뻔한 얘기죠. 내가 불법을 저지른 게 있느냐, 내가 힘들 때 도와 준 사람이 있느냐, 다 자기 능력껏 사는 세상 아니냐, 그런……."

"그 동안 맺힌 게 컸을 거야. 내가 한번 만나 봐야겠네."

"워낙에 완강해서 소용이 없을 거예요."

"큰일이야, 곧 바다는 말라 버릴 텐데……."

동식이 우려한 상황이 나타나는 데는 오랜 시간이 필요하지 않았다. 사람들의 조업량이 조금씩 줄기 시작했다. 수치상으로만 보자면 처음에는 큰 문제가 아니었지만 사람들은 동식이 말한 것이 서서히 나타나고 있다는 것을 알고 있었다. 그러나 사람들은 걱정을 드러내지 않았다. 그동안 이미 일 년치 수입은 확보한 상태였다. 지금부터 놀더라도 내년에 다시 작업을 할 수 있다면 문제될 것은 없었다. 더군다나 10월부터 3월 말까지 개방하는 북방 어장도 아직 남아 있는 터였다. 애써 스스로를 위로했다.

그러나 한번 줄어들기 시작한 조업량은 얼마 가지 않아 날이 다르게 급격히 줄어들었다. 삼백만 원 하던 조업량이 이백이 되고 백오십이 되더니 순식간에 백 이하가 되었고 급기야는 조업을 포기하는 상황에까지 이르렀다. 그래도 사람들은 또 스스로를 위로했다. 아직 남아 있는 북방 어장. 시월만 되면 모든 것이 또 간단하게 해결될 터였다.

사람들은 다시 술타령으로 시월을 기다렸다. 사람들은 술을 마시며 동식의 얘기를 했다. 동식의 말은 틀린 것이라고, 절대 그럴 리가 없다고. 동식이 지나가도 사람들은 동식을 쳐다보지도 않았다. 그것은 어쩌면 서서히 실현되고 있는 동식의 말에 대한 사람들의 두려움이 모습을 바꿔 표현되고 있는 증거물일지도 모를 일이었다. 설마하던 사람들은 차츰 현실로 드러나는 동식의 말이 몸서리치도록 두려웠을 터였다.

북방 어장이 개방되는 시월까지는 동식도 별 수 없이 집에서 쉬어야 했다. 집에서 쉬면서 봉두 아재의 병간호를 했다. 가끔씩 속초에 있는 병원에 모시고 가기도 하면서, 장비를 손질하기도 하면서 마을 사람들처럼 한가한 시간을 보내고 있었다. 모든 사람들이 쉬고 있는 그 때 하루도 거르

지 않고 매일 조업을 나가는 배가 있긴 있었다. 민봉과 사내가 타는 저인
망 어선이었다. 그물을 끌어 바닥의 해산물까지 한꺼번에 싹쓸이 하는 저
인망 어선은 바다를 초토화시키는 어업 방법이었다. 계속 저인망 어선이
바다를 싹쓸이하고 다닌다면 앞으로 몇 년 간은 바다가 살아날 방법은 없
었다. 어떻게든 사내와 민봉을 설득시켜야 했다.

그즈음 사람들 사이에는 이상한 소문이 돌고 있었다.

"사내 뒤에 대기업이 있다는 소문이 돌아요."

봉두 아재를 모시고 속초 병원엘 다녀오는 길에서 동식은 인숙을 만났
다.

"무얼 하려고 대기업이 이런 조그만 마을 어업에 뛰어들었을까?"

"그게 무언지 나도 궁금해요, 소문이 사실이라면 무슨 꿍꿍이가 있는
게 분명해요. 저인망 어업은 우리 마을에 진출하기 위한 일종의 미끼 같은
것일 수도 있구요."

인숙이 한숨을 쉬었다.

"저인망 어선만으로도 타격이 심한데……."

"그러고 보면 사내도 이상하긴 해요, 어디서 온 누군지도 정확히 모르
잖아요."

"앞으로 잘 살펴보아야 될 인물인 건 분명해."

소문대로 정말 사내 뒤에 대기업이 있다면 그것은 저인망 어선으로 끝
날 일은 아니었다. 비교도 되지 않을 만큼 커다란 무엇인가가 계획되고 있
을 터였다. 동식은 자꾸 불길한 마음이 드는 것을 어쩔 수 없었다. 그러나
그것은 소문에 지나지 않았다. 아직 드러난 것은 아무 것도 없었다. 동식
은 다만 그것이 마을 사람들의 삶의 터전을 앗아가는 일이 아니기만을 바

랐다.

흉흉한 소문이 포구를 감싸고 있었지만 아직 사람들은 좌절하지 않았다. 아니, 아무도 겉으로 내색하지 않았다. 시월은 코앞에 와 있었고 벌어 놓은 돈은 아직 남아 있었다. 사람들은 다시 조업 채비를 하기 시작했다. 확장된 저도 어장만큼은 아니더라도 그래도 몇 달간 조업이 금지되었던 어장이어서 어느 정도의 수입은 나오리라 기대하고 있었다. 해마다 사람들은 북방 어장에서 오징어나 성게, 임연수어를 잡아 쏠쏠한 재미를 보았다. 최근 들어 자취를 감추었지만 불과 십여 년 전만해도 명태가 개락으로 나던 곳이기도 했다. 사람들은 그런 희망으로 시월을 손꼽아 기다렸다.

사람들이 기다리는 건 단순히 고기를 잡으려는 것 때문만은 아닐 것이었다. 떨쳐 버릴 수 없는 불안감에서 벗어나고 싶었던 것일 터였다. 바다에 아무 일도 생기지 않기를, 그래서 대대로 이어져 내려오는 삶의 터전을 지킬 수 있기를 간절히 바라고 있을 터였다.

그런 생각은 동식도 예외가 아니었다. 북방 어장이 제 몫을 해 주기만 한다면, 쿼터제 실시로 얼마든지 어민들은 걱정 없이 연중 조업을 할 수 있을 터였다.

"오랜만에 일을 나가려니 떨리는구나."

북방 어장 개방 하루 전 날이었다. 삼수 아재가 장비를 손질하며 웃었다.

"죄송해요, 아재. 제 고집 때문에."

동식이 삼수 아재를 똑바로 쳐다보지 못하고 고개를 숙였다.

"아니다. 네가 잘못한 게 있느냐? 사람들이 너의 진심을 빨리 알아주어야 하는데 내가 별 힘이 되어 주지 못하는 게 안타까울 뿐이지."

"혹시 아재는 저인망 선주가 누군지 들어 보셨어요?"

"설마 소문이 사실이겠느냐? 무슨 큰 이익이 난다고 대기업이 예까지 투자를 하겠느냐?"

"아무리 생각해도 잘 모르겠어요."

"좀 더 지켜보면 알 수 있겠지. 그보다도 북방 어장은 머구릿일은 많지 않은 곳이다. 머구릿일은 며칠만 하고 우리도 곧 그물로 바꾸어야 할 것 같다."

"그물로요?"

"북방 어장은 성게밖에 머구리할 게 없다. 그래서 다른 사람들 조업하는 거 봐 가면서 그물을 주문해야 할 것 같다."

"낚시는 어떨까요?"

"오징어만 나온다면 낚시를 하는 게 낫겠지만 요즘은 오징어도 잘 안 나고……명태는 이미 사라진 지 오래고, 결국은 유자망밖에는 도리가 없다."

포구 사람들에게도, 동식이게도 중요한 시월은 그렇게 찾아왔다. 여러 가지 생각으로 잠을 설친 동식이 새벽 일찍 봉두 아재에게 인사를 했다.

"다녀오겠습니다, 몸조리 잘 하고 계세요. 아재!"

"조심하그라, 웬만하면 나두 나가면 좋으련만."

봉두 아재가 동식을 배웅했다. 특별한 병은 없다는 봉두 아재의 몸살과 기침은 여름 내내 떨어지지 않고 봉두 아재를 따라다녔다. 병이 없다는 게 더 문제였다. 봉두 아재의 낯색은 부쩍 창백해져 있었고 얼굴은 해쓱해져 있었다. 특별한 약을 쓸 수도 없었다. 병원에서 처방해 주는 약이라야 고작 감기몸살 약이었다. 뚜렷한 병명도 모르는 채 봉두 아재는 감기약으로 여름을 지냈다.

　늘 그랬듯이 삼수 아재는 이미 포구에 나와 있었다. 그런데 이상하게도 배가 몇 척밖에 눈에 띄지 않았다. 동식은 얼른 날짜를 따져 보았다. 분명 시월 일일이 맞았다.

　"왜 배들이 이렇게 없어요?"

　"글세……."

　삼수 아재가 빙긋이 웃었다.

　"어떻게 된 거지요, 아재?"

　동식은 몹시 궁금했다. 마치 꿈을 꾸다가 잠에서 막 깨어난 것처럼 어리둥절했다.

　"북방 어장의 조업 시간은 네 시 반부터야."

　"네 시 반이요? 그럼 벌써……한 시간이나 지났네요?"

　"괜찮아, 다른 사람들은 그물배니까 그렇지만 우리같은 머구릿배는 어차피 날이 밝아야 조업을 할 수 있는 거니까 지금부터 준비해도 충분해."

　삼수 아재가 서서히 후진으로 배를 돌렸다. 아직 어두운 기운이 채 가시지 않은 바다에 갈매기 떼가 배를 따라 날았다.

　"고기가 있긴 있나 봐요, 갈매기가 쫓는 걸 보면."

　갈매기가 날면 고기가 많이 난다는 말을 떠올리며 적이 안심이 되는지 동식이 웃었다.

　"허허, 그놈들한테 미안해서라도 나는 낚시라도 해야겠네."

　삼수 아재가 배의 속력을 높였다. 갑자기 높여진 속력에 잠시 주춤 배를 놓쳤던 갈매기들이 다시 배를 따라왔다. 동식이 심호흡을 했다. 저놈들을 위해서라도 많은 고기들이 살아있는 바다를 만들어야겠다는 생각이 들었다.

"벌써 나와서 쓸어버리고 있군."

삼수 아재가 배의 속력을 줄이며 한숨을 쉬었다. 민봉이와 사내가 탄 저인망 어선이 바다를 훑고 있었다.

"민봉이 아닌가요?"

"저놈들이 바다를 훑고 다니면서 훼방을 놓으면 우리는 작업을 할 수가 없다. 위험해서."

"설마 그렇게까지야 하겠어요?"

"봐라, 저 근처에는 조업하는 배도 없잖니?"

삼수 아재의 말대로 저인망 어선이 돌아다니며 바다를 훑고 있는 근처에는 배들이 하나도 없었다. 선불리 근처에 그물을 던져 놓아봤댔자 저인망이 훑고 지나가면 그물이 통째로 끌려 올라갈 판이었다. 아예 사람들은 저인망 어선 근처에는 얼씬도 하지 않았다.

"오늘은 예서 작업을 하자, 놈들 하는 품도 보면서."

삼수 아재가 닻을 내렸다. 저인망 어선은 계속 근처에서 왔다갔다하며 작업을 하고 있었다. 덩치가 보통 영세한 어선의 몇 배는 되는 커다란 저인망 어선이 만들어놓은 파도가 지나갈 때마다 배가 휘청휘청 흔들렸다.

"괜찮겠냐?"

삼수 아재가 걱정스레 동식을 바라보았다. 머구리 옷으로 갈아입은 동식이 손가락을 동그랗게 만들어 걱정 말라는 신호를 보냈다. 이윽고 동식이 바다로 뛰어들었다.

삼수 아재의 말대로 북방 어장은 저도 어장과는 달리 전복이나 해삼 등은 눈에 띄지 않았다. 멍게도 별로 없는 듯했다. 주로 성게와 털게가 눈에 띄었다. 해산물의 종류도 극히 한정되어 있었고, 게다가 성게나 털게의 가격은 전복에 비하면 턱없이 적었지만 동식은 그래도 즐거웠다. 아직 북방 어장이 살아 있다는 것이 동식에게 희망을 주었다.

동식은 작은 성게나 털게는 놓아둔 채 다 자란 놈들만 서둘러 망태 안으로 집어넣었다. 게들은 가급적이면 빨리 작업을 마치고 올려 보내 분류를 하는 것이 좋았다. 그렇지 않으면 놈들은 집게다리로 서로 공격을 해 상처가 생기기 일쑤였다.

서둘러 작업을 했지만 망태 하나를 채우는 데는 꽤 많은 시간이 걸렸다. 거기다 조류도 이상했다. 시기적으로 보자면 새안냇물이 흐르는 것이 정상이건만 이따금씩 방향을 종잡을 수 없는 조류가 느껴지고 있었다. 동식은 삼수 아재에게 신호를 하고 배 위로 올라왔다.

"무슨 일이냐?"

삼수 아재가 놀라 물었다.

"조류가 이상해요. 새안냇물에다가 수시로 방향이 바뀌는 이상한 조류가 느껴져요."

동식의 말을 들은 삼수 아재가 한참동안 생각에 잠겼다.

"저놈들이 끄는 그물 때문인가 보다. 아까부터 계속 이 근처를 얼쩡거리고 있잖냐?"

그 큰 그물이 주변을 쓸고 지나다닌다면 충분히 조류를 흔들 수도 있겠다는 생각이 들었다.

"큰일이네요. 이대로 두었다가는 머구리들도 위험하고 남아나는 것도 없겠어요."

"그러니 어쩌겠냐? 불법도 아니고 마음먹고 덤벼드는 놈들인데."

동식은 마음이 답답했다. 마을 사람들이 단합만 할 수 있다면 좋으련만, 그래서 확보된 어장의 관리만 잘 할 수 있다면 좋으련만.

동식은 다시 바다에 들어갔으나 얼마 지나지 않아 곧 허망한 마음으로 올라오고야 말았다. 저인망 그물이 무참히 쓸고 지나간 바다에는 금세 아무 것도 남아 있지 않았다.

동식은 일찌감치 작업을 마치고 참담한 기분으로 돌아섰다. 동식이 넘긴 작업의 대가는 이십만 원이 채 되지 않았다. 참담한 기분으로 돌아서는 사람은 동식뿐이 아니었다. 들뜬 마음으로 나섰던 첫 조업을 마치고 돌아오는 어민들의 어깨가 힘에 겨워 보였다.

4.

"선배!"

인숙이었다. 혹시나 하는 기대감으로 몇 번 더 북방 어장으로 조업을 나섰다가 잡았던 성게 몇 마리를 도로 바다에 던져 넣은 다음 조업을 포기한 채 돌아와 쉬기 시작한 지 며칠이 지난 어느 날쯤이었다. 인숙이 낯선 사람 몇몇과 함께 동식의 집으로 찾아왔다.

"날 알아보겠는가?"

처음 보는 사람들이었다. 동식이 인숙을 쳐다보았다.

"우리 옆집에 사는 선배. 이 년 위일 걸, 선배보다."

"아, 예. 어쩐 일이십니까?"

동식이 먼저 인사를 건넸다.

"자네한테는 면목이 없네. 우리가 다 무식한 탓에 저지른 일이니까 용서해 주게."

선배라는 사람이 동식의 손을 두 손으로 감싸 쥐었다.

"그래 자네가 우릴 이해해 주게. 이러다간 우리 굶어 죽게 생겼다구."

옆에 서 있던 남자가 말을 거들었다.

"지난여름에 좀 잡으셨잖아요?"

동식이 남자의 시선을 피하여 짐짓 심술을 부리는 체했다.

"아이구, 그러니까 우리가 무식한 거지. 당장의 이익에 한 치 앞을 못 보았다니까."

"요즘에는 어떻게들 지내십니까?"

"몇 번 바다에 나가다가 요즘에는 집에서 술타령이나 하고 있네."

"우리가 어민들을 설득할 테니 자네가 다시 한번 나서 주게."

남자들이 돌아가며 동식을 설득했다. 동식은 기뻤다. 사람들의 설득이 아니더라도 자신이 다시 나설 참이었다. 지금이라도 동식의 뜻을 따라주는 마을 사람들이 고마울 뿐이었다.

어민 회의를 소집하는 건 어렵지 않았다. 대부분의 사람들이 조업을 하지 못하고 집에서 쉬고 있었던 탓에 어촌 계장의 마을 방송 몇 번으로도 회의 소집을 알리기에는 충분했다. 회의는 바로 다음날 점심 무렵 군청 회의실에서 열렸다. 제일 먼저 인숙을 따라 동식을 찾았던 남자가 나섰다.

"여러분, 요즘 어떻게들 지내십니까? 모두들 집에서 술타령으로 시간을 보내고 계시지는 않습니까? 이것은 우리가 무식한 탓입니다. 불과 며칠 앞을 내다보지 못하고 당장의 이익에 눈이 어두워 우리의 바다를 황폐화시킨 탓입니다. 지금이라도 동식 씨가 주장했던 대로 쿼터제를 실시하여 연중 안정된 조업을 할 수 있도록 해야 합니다."

사람들이 모두 고개를 끄덕였다. 여기저기서, 우리가 무얼 알았나, 사람은 다 배워야 쓴다니까하는 소리가 들렸다.

"여러분, 저는 우리의 의견을 모으고 우리의 일을 대신 나서서 해줄 우리 어민의 대표로 동식 씨를 추천하고자 합니다. 반대하시는 분 있으십니까?"

여기저기서 옳소,하는 소리와 함께 박수소리가 터져 나왔다. 동식이 자리에서 일어섰다.

"고맙습니다. 여러분. 지금도 늦지 않았습니다. 지금부터라도 치패를 뿌리고 치어를 방류하면 우리의 바다를 살릴 수 있습니다. 우리가 다 같이 노력하면 아무 걱정 없이 대대로 우리 삶의 터전을 지키며 살 수 있습니다. 여러분이 도와주신다면 제가 앞장서서 그 일을 해내겠습니다."

어민들은 박수를 보내며 열렬히 동식을 지원했다.

"쉽지 않을 거야."

모두들 돌아가고 두 사람만 남은 회의실에서 인숙이 말했다.

"그렇겠지?"

"많이 힘들 거야."

"그래도 해야지. 바다는 저들의 삶의 터전이기도 하지만 어릴 적 내 꿈이기도 하거든."

"민봉이부터 설득시켜야 할 텐데……."

"오늘 저녁에 만나야지."

"같이 갈까?"

"아니야. 나 혼자 가도 돼."

"선배에게도 이런 면이 있었네⋯⋯."

허공을 바라보며 말을 줄이는 인숙의 얼굴에 쓸쓸한 기운이 스쳐갔다.

동식은 바로 민봉과 저녁 약속을 잡았다. 할 말이 있으면 전화로 하라며 굳이 만나기를 꺼리는 민봉을 한참만에야 설득했다. 인숙의 친구가 운영하는 읍내의 레스토랑에서였다. 동식이 먼저 와 기다렸고 얼마 후 민봉이 나타났다.

"어머, 두 분이 서로 아시는 사이였어요? 그럴 줄 알았으면 인숙이도 나오라고 할 걸."

민봉이 레스토랑으로 들어오자 주인 여자가 호들갑을 떨었다.

"오랜만이야?"

주문한 음식을 만들기 위해 주인 여자가 주방으로 들어간 뒤 동식이 먼저 말을 걸었다.

"계속 보고 있었을 텐데, 새삼스럽게 오랜만은 무슨."

민봉이 말에 날을 세웠다.

"민봉아, 우리⋯⋯."

"무슨 말을 하려는지 알고 있어. 그러니 헛수고 하지 말고."

민봉이 동식의 말을 잘랐다.

"민봉아, 많은 어민들이 희망을 잃고 있어. 우리가 다 같이 잘 살 수 있는 길을⋯⋯."

"그게 나 때문이야?"

민봉이 다시 동식의 말을 자르고 나섰다.

"그리고 나 힘들 때 누구 하나 도와 준 사람⋯⋯."

잠시 말을 멈춘 민봉이 동식을 슬쩍 쳐다보았다가 말을 이었다.

"……있었어?"

민봉은 언젠가 동식이 바닷속에서 건네준 전복을 떠올렸을 터였다. 동식은 진정으로 민봉에게 미안했다. 민봉의 힘겨운 삶을 알면서도 아무런 힘이 되어 주지 못했던 것이 사실이었다. 민봉으로서는 당연히 마을 사람들에게 맺힌 게 많을 터였다.

"미안하다. 그러니까 우리 지금부터라도……."

"아니, 아직 안 돼. 이제 좋은 사람들 만나서 막 시작하려는데 여기서 멈출 순 없어."

민봉은 그 동안 쌓인 한을 털어내고 있었다. 민봉의 얼굴이 벌게졌다. 동식은 한참동안 민봉의 말을 듣고 있었다. 민봉을 이해하는 까닭이었다.

"그래도 민봉아, 저인망은……."

"우리가 불법이라도 저질렀단 말씀입니까, 동식 씨?"

누군가 뒤에서 동식의 말을 잘랐다. 사내였다. 언제 왔는지 사내가 뒤에서 있었다.

"우리는 합법적으로 허가 받고 세금 내고 조업을 하고 있는 겁니다. 동식 씨가 나설 문제가 아닌 것 같은데요?"

사내가 동식을 몰아붙였다.

"압니다. 그래서 부탁을 드리는 겁니다."

"안다구요? 흐흐. 부탁이라구요? 흐흐."

사내가 흐흐거릴 때마다 두툼한 입술 속에 감춰졌던 사내의 송곳니가 먹이를 노리는 야생 짐승의 그것처럼 번쩍번쩍 빛났다.

"많은 어민들이 삶의 터전을 잃고 있습니다."

"그래서요?"

동식의 말이 계속 허공을 맴돌았다.

"……."

상대를 설득시킬 새로운 말을 찾지 못하고 있었다.

"좋수다. 동식 씨의 요구를 들어주면 우리한테 무얼 해주겠소?"

"해주다니요?"

"우리는 정당한 조업권을 포기하는 것인데 반대급부가 뭐든 있어야 할 것이 아니오?"

사내가 빈정댔다.

"반대급부요?"

동식이 조급하게 물었다.

"우리가 마을을 위한 사업을 하나 계획하고 있습니다. 그 때 선생께서 협조를 해주시면 됩니다."

"그게 뭡니까?"

동식이 사내를 다그쳤다.

"그건 차차 아시게 될 겁니다."

동식은 조급한데 사내는 계속 빈정거렸다. 난감했다. 사내가 제시한 조건을 받아들여야 하는 것인지. 인숙과 함께 왔으면 좋았을 걸,하는 생각이 들었다. 이럴 때 인숙은 어떻게 했을까? 무엇이든 한번 결정을 내리면 곧바로 실천에 옮기는 인숙의 결단력이 부러웠다. 거기에 비하면 자신은 늘 우유부단하게 살아왔다. 결정하기도 쉽지 않았지만 결정을 내렸다 해도 그것을 실행에 옮기기까지 또 수없이 생각을 하다가 그만 둔 일이 한두 번이 아닌 동식이었다.

결국 시간을 달라는 말로 자리를 정리하고 돌아섰지만 사내가 말한 마을을 위한 사업이 무엇인지 알 수가 없는 동식으로서는 쉽게 결정을 내리지 못하고 있었다.

그 즈음이었다. 마을에 또 다시 괴소문이 돌기 시작한 것은. 소문은 참으로 황당한 것이었다.

어떤 사람은 마을을 없애고 마을에 놀이 공원을 세운다는 이야기를 들었다고 했고, 어떤 사람은 해양 레포츠 단지를 만든다는 이야기를 들었다고도 했고, 또 어떤 사람은 조선소가 들어설 것이라는 소문을 들었다고도 했다. 소문을 확인하기 위해 동식이 군청 수산과를 찾았지만 수산과에서도 모르는 일이라 했다. 수산과에서도 모른다는 것은 허가된 사업 계획이 없다는 뜻이기도 해서 동식은 다소 마음을 놓았다.

그러나 시간이 지나면 사라져야 할 소문은 시간이 지나도 사라지지 않고 계속 마을을 흉흉하게 만들었다. 사라지기는커녕 오히려 점점 더 구체적인 이야기로 발전하며 떠돌았다. 소문은 남한에서 크게 성공한 실향민 사업가가 북한과 가까운 이 마을에 대단위 해양 타운을 만든다는 것이었다. 포구 옆 갯벌을 막아 상업단지와 숙박 시설을 만들고 포구에는 유람선 선착장을 만들어 해양 관광선을 띄우고 바다와 맞닿아 있는 호수도 개발한다는 것이었다.

실체도 없이 마을을 떠돌던 소문이 모습을 드러낸 것은 강쇠바람에 나울이 일렁이던 시월의 끝 어느 날이었다. 해가 막 넘어갈 무렵 굴착기를 실은 건설용 트럭 수십 대가 전장에 출동하는 탱크처럼 마을을 향해 돌진해 들어왔다. 다음 날부터 부둣가에는 전리품처럼 트럭이 실어다 놓은 건축 자재들이 쌓이기 시작하더니 오후 무렵부터는 부두를 파헤치는 공사가 진행됐다. 마을은 순식간에 공사판으로 변했다. 온종일 마을을 뒤흔드는 굉음이 울렸다. 새벽부터 울리기 시작한 굉음은 밤이 늦어서야 잠시 멈추었다가 이른 새벽 또다시 마을을 초토화시켰다.

느닷없이 눈앞에서 벌어지고 있는 광경을 본 사람들은 불안에 떨었다. 마을의 앞날은 어떻게 될 것인지, 정말 소문대로 마을에는 대규모 해양 타운이 건설되는 것인지, 조선소가 들어서는 것인지, 부두를 파헤치면 뱃일은 어떻게 하라는 건지, 그러면 자신들은 어떻게 해야 되는 것인지. 살아오면서 그렇게 많은 트럭과 굴착기를 본 적이 없는 사람들은 자신들의 운명을 알 수가 없어 불안한 날을 보내고 있었다.

아무 것도 알 수 없기로는 동식도 마찬가지였다. 도무지 사건의 전말을 아는 사람이 없었다. 마을 사람들의 일터인 부두 곳곳이 파헤쳐지고 있는데도 군청에서는 아는 바가 없다는 답변만을 되풀이하고 있었다. 답답한 노릇이기는 했지만 군청에서조차도 실제 내막을 아는 이는 별로 없는 듯했다.

영문도 모른 채, 불안에 떨던 사람들이 한 자리에 모였다. 도대체 무엇이 어찌 돌아가고 있는 것이냐고 사람들이 흥분했다.

"지금으로서는 저도 아는 바가 없습니다. 군청에서도 모른다고 하고, 공사를 맡은 시행사에 문의를 해도 책임 있는 답변을 할 만한 사람이 없습니다. 우리가 할 일은 우선 무슨 공사가 벌어지고 있는지를 알아보고 그 다음을 논의해야 할 것 같습니다. 그러기 위해서는 우리들 중 누군가 대표로 이 일을 해나갈 사람이 필요합니다. 저는 인숙 씨를 대표로 뽑았으면 합니다."

동식이 인숙을 대표로 추천했다. 좌중이 조용해졌다. 동식이 인숙을 바라보았다.

어디선가 인숙이라면,이라는 말이 들렸고 곧이어 울린 박수 소리에 인숙이 답했다.

"제가 할 수 있는 것이면 무엇이든 다 하여 반드시 우리 삶의 터전을 지켜내겠습니다."

마을 사람들의 제안을 받아들이는 인숙의 인사말은 간단했지만 힘이 느껴졌다. 인숙의 의지를 보여주는 말이었다.

"미안해."

어려운 일을 떠넘긴 것 같아서 미안한 마음이 든 동식이 회의가 끝난 후 인숙을 만났다.

"선배 치사한 것이 어제 오늘 일인가 뭐."

인숙이 농담으로 말을 돌렸다.

"나는……진실로 나보다는 인숙이 낫다고 생각해."

동식이 다시 정색했다.

"그 말이 사실이긴 하지."

인숙이 또 농담으로 돌렸다.

"고마워."

인숙의 마음을 아는 동식이었다.

"이번 일은 쉽지 않을 것 같아. 선배는 나서지 않는 게 좋겠어."

인숙의 얼굴에 장난기가 걸렸다.

"무슨 말이야?"

"무슨 말은? 괜히 겁 한번 줘 봤어, 선배 얄미워서. 하여간 내가 대표라는 사실을 알아 주셨으면 해요."

동식에게 말했던 것처럼 인숙은 정말로 다음날부터 혼자 일을 보고 다

넜다. 군청에도 혼자 다녔고 공사 관계자도 혼자 만났다. 혼자서 이리저리 분주히 뛰어 다녔다. 그러다가 별 소득이 없었는지 나중에는 서울에 올라가기도 했다.

그 날도 인숙이 새벽 첫차로 서울에 올라간 날이었다. 마을 사람 몇몇이 공사가 벌어지는 부둣가에 나갔다가 굴착기 기사들과 실랑이가 벌어졌다. 처음에는 단순히, 굴착기 소리가 너무 시끄러우니 밤에는 좀 자제해줬으면 좋겠다는 말과 우리는 위에서 시키는 대로 할 뿐이라는 말이 오가던 정도였다. 그러다가 굴착기 기사의 실수로 굴착기에 부딪힌 마을 사람이 넘어지는 일이 벌어졌다. 그것이 계기가 되어 화가 난 마을 사람들이 굴착기 기사를 끌어내리는 일이 벌어졌고 공사관계자들이 이를 말리는 과정에서 싸움은 점점 더 커져버렸다. 드디어 흥분한 마을 사람들이 모여들기 시작했고 급기야는 트럭과 굴착기를 탈취해서는 차의 유리를 부숴버리는 지경에까지 이르렀다.

삼수 아재로부터 소식을 전해들은 동식이 현장에 도착했을 때에는 이미 공사 관계자 몇몇이 얼굴에 피를 흘리고 있었고 트럭과 굴착기를 비롯한 공사에 동원된 장비 여러 대가 파손된 뒤였다. 동식은 급히 사람들을 말렸다. 이러면 안 된다고, 이러면 우리가 불리해진다고, 한참을 설득한 후에야 가까스로 진정된 사람들은 그제야 다친 사람들과 파손된 장비를 보기 시작했고 사태의 심각성도 깨달았다.

사람들이 빌미를 제공한 셈이었다. 공사 관계자들은 기다리고 있었던 것처럼 즉시 마을사람들을 고발하였고 마을 사람들은 오 분도 되지 않아 출동한 경찰차에 실려 경찰서로 끌려갔다. 일은 거기서 끝나지 않았다. 서울에 갔다 막차를 타고 밤늦게 도착한 인숙도 경찰서에 잡혀가는 상황이

벌어졌다. 일은 점점 더 확대되고 있었다. 아무래도 쉽게 마무리 될 일이
아닌 듯했다.

인숙이 잡혀간 사실을 몰랐던 동식은 다음날 아침 마을사람들을 면회
하기 위해 경찰서를 찾은 자리에서 우연히 인숙을 만났다.

"어떻게 된 일이야?"

"내가 어민 대표잖아!"

그제야 동식은 지난 번 인숙이 했던 말의 의미를 알아챘다. 갑자기 코가
먹먹해졌다. 결국은 인숙에게 책임을 떠넘긴 꼴이 되었다.

"미안해······."

"내가 알아서 할 테니 선배는 절대 나서지 마."

인숙이 다시 다짐을 났다. 동식은 고개를 가로 저었다. 그럴 수는 없는
일이었다. 자신을 대신하여 인숙이 경찰서에 잡혀간 것이나 매한가지였
다.

동식은 어떻게든 인숙과 잡혀간 사람들을 석방시키려 애를 썼다. 먼저
공사현장으로 갔다. 사정이라도 해볼 요량이었다. 공사현장은 정리되지
않은 채 사고가 나던 날 모습 그대로였다. 증거로 보존하려는 생각일 터였
다. 현장까지 보존하는 사람들이라면 설득이 어려울 것 같았다. 동식의 생
각은 맞았다. 현장 소장이라는 사람은 자기로서는 어쩔 수 없는 일이라는
말만을 되풀이 했다. 서로 이야기하는 과정에서 생긴 우발적인 사고였고
이쪽에도 피해를 입은 사람이 있다고 사정도 해 보고 안 그러면 맞고소를
하겠다고 으름장을 놓아도 소장이라는 사람의 입에서 나오는 말은 한결
같았다. 그러면 협상을 할 수 있는 책임 있는 사람을 연결해달라고 해도
막무가내로 동식을 내쫓으며 무식하면 용감하다는 격언을 몸소 입증해

보였다.

다음으로 동식이 찾은 곳은 군청이었다. 그러나 군청에서도 기대한 대답은 들을 수 없었다. 공사 건은 자기들이 내준 허가 사항도 아닐 뿐 아니라 기물파괴와 영업방해는 순전히 피해자와의 합의가 있어야 하는 것이라서 자기들은 개입할 수 없다는 참으로 편리한 대답만을 듣고서 돌아설 수밖에 없었다. 그러면 너희들이 어민들을 위해서 해 준 게 뭐냐고 소리를 지르려다 동식은 그만 두었다.

결국 동식은 최후 수단으로 국회의원 사무실을 찾아갔다. 그러나 사무실을 홀로 지키는 여직원에게서, 의원님께서는 서울 사무실에 계시고 이곳에는 선거철에만 내려오신다는 말을 듣고 급기야는 서울까지 올라가서야 어렵게 의원님을 만날 수 있었다. 그것도 참 운이 좋았다. 동식이 국회의원 사무실에 도착했을 때, 의원님은 내일부터 해외 출장이라며 막 사무실을 나가려던 참이었다. 동식에게 전말을 들은 의원님은 몇 군데 전화를 걸어서는, 거 높은 데 있을 데 좀 봐 주쇼, 내 지역구라니까, 믿고 갑니다, 등 몇 군데 통화를 하는 것으로 지역구 유권자에 대한 의무를 때워 넘겼다.

동식이 생각하기에는 별로 성의도 없고 잘 될 것 같지도 않던 전화 몇 통화가 효력이 있었는지 신기하게도 다음날 오후 무렵 인숙과 사람들은 풀려났다. 사람들에게 그 동안 고생했다며 인사를 주고받은 뒤 동식은 인숙과 함께 주변에 있는 식당으로 들어갔다.

"이거 먹어, 단숨에."

동식이 두부 한 모를 시켜 인숙의 앞에 내밀었다.

"선배도 참, 내가 무슨……."

인숙이 눈을 흘겼다.

"미안해."

동식은 진실로 인숙에게 미안한 마음이 들었다.

"어떻게 한 거예요? 설마 합의를 해 준 건 아니겠지?"

"국회의원을 만났어."

"그럼 됐어요. 내일부터 다시 시작해야지."

"알았어. 이제는 혼자 하도록 내버려 두지 않겠어."

동식이 인숙의 손을 꼬옥 잡았다.

"다 식어버렸네."

인숙이 두부를 한 잎 베어 물었다.

두 사람은 그날 밤 마을로 돌아가지 않았다.

"휴대폰 줘 봐요."

근처에 있는 모텔에 들어 간 뒤 인숙이 말했다.

"눌러요."

동식의 아내 전화번호로 조건 없이 이혼해 줄 게,라는 문자를 입력해 놓은 뒤 인숙이 동식에게 휴대폰을 내밀었다. 동식이 휴대폰을 눌렀다.

"나 선배에게 완전히 사랑을 구걸하고 있는 거 알죠?"

인숙이 눈을 흘겼다. 동식이 인숙을 안았다.

아침 일찍 두 사람은 포구로 달려갔다. 다시 개발 반대 시위를 할 참이었다. 그러나 어찌 된 일인지 어촌 계장에게 부탁한 방송이 나간 지 한 시간이 지나도 사람들은 모이지 않았다. 기다리다 못해 두 사람은 사람들을 불러 모으기 위해 직접 집집마다 찾아다니기 시작했다. 그런데 사람들의 태도가 달라져 있었다. 두 사람을 피하는 사람이 있는가 하면 아예 나와

보지도 않는 집도 있었고 모두들 냉담한 반응이었다.

"소용없는 짓이야. 헛수고 그만 하는 게 좋을 거야."

어촌 계장이 동식을 말렸다. 동식이 의아한 눈빛으로 어촌 계장을 쳐다보았다.

"떠돌던 소문이 사실이라는구만. 대기업에서 조섬을 개발해서 대규모 해양 휴양단지로 만든다는 거야. 부두도 정비해서 유람선을 띄우고……이미 국토부에서 허가까지 나왔다나봐. 우리 면 어민들 중 원하는 사람은 모두 그 회사에 취직을 시켜주겠대. 대부분 사람들이 취직을 원할 거야. 누가 위험하고 소득도 일정치 않은 뱃일을 하려 하겠어, 나부터라두. 그러니 자네두 그만 포기하구 일자리나 부탁해 보라구."

"그 놈들 짓이에요."

인숙이 동식을 부축했다. 두 사람은 휘청휘청 어촌 계장 집을 나왔다.

고풀이

1.

비가 내렸다. TV 일기예보에서는 노란 비옷에 회색빛 우산을 갖춰 쓴 젊은 여성 기상 캐스터가 비 내리는 서울 시가지가 잘 보이는 건물 옥상에서 현장감을 살리기 위해 비까지 맞아가며, 주말부터 비가 내리기 시작하여 며칠 간 계속된 후 기온이 급강하고 본격적인 겨울이 시작될 것이니 미리미리 월동 준비를 하라고 말하고 있었다. 곧이어 김장용 배추 가격과 각종 양념 가격을 포함한 김장 비용 안내방송이 나왔다.

안채 거실에서 봉두 아재의 다리를 주무르며 TV를 보던 동식은 문득 TV에서 사람들의 월동 준비까지 걱정해 주는 참 좋은 세상이 되었다는 생각을 했다. 예전에도 그런 방송이 나왔더라면. 오늘은 날씨가 나쁘니 바다에 나가지 말라는 방송이 나왔더라면 아버지의 사고는 없었을 텐데,라는 엉뚱한 생각이 들었다.

"참 좋은 세상이에요, 아재?"

"뭐가?"

난데없는 동식의 말에 누워있던 봉두 아재가 눈을 떴다.

"아니, 그냥요."

"너, 아부지 생각이 나서 그러는구나."

TV는 모든 것을 가르쳐주고 봉두 아재는 모든 것을 알고 있었다. 마음 속까지도.

"비가 내리는 날에는……."

"오늘은 비가 참 조용히도 오시는구나."

봉두 아재도 그날을 생각하고 있는 듯했다.

"오늘 같은 날은 대왕문어가 잘 잡히는 날인데……."

봉두 아재가 눈을 감은 채 꿈을 꾸듯 입엣말을 웅얼거렸다. 봉두 아재는 젊은 시절 아버지와 함께 바다 속을 누비던 때를 떠올리고 있는 것 같았다. 봉두 아재는 누워 있었지만 마음속으로는 지금 이 순간도 바다 속을 훨훨 누비고 있을 터였다.

"아재, 잠깐만 다녀오겠습니다."

갑자기 동식이 자리에서 일어섰다.

"조심하그라."

어디에 가느냐고 봉두 아재는 묻지 않았다. 동식은 삼수 아재에게 전화를 건 다음 포구로 나갔다. 내리는 비 때문이었는지 포구 공사는 잠시 멈춰 있었지만 어선들이 정박해 있는 바로 옆까지 마구 파헤쳐진 시멘트 더미들은 비에 젖은 진흙과 범벅이 되어 언제 무너져 배들을 덮칠지 알 수 없을 지경으로 아슬아슬하게 쌓여 있었다. 동식은 조심조심 까치발 걸음으로 겨우 배 위에 올라 삼수 아재를 기다렸다.

"비까지 내리는데 웬일로 바다엘 나가자누?"

동식이 도착한 뒤 얼마 되지 않아 삼수 아재가 도착했다.

"그냥 바람이라도 쐴까 하구요."

"요즘 바다에 나가는 배는 저 놈의 배 말구는 한 척도 없을 거다."

삼수 아재가 부두 입구에 정박해 있는 저인망 어선을 가리켰다. 정말 바다로 나간 배는 한 척도 없는 듯했다. 뱃고동 소리도 들리지 않았다. 어선에서 묻어나온 기름띠조차도 눈에 띄지 않을 정도로 바다에는 출어한 어선의 흔적이 없었다.

"그러니 우리라도 나가야지요, 아재."

"나가봤자 뭐가 있겠나?"

삼수 아재가 배의 시동을 걸었다. 얼마나 오랫동안 운항을 하지 않았는지는 기계가 먼저 알았다. 마치 무관심한 주인에 대한 반항이라도 하듯 배의 시동이 걸리지 않았다. 몇 번을 더 시도한 끝에야 배기통으로 시커먼 연기를 내뿜으며 시동이 걸렸다. 엔진 소리가 귀에 설었다.

"지금은 공사가 멈춰서 다행히 나갈 수 있지만 조금만 더 부두를 파헤치면 옴짝달싹도 못하겠는 걸."

삼수 아재가 조심조심 배를 빼냈다.

"막아야지요."

"어디로 갈까?"

"용머리 물터요."

삼수 아재가 배를 큰 바다 쪽으로 몰았다. 비는 내리고 있었지만 다행히 바다는 잔잔했다. 물이 좀 차갑기는 하겠지만 조류도 안정돼 있어 동식의 말대로 조업하기에는 그리 나쁘지 않은 날씨였다.

"아재, 저기 있는 사람이……."

용머리 물터에 거의 도착했을 때였다. 누군가 용머리 물터에 배를 대 놓고 있었다.

"석구 성님인 것 같은데……."

동식은 자신도 모르게 잠시 주춤했다. 언젠가 순길이 아버지로부터 석구 아재에 대한 말을 듣고서, 그럴 리 없다고 수없이 되뇌었지만 이상하게도 석구 아재를 만나는 일이 편치 않았다.

"뭘 하고 계신 것 같은데요."

동식이 태연하려 애를 썼다.

"글쎄, 절을 하구 계신 것 같구나."

석구 아재는 절을 하고 있었다. 어디를 향해서인지는 알 수 없었지만 동식과 삼수 아재의 배가 가까이 다가오는 것도 모른 채 끝없이 절을 하고 있었다. 가까이 가서 보니 석구 아재의 몸은 완전히 비에 젖어 있었다.

"성님!"

삼수 아재가 손으로 깔때기 모양을 만들어 석구 아재를 불렀다. 삼수 아재가 부르는 소리를 듣고서야 석구 아재는 절하기를 멈추었다.

"비가 오시는데 감기라도 걸리면 큰일 나요."

"낚시 던져 놓고 할 일도 없구 해서……."

"고기는 좀 나오나요?"

비옷으로 갈아입으며 석구 아재가 고개를 가로 저었다. 석구 아재가 하는 낚시는 주로 문어바리였다. 삼십 년도 더 된 배를 타고 다니며 문어바리를 하는 석구 아재는 고기를 낚는 날보다 공치는 날이 더 많았다. 더구나 저인망 어선이 나타나 바다를 싹쓸이하고 다닌 뒤부터는 거의 고기를 잡지 못했다. 그래도 석구 아재는 누군가와의 약속을 지키는 사람처럼 하루도 거르지 않고 바다엘 나갔다.

"석구 아재는 왜 매일 바다엘 나오시는 거죠? 날씨가 나쁜 날은 고기도 안 잡히고 위험하기까지 한데."

잠수복을 갈아입으며 동식이 물었다.

"글쎄, 그냥 집에 있기가 심심해서겠지……하여간 태풍이 부는 날을 제외하고는……거의."

삼수 아재기 청동투구를 씌웠다.

"어차피 아무 것도 없을 테니까 너무 무리하지 말구."

동식이 바다로 뛰어들었다. 비가 내리는 탓에 바다 속은 어두웠다. 이십 미터를 넘어서자 바다는 탁한 회색빛을 띠었다. 눈앞에 있는 물체가 어렴풋하게 보였다. 동식은 어렴풋한 시야를 훑어 나갔다. 바다는 비어 있었다. 정말 씨를 말린 것처럼 텅텅 비어 있었다. 동식은 느긋한 마음으로 좀 더 바다를 살펴보기로 마음먹었다. 어차피 소득을 기대하고 나온 것이 아니었으므로 다급하지도 않았다. 그러다가 동식은 바위틈에 무리지어 있는 한 무더기의 전복을 발견했다. 가까이 가서 손으로 만져보아도 그것은 분명 전복이었다. 아직까지 사람들과 저인망 어선에 걸려들지 않고 살아남은 전복은 아닐 터였다. 저인망 어선 그물에 끌려가다가 떨어져 나온 전복 무더기가 틀림없었다.

예상치 못한 수확을 얻은 후 동식은 본격적으로 작업을 시작했다. 내친 김에 바위 주변을 샅샅이 뒤져나갔다. 바닥을 쓸고 지나가던 저인망 어선의 그물이 바위에 걸리면서 떨어져 나온 해산물들이 더 있을 수 있기 때문이었다. 동식의 예상은 맞았다. 바위틈 주변에는 저인망 그물에서 떨어져 나왔거나 숨을 곳을 찾아 든 멍게와 해삼 등이 곳곳에 무리지어 있었고 심지어는 문어도 눈에 띄었다. 동식의 망태는 순식간에 가득 찼다. 망태를 올려 보내고 새 망태를 받았다. 새 망태를 채우는 데도 오랜 시간이 걸리지 않았다. 계속 같은 자리에서 일을 했다. 아직 바위 주변에는 많은 해산물들이 모여 있었다. 세 번째 망태를 받아 채우기 시작했다.

세 번째 망태를 절반 쯤 채웠을까? 바위 주변에 널려 있는 해산물을 모두 망태에 넣고 옆쪽 바위로 막 몸을 옮기려 할 때였다. 갑자기 몸이 움직이질 않았다. 공기 줄이 바위틈에라도 걸렸는지 천천히 힘을 써 봐도 도저히 앞으로 나갈 수가 없었다. 바로 등 뒤의 공기 줄이 바위틈에 낀 것 같았다. 몸을 돌릴 수도 없었다. 무리하게 힘을 가했다가 자칫 공기 줄이라도 끊어지면 위험한 일이기 때문이었다. 등 뒤를 돌아볼 수도 없고 손을 쓸 수도 없는 엉거주춤한 자세로 동식은 한참동안 바위틈에서 벗어나기 위해 애를 썼다. 그러나 상황은 조금도 나아지지 않았다. 게다가 바위틈에서 벗어나기 위해 힘을 쓰면서 동식은 지쳐 있었다. 동식은 움직임을 멈추고 숨을 골랐다. 이대로 줄을 뺄 수 없게 된다면 위험하기는 하지만 줄을 끊고 수직 상승하는 수밖에 도리가 없었다. 삼십 미터 바다 속에서 수직상승을 한다는 것은 목숨을 건 위험한 일이었다.

어쩔 수 없었다. 결단을 내려야 했다. 동식은 몸무게를 줄이기 위해 납신발을 벗은 다음 비상용 칼을 꺼내들었다. 그리고는 깊게 숨을 들이 쉰 다음 투구 뒤편에 연결된 공기 줄을 잘랐다. 이제부터가 문제였다. 감압을 할 여유가 없었다. 호흡이 허락하는 한 가급적 천천히 상승을 하는 것이 좋을 터였지만 몸을 마음대로 조종할 수도 없었다. 십 미터 정도를 상승했을 때 더 동식의 몸은 더 이상 움직일 수 없을 만큼 기력이 다했다. 갑자기 입 속으로 바닷물이 들어왔다. 토악질이 확 올라왔다. 현기증이 일었다. 회색빛이 빙빙 돌았다.

바다 위로 동식의 몸이 떠올랐다. 청동투구는 물속에 잠긴 채 몸만 위로 떠올랐다. 삼수 아재가 놀라 바다로 뛰어들었다. 이미 의식을 잃은 동식을 삼수 아재 혼자 배 위로 끌어올리는 일은 쉽지 않았다. 삼수 아재가 반쯤 바다에 잠긴 사다리 위에 자신의 몸을 의지한 채 동식을 배 위로 밀어 올렸다. 배 위에 의식을 잃고 널브러져 있는 동식의 손에는 쇠갈퀴가 꼭 쥐어져 있었고 동식이 방금 전 떠오른 바다 위에는 반쯤 채워진 주인 잃은 망태가 파도에 일렁이고 있었다.

삼수 아재는 부리나케 동식을 병원으로 옮겼다. 의사는 생명에는 지장이 없다고 했다. 그러나 동식은 깨어나지 못하고 있었다. 감압을 하지 못해 생긴 잠수병이었다. 의식이 돌아오지 않는 것도 문제였지만 의식이 돌아온다 해도 문제는 끝난 게 아니었다. 조금이라도 빨리 고압 챔버가 있는 병원에 가서 몸속에 쌓여 있는 질소를 배출해내야 했다. 잠수병은 시간이 지체되면 뼈가 썩어 들어가는 무서운 병이었다.

동식은 몇 시간이 더 지난 밤중에서야 의식이 돌아왔다. 날이 밝는 대로 챔버가 있는 강릉으로 옮기기로 했다. 제대로 감압 치료를 받으려면 삼십 미터 챔버가 있는 통영이나 부산으로 가야했지만 아쉬운 대로 우선 십오 미터 챔버가 있는 강릉에라도 가기로 했다.

"강릉에도 챔버가 있는 줄 몰랐어요."

동식은 봉두 아재를 생각하고 있었다.

"얼마 전에 들어왔다는데 십오 미터짜리밖에 없다더라. 단순 잠수병은

고풀이 **239**

몰라도 우리 머구리들처럼 삼십 미터 바다 속에 들어가는 사람한테는 별 효과가 없다구 봐야지."

삼수 아재가 한숨을 쉬었다.

"그래도……."

"우리 성님은 통영으로 가야 해, 여기선 효과가 없어. 산소 호흡기 끼고 한 잠 자 두어라."

다음날 아침 일찍 동식은 챔버가 있다는 강릉의 병원으로 옮겨졌다. 십오 미터짜리 챔버라서 완전한 치료를 기대할 수는 없었지만 우선 제거할 수 있는 몸속의 질소만이라도 제거해 보자는 생각에서였다. 의식이 돌아오기는 했지만 아직 동식은 몸을 움직이지 못했고 잠이 들어 있었다. 그나마 천만다행한 일이었다. 삼십 미터 바다 속에서 살아났다는 것은 기적 같은 일이었다.

강릉 병원으로 옮긴 지 한 시간도 되지 않아서 석구 아재가 문병을 왔다. 강릉까지 두 시간 이상 걸리는 길이라는 것을 생각하면 석구 아재는 새벽녘에 길을 나선 것이 분명했다.

"뭘 이렇게 일찍 나오셨어요?"

삼수 아재가 달려가 석구 아재를 맞았다.

"어디 걱정이 돼서 잠을 잘 수 있드냐, 좀 으떤가?"

"지금은 자고 있어요. 문제는 잠수병이지요."

"아무 일 없어야 될 것인데……."

주름살이 그득한 석구 아재의 얼굴이 어두웠다.

"이제 그만 들어가세요. 오늘은 바다에 안 나가실 참이세요?"

"나가……봐야지."

석구 아재는 동식이 깨어나기 전에 돌아갔다. 석구 아재가 돌아가고 오분도 채 되지 않아서 또 다른 사람이 병실 문을 열고 들어섰다. 언젠가 비가 오던 날 우연히 어촌계 사무실에서 마주친 적이 있는 흰머리 사내였다.

"성님이 어쩐 일이세요?"

"동식인 좀 으떤가?"

"예, 자고 있어요?"

"그만하길 정말 다행이야, 난 푸뜩 서울 성님 생각이 나더라구, 부자가 같은 곳에서 일을 당하는 건 아닌지 하구. 방금 나간 사람이 석구 성님 맞지?"

흰머리 사내가 슬쩍 자고 있는 동식을 곁눈질했다.

"예. 만나셨어요?"

"아니, 그냥 먼발치에서 보았어. 근데 아직 동식인 모르고 있지?"

"뭘 말씀하시는 거예요?"

"서울 성님 사고 말야."

"그게 왜요?"

"그거 석구 성님이 낸 사고잖아. 물론 파도가 심하긴 했지만."

"누가 그래요? 그런 말씀 마세요. 확실하지도 않은 걸 가지구. 그건 사고였어요. 제가 그 자리에 있었는걸요."

삼수 아재가 짜증 섞인 투로 퉁명스럽게 쏘아 붙였다.

"다른 사람들은 다 알구 있는 일이야. 봉두 성님과 자네 앞에서만 쉬쉬하구 있지."

"글쎄 아니라니까 자꾸 이러실 거예요?"

삼수 아재가 버럭 소리를 질렀다.

"사람두 참! 화를 내기는. 난 그저 진상을 밝히는 게 서울 성님에 대한 도리라구 생각해서 하는 말일 뿐이야."

사내도 지지 않고 대거리를 했다.

"내가 그 자리에 있었다잖아요? 진상은 무슨 진상!"

"자넨 석구 성님이 매일 바다에 왜 나가는지 아는가?"

"그게 뭐요?"

"석구 아재는 매일 바다에서 제사를 지내고 있어. 그게 뭐겠어?

사내는 아예 동식의 침대 밑에 넣어져 있는 보조 침대를 끌어내어 자리를 잡고 앉았다.

"그 게 누구에게 지내는 제사겠어! 용왕? 조상? 아니야, 그게 다……."

"그만 하세요. 확실하지도 않은 추측을 가지고."

삼수 아재가 흰머리 사내의 말을 잘랐다. 문병을 온 건지, 사람을 들쑤시려고 온 건지, 그것도 아니면 그야말로 사건의 진상을 밝히려고 온 것인지 병실에서 혼자 잔뜩 수다를 늘어놓던 흰머리 사내는 그 뒤로도 한참을 더, 그렇지 않아도 동식의 상태 때문에 걱정에 잠겨 있는 삼수 아재의 속을 뒤집어 놓은 후에야 돌아갔다.

"아재!"

언제 깨어났는지 흰머리 사내가 돌아간 뒤 동식이 삼수 아재를 불렀다.

"왜, 어디가 불편하니?"

삼수 아재가, 흰머리 사내가 꺼내놓았던 보조 침대를 밀어 넣으며 말했다.

"아니요. 아까 그 분이 하시던 말씀이 무슨 말이에요?"

가능하면 생각지 않으려던 일이었다. 일부러 피하려던 이야기였다.

"무슨 말?"

삼수 아재가 짐짓 모르는 체했다.

"저 분의 말씀과 비슷한 말을 다른 데서도 들었거든요."

"괜히 말하기 좋아하는 사람들이 하는 말이다. 신경 쓸 것 없다. 폭풍우가 몰아치던 바다에서의 사고였을 뿐이다. 내가⋯⋯현장에 있었는데 왜 쓸데없는 얘길 하고 다니는지⋯⋯."

동식은 더 이상 아무 말도 하지 않았다. 삼수 아재의 말을 믿어야 했다. 삼수 아재가 누구던가? 혈육이나 다름없는 봉두 아재와 삼수 아재였다. 비록 거짓이라 하더라도 봉두 아재나 삼수 아재가 아니라면 아니라고 믿어야하는 일이었다. 다른 생각을 해서는 안 되는 것이었다.

그런데도, 알긴 아는데도, 그러면 그럴수록, 자꾸 흰머리 사내의 말이 떠올랐다. 한 번도 아니고 몇 번씩이나 비슷한 얘기를 들었다. 대부분 사람들의 기억에서 사라진지 오래된 일을 자꾸 끄집어낼 때에는 흰머리 사내도 뭔가 이유가 있을 터였다. 비록 강한 낯빛 때문에 좋은 인상은 아니었지만 흰머리 사내로서는 나름대로의 근거가 있는 이야기일 수도 있었다.

"그날 석구 아재도 함께 일을 나갔나요?"

한참동안 생각에 잠겨 있던 동식이 물었다.

"아니다. 석구 성님은 혼자서 그물을 놓고 있었다."

삼수 아재가 냉장고에서 물을 꺼내 마셨다.

"그런데 왜 아까 그분은 자꾸 그런 말을 할까요?"

"우리가 가까운 곳에서 작업을 하고 있었기 때문에 오해를 하는 거다."

단순히 근처에서 작업을 했다고 해서 그런 말을 하지는 않을 텐데요, 동식은 묻지 못했다. 더 이상 삼수 아재를 믿지 못해서는 안 되는 일이었다.

"너도 기억날 것이다. 석구 성님이 가장 열심히 구조작업을 했던 것을, 괜히 추측으로 떠도는 말들에 너무 신경 쓰지 마라."

말을 마친 삼수 아재의 표정이 어두웠다. 손에 들려 있던 물병을 들어 남은 물을 마저 마셨다. 잊고 싶은 고통스러운 일을 다시 떠올려야 하는 것이 괴로운 듯했다. 지난 일을 떠올리는 것이 괴롭기는 동식도 매한가지였다. 모든 것이 무너져 버리던 소름끼치는 그날의 기억을, 할 수 있다면 영원히 지우고 싶은 동식이었다.

"아재, 죄송해요."

동식이 고개를 숙였다.

"……."

삼수 아재가 말없이 다가와 동식의 손을 잡고는 어깨를 두어 번 두드렸다.

"아재, 집에 가서 쉬시고 내일 다시 나오세요. 옷도 갈아 입으셔야 되고."

동식이 침대에 누웠다. 동식의 말에 삼수 아재가 자신의 차림새를 살펴보았다. 바다에 나가던 차림 그대로였다.

"옷만 갈아입고 금방 오마."

삼수 아재가 멋쩍은 표정으로 피식 웃었다.

"내일 오세요. 오늘 밤은 인숙이가 와 있을 거예요."

"그럼 챔버 치료 끝나는 대로 들어갔다가 내일 아침 일찍 다시 오마."

챔버 치료는 오전과 오후 두 차례 이루어졌다. 오후 치료를 받고 돌아오자 동식의 상태가 많이 좋아졌다. 주로 잠만 자던 오전과 달리 오후에는 제법 자리에 일어나 앉아 있기도 했다. 오후 챔버 치료가 끝나자 삼수 아재는 집으로 갔다.

인숙이 온 것은 저녁 무렵이나 되어서였다.

"미워서 안 오려다 왔어. 비가 오는데 바다에는 왜 나가, 허락도 없이."

병실에 들어서는 인숙의 표정이 뽀로통했다.

"바람이나 쐴까 하고……."

동식이 웃었다.

"웃지 마세요. 남은 심각하구만."

인숙이, 만들어 온 반찬을 냉장고에 넣었다.

"반찬은 뭘 하려구 만들어 와? 병원 밥도 먹을 만한데."

"걱정 마세요. 내가 먹을 거니까."

"부탁 좀 하나 해도 될까?"

"무슨? 뽀뽀? 그건 좀 있다가 화 풀리면 내가 알아서 해 줄게."

인숙이 장난을 걸었다.

"그게 아니고……."

동식이 저간의 상황을 설명했다.

"나는 잘 모르는 일이에요. 내가 그 때 몇 살이었는데. 노팬티차림으로 코 흘리며 돌아다닐 때인데."

"들은 이야기도 없고?"

"삼수 아재나 봉두 아재가 하는 말이 맞을 거예요. 만약에 아재들이 거짓말을 한다 해도 거기에는 다 이유가 있을 거구요. 알잖아요? 그러니 더 생각하지 말구 잊어버려요."

맞는 말이었다. 의심을 버리지 못하는 것은 삼수 아재나 봉두 아재에 대한 예의가 아니었다. 따지고 보면 석구 아재가 의심스러운 것도 아니었다. 어쩌면 석구 아재의 잘못이 아니라는 것을 확인하고 싶은 것일 터였다. 흰 머리 사내가 던져놓고 간 의혹에서 벗어나고 싶어서일 터였다.

"자, 이제 그만 고민하시고 이리 오세요. 너무 쉽게 화가 풀려 억울하기는 하지만 뽀뽀 해줄게."

인숙이 누워있는 동식에게로 다가와 이마에 입을 맞추었다. 동식이 눈을 감았다.

"엉큼하시긴, 환자가 무얼 생각하는……"

동식이 인숙의 허리를 끌어안으며 입술을 찾았다. 그 바람에 인숙의 말이 동식의 입속으로 묻혔다.

2.

동식은 일주일 만에 퇴원했다. 몸이 완치된 것은 아니었다. 십오 미터 챔버로 할 수 있는 치료가 끝난 뒤 삼수 아재는 통영으로 가자고 했으나 동식이 퇴원을 고집했다. 입원해 있는 동안 문병조차 오지 못한 봉두 아재의 건강이 걱정된 때문이었다. 자식 같은 동식의 문병을 오지 않을 봉두 아재가 아니었다.

동식은 아직 혼자 힘으로 걷는 것이 불편했다. 잠수병에서 흔히 나타나는 증상이 관절의 이상이었다. 깊은 바다 속에서 수압 때문에 미쳐 호흡으로 빠져나가지 못한 액화 상태의 질소가 몸 안에 축적되어 관절에 이상을 일으키고 심하면 뼈를 썩게 만들기도 하는 것이었다. 다행히 동식은 몸 안의 질소를 거의 배출한 편이어서 얼마간 쉬면 어느 정도는 원래의 건강을 되찾을 수 있을 것이라는 의사의 진단이 있었지만 아직 회복이 덜 된 동식은 지팡이에 의지해 조금만 걸어도 금방 지치곤 했다.

적당히 운동을 해야 한다는 의사의 권유대로 지팡이에 의지해 산책을 나왔던 동식은 읍내 거리와 바다가 내려다보이는 터미널 이층 커피숍에서 창밖을 내다보고 있었다. 그 사이 포구에는 하루가 다르게 가을이 부쩍 깊어 있었다. 가끔 병원 창밖으로 다가와 있는 가을을 느끼지 못 한 것은 아니었지만, 가로수 잎이 떨어져 날리는 읍내 거리의 낙막한 모습과 파헤쳐진 재로 밈추어진 황량한 항구와 그 너머 짙푸른 색으로 깊어져 있는 유적한 바다의 모습은 왠지 낯설게까지 느껴졌다.

바다는 여전히 황폐했고 사람들이 나가지 않는 바다에는 여전히 갈매기도 날지 않았다. 갈매기들도 어민들처럼 파헤쳐진 항구 주변을 맴돌며 먹이를 찾다가는 저녁 무렵이 되면 지쳐 어디론가 사라지곤 했을 마을. 어릴 적 뛰놀던 곳에서 느끼는 알 수 없는 객회. 동식의 몸과 마음은 지쳐 있었다. 도망치듯 돌아온 고향에서 겪어야 했던 많은 일들.

"내 이러실 줄 알았어요. 아직은 혼자 다니지 말랬잖아요. 말은 정말 안 듣는다니까. 본인은 그러면서도 말 안 듣는 학생들은 혼을 냈겠지?"

말도 없이 사라진 동식을 인숙은 잘도 찾아내었다. 뛰어봤자 말 그대로 부처님 손바닥 안이었다.

학생들? 학생들이라는 인숙의 말이 동식의 가슴에 걸렸다. 한동안 잊고 지냈던 불과 몇 개월 전의 서울 생활들이 오래 전의 일인 것처럼 아득하게 떠올랐다. 아버지의 바람대로 선생님이 되기 위해 노력하다가 결국은 학원 선생님이 되고 말았던 쓸쓸한 기억, 그나마도 무능한 선생으로 쫓겨나 다시피 떠나야 했던 아픔.

"내 말에 또 상처 받으셨구나, 미안해요."

뛰어봤자 인숙님 손바닥 안.

동식이 피식 웃었다.

"뭐 생각했는지 맞춰 볼까요?"

마주 앉았던 인숙이 동식의 옆자리로 옮겨 앉았다.

"뭐?"

"커피!"

물 컵을 인숙의 앞에 내려놓으며 자릿값으로 무엇을 시키겠습니까?라는 표정으로 기다리고 있는 종업원을 향해 인숙이 커피를 시켰다.

"뛰어봤자 부처님 손바닥 안, 도망 갈 곳이 없네. 맞지요?"

"전생에 점쟁이였을 거야, 당신은."

"당신은?"

"한 눈에 점쟁이에게 반한 멍청한 손님……."

그러다가 동식은 말을 멈추었다. 방금 전에 도착한 서울발 시외버스에서 내린 사람의 뒷모습이 낯설지 않은 까닭이었다. 낯설기는커녕 너무나 익숙한 모습이었다. 일인자. 틀림없었다. 깃을 세운 짙은 감색 바바리코트는 이 년 전 아내의 생일날 백화점에서 한 달 치 월급의 절반을 셈하고 선물한 그것이 틀림없었다. 동식은 긴장했다. 서울로 올라오라고 명령하면 될 것을 본인이 직접 이곳까지 내려왔다는 것은 무엇인지는 모르지만 심각한 지령을 전달하기 위함일 터였다.

"왜 그래요?"

부처님도 이 기막힌 상황을 짐작조차 못 하고 있는 것 같았다.

"아니⋯⋯."

동식은 말까지 더듬었다.

"점쟁이에게 반했다는 손님이 어디에다 한눈을 파실까?

인숙이 몸을 반쯤 일으켜 동식이 바라보던 곳으로 시선을 돌렸다. 그러나 다행히 아내는 이미 어디론가 사라지고 없었다.

"빚쟁이라도 지나가셨나, 아니면 옛 애인이라도 지나가셨나?"

점쟁이가 틀림없었다, 이 여자는.

"걱정하지 마세요, 내가 다 물리쳐 줄 테니."

이 여자는 늘 자신만만해서 좋다. 동식이 인숙의 손을 꼭 쥐었다. 그때였다. 동식의 휴대폰이 울렸다. 깜짝 놀란 동식이 잡았던 인숙의 손을 뿌리치듯 놓았다. 얼른 전화번호를 확인했다. 아내였다. 아니기를 바랐지만 조금 전에 보았던 짙은 감색 바바리코트의 주인은 아내가 맞았다. 동식은 섣불리 전화를 받지 못하고 있었다. 불안한 기색이 얼굴 가득 느껴졌다.

"누구예요?"

"그⋯⋯사람."

동식의 목소리가 조금 흔들렸다.

"받아 봐요."

동식이 휴대폰을 주머니에 넣었다.

"피할 일이 아니에요."

몇 번을 울리던 휴대폰 소리가 제풀에 끊어졌다.

"나가요."

인숙이 일어서 왼쪽 어깨 위로 핸드백을 걸치며 동식을 부축할 자세를 취했다.

"아니, 조금 더 있다가."

동식이 머뭇거렸다.

"왜요, 몸이 안 좋아요?"

"조금."

동식은 방금 전에 지나간 아내와 마주 치는 것이 두려웠다. 확률로 따진 다면 움직이지 않고 한 곳에 가만히 있는 것이 아내를 피할 수 있는 가장 좋은 방법이었다. 집으로 가는 것도 위험한 일이었다. 혹시라도 자신을 알 고 있는 누군가가 친절히 아내를 봉두 아재네 집에까지 바래다주는 뜻밖 의 낭패를 당할 수도 있는 일이었다.

그러나 확률이란 어떤 일이 일어나기 전에 그 일이 일어날 기대치를 일 컫는 말일 뿐이었다. 확률은 단지 숫자 놀음일 뿐이기도 했다. 동식과 인 숙이 밖으로 나가려다 다시 앉은 지 채 삼십 분도 되지 않아 짙은 감색 바 바리코트를 입은 여자가 커피숍으로 들어섰다. 아내였다. 어떤 일이 일어 나기 전의 확률은 다양하지만 어떤 일이 일어난 후의 결과는 0과 100, 두 가지밖에는 없었다. 아내를 만나기 전에는 0에 가깝던 확률이 불과 삼십 분 만에 100의 결과로 나타났다. 황당한 확률의 오류였다. 아내는 동식을 만나려다 연락이 되지 않자 연락이 될 때까지 기다리기 위해 커피숍으로 들어온 것일 터였다. 아내는 커피숍을 휙 둘러보더니 다행히 동식을 발견 하지는 못했는지 이내 구석진 곳에 자리를 잡았다. 동식은 곁눈질로 아내 의 모습을 살폈다. 아내가 휴대폰을 꺼내더니 어디론가 전화를 걸었다. 잠 시 후 동식의 휴대폰이 울렸다. 동식은 얼른 휴대폰의 배터리를 빼버렸다.

"받으라니까요, 언제까지 피할 수만은 없잖아요?"

전화 한 통에 안절부절 못하고 절절매는 동식의 태도에 인숙이 언성을 높였다. 인숙의 목소리가 너무 컸는지 다시 전화를 걸기 위해 휴대폰을 꺼내들던 동식의 아내가 동식이 앉은 쪽으로 고개를 돌렸다. 동식이 얼른 고개를 돌렸다. 그러나 이미 아내는 동식을 본 것 같았다. 한참동안 동식이 앉은 쪽을 바라보더니 아내는 가방을 챙겨들고 동식의 테이블로 다가왔다.

"왜 전화 안 받아?"

굳은 표정으로 맞은편에 앉은 아내가 인숙을 바라보며 말했다.

"전화 받지 않을 권리도 없나요, 그 집에선?"

동식이 대답을 하지 못하고 고개를 숙인 채 가만히 있자 인숙이 대신 나섰다.

"이 사람 누구야?"

동식에게 물으면서도 아내의 눈은 인숙을 쏘아보고 있었다. 참고 있는 표정이 역력했다.

"이렇게 연락도 없이 불쑥 들이닥치는 사람이 어딨어요?"

인숙도 물러서지 않았다. 동식의 아내와 마주친 눈길을 거두지 않고 대거리를 했다.

"어떻게 왔어?"

상황을 수습하기 위해 동식이 나섰다.

"다시 서울로 올라와."

여전히 인숙을 쏘아보며 아내가 말했다. 아니, 명령했다.

"안 가."

동식의 입에서 단호한 거절의 말이 튀어나왔다. 전혀 예상하지 못한, 낮지만 분명한 일인자에 대한 항명이었다. 동식의 뜻밖의 말에 서로 노려보고 있던 인숙과 아내가 놀라 동시에 동식을 바라보았다. 놀라기는 동식 자신도 마찬가지였다. 정작 말을 마친 다음 동식은 더 긴장했다.

"여기서 살 거야, 간섭하지 마."

내친 김에 용기를 내어 쐐기를 박았다. 동식의 입술이 자르르 떨렸다.

"그런 걸 어떻게 당신 혼자 결정해?"

"당신의 요구대로 조건 없이 이혼해 줄게."

"생각이 달라졌어. 나는 이혼하지 않아. 당신과 함께 올라 갈 거야."

"사랑하지 않으면서도 같이 살겠다는 것은 무슨 뜻인가요?"

인숙이 다시 참견하고 나섰다.

"당신이 누구인지는 모르지만 그만 돌아가 줬으면 좋겠어. 나는 당신과 이야기할 생각이 전혀 없으니까."

아내가 간단히 인숙의 말을 잘랐다.

"나도 당신과 긴 말을 나누고 싶지 않아요."

"나는 이 사람의 아내야, 그러니 남의 가정사에 끼어들지 마시고 빠져 주서."

아내가 목소리에 짜증을 섞었다.

"당신은 아내로서의 자격이 없어요, 남편을 착취하고 정상적인 가정생활을 꾸리지 않았기 때문에 혼인 파탄의 책임이 당신에게 있는 거예요."

인숙도 지지 않고 언성을 높였다. 미리 준비라도 했던 사람처럼 조금의 막힘도 없이 되받아치는 인숙의 말에 당황한 아내가 잠시 멈칫했다. 곧 이어,

"내가 왜 당신과 이런 얘기를 해야 하는 건지 모르겠네. 당신은 지금 남의 가정사에 끼어들고 있는 거야, 생각하기에 따라서는 형사입건도 가능

한 오해를 받을 수 있는 행동을 하고 있다구."

"형사 입건이면 간통죄를 말하는 건가요? 그 부분에 대해서는 당신도 할 말이 없을 텐데요, 안 그래요?"

"무슨 말을 하는 거야?"

아내의 얼굴이 뻘게졌다.

"서로를 위해서라도 더 이상 추해지지 말고 이 사람 놓아줘요."

"우리에게는 아이가 있어. 아이를 위해서라도 그렇게 할 수는 없어."

"아이요? 저도 이 사람의 아이를 가졌어요."

무엇을 어찌 해야 할지 몰라 고개를 숙인 채 두 사람의 이야기를 듣기만 하던 동식이 놀라 인숙을 바라보았다. 처음 듣는 말이었다. 동식도 아내도 할 말을 잃고 멍하니 허공만 바라보고 있었다.

"기다리고 있겠어."

아내가 침묵을 깨고 먼저 일어섰다. 아내가 나간 뒤에도 두 사람은 말없이 그 자리에 앉아 있었다. 서로 고개를 돌린 채 인숙은 허공을 바라보고 있었고 동식은 아무 생각 없이 창밖을 내다보고 있었다. 동식의 시야로 서울행 버스를 기다리는 아내의 뒷모습이 들어왔다. 처음이었다. 아내의 모습이 왜소해 보인다고 생각한 것은. 아내는 늘 당당한 여자였다. 아니, 감히 범접할 수 없는 자신의 영역을 확고히 지키고 있는 일인자였다. 그러나 오늘 아내는 남편을 찾아 먼 길을 왔다가 문전 박대를 당하고 돌아서는 한 여인에 불과하다는 생각이 들었다. 서울행 버스가 들어오자 아내는 고개를 돌려 커피숍을 한 번 바라본 뒤 버스에 올랐다.

"이제 그만 나가요."

인숙의 눈이 벌겋게 충혈 되어 있었다.

"미안해."

동식은 무능한 자신 때문에 인숙이 대신 겪은 고통이 진실로 미안했다.

"나 절대로……당신을 놓치지 않을 거야."

인숙의 말이 입속에서 눈물과 섞였다. 동식이 인숙의 손을 잡았다.

"왜 안 물어요?"

여전히 코를 훌쩍이며 인숙이 말했다.

"뭘?"

눈치 없는 자신이 미안해 동식이 작은 소리로 물었다.

"임신."

"으응."

동식이 난처한 표정을 지었다.

"걱정 말아요. 거짓말이니까. 당신 마누라 기세 좀 꺾어 놓으려구 내가 강수를 둬 봤지."

인숙이 피식피식 웃으며 또 코를 훌쩍였다.

"나 정말 임신해 버릴까?"

인숙이 동식을 쳐다보았다.

"……."

인숙의 눈길을 동식이 피했다.

"왜? 나 할 수 있어!"

동식을 바라보는 인숙의 눈이 동그랗게 변했다.

"왜들 임신이라면 겁을 내는지 몰라, 국가의 미래를 위해서라도 꼭 필요한 일인데. 우리 같은 젊은이들이 국가 시책에 호응을 해야 돼요."

인숙이 금세 밝은 표정으로 동식의 기분을 헤아렸다. 두 사람은 읍내를 빠져나와 바닷가로 접어들었다.

"힘들지 않아요?"

"조금."

동식이 방파제에 설치된 삼발이 위에 걸터앉았다.

"그물이 썩고 있네."

인숙이 방파제 옆쪽으로 널려 있는 그물을 들어올렸다. 바닷사람들은 바닷일을 마치고 돌아오면 다음에 사용할 그물을 공터에 널어 말린 다음 그물코를 손질해 보관하곤 했다. 그러나 지금 동식의 눈앞에 방치되어 있는 그물들은 언제 널어놓았는지조차 알 수 없을 정도로 낡아 있었다.

"바다를 살리고 우리가 영원히 이곳에서 살아가려면 쿼터제를 실시하여 어족자원을 보호하는 길밖에 없는데."

동식이, 안타까움이 묻어 있는 긴 숨을 내쉬었다.

"그걸 이루려면 당신이 얼른 나아야지요. 자, 다시 운동 시작!"

두 사람은 파헤쳐진 항구를 마치 험난한 산을 오르듯 손을 잡고 지났다.

"유람선 선착장을 만드는 거라는데?"

"나도 들었어."

"그럼 어선들은?"

"그 옆으로 정박하라고 하겠지."

"굴러온 돌이 박힌 돌 빼내는 꼴이네."

"어떻게든 막아야지. 봄이 되어 다시 공사가 시작되기 전에 합의를 봐야지. 어선이 정박해야 할 항구를 유람선 선착장으로 빼앗길 순 없는 일이잖아."

"항구를 확장하면 어떨까요?"

"그것도 좋은 방법이겠지. 아니면 유람선 선착장을 다른 곳에다 만들던지."

"조섬도 개발한다고 하던데 그건 잘만 계획해서 건설하면 나쁠 것도 없다 싶어요."

"나도 그렇게 생각해. 법적으로 문제가 되지 않으니 무조건 반대하기보다는 어민들의 소득과 연계될 수 있도록 유도를 하고, 또 희망하는 어민이 있으면 취업도 시키고……한 가지 걱정은 타협이 된다 해도 우리 포구 사람들이 뱃일을 그만 두고 편한 일만 하려 들지도 모른다는 것이야. 누가 힘든 일을 하려 하겠어? 더군다나 소득도 일정치 않고 목숨까지 걸어야 하는 뱃일을. 그렇게 되면 우리 마을 사람들도 도시 사람들처럼 이기적으로 변하게 되고 마을은 순식간에 삭막하게 바뀌어 버릴 거야."

"서로 공존할 수 있는 방법을 찾아야겠네요."

"몸을 추스르는 대로 대표단을 구성해서 회사 측과 협상을 해야지."

"이렇게 똑똑한 사람이……."

인숙이 말끝을 흐리며 허공을 바라보았다. 아내에 관한 일일 터였다.

"미안해."

휙 불어온 바닷바람이 빈 나뭇가지를 한 번 흔들고 지나갔다.

"내일 운동은 혼자 슬쩍 나가지 마세요."

집 앞까지 바래다 준 인숙이 돌아간 뒤 동식은 안방으로 들어가 봉두 아재를 살폈다. 봉두 아재의 감기몸살은 여전히 떨어질 줄 몰랐다.

"아무래도 큰 병원엘 가보는 게 낫겠어요. 괜히 병 키우지 말구요."

감기몸살에 노환 그리고 잠수병까지 겹친 것이라고 동식은 생각했다.

"병을 키우기는 뭘……노인들 병이 다 그렇지. 니 몸 걱정부터 하그라."

봉두 아재는 오히려 동식을 걱정했다.

"그리구……요즘에 인숙이 만나구 다니냐?"

"……."

동식이 대답을 못 하고 봉두 아재의 눈치를 살폈다.

"인숙이는 생활력도 있구 괜찮은 애다. 니가 알아서 하겠지만 서울 살림 문제두 그렇구, 동네에 여러 말 나지 않게 잘 처리를 하그라."

"예."

동식이 막 봉두 아재 방에서 나올 때였다. 휴대폰이 울렸다. 서울 지역 번호가 표시된 모르는 전화 번호였다. 뻔했다. 당신은 남보 없이 천만 원 당일 대출 고객이십니다. 사채 안내 전화일 터였다. 휴대폰을 그냥 주머니 속에 넣었다. 잠시 후 끊겼던 휴대폰이 다시 울렸다. 참 끈질긴 사채업 자. 하긴 사채놀이를 할 정도면 끈질긴 놈일 것이다. 이번에는 휴대폰의 폴더를 열었다 닫아 버렸다. 저도 자존심이 있는 놈이라면. 그러나 계속 전화를 받지 않자 상대방도 오기가 났는지 잠시 뒤에는 문자 메시지 오는 소리가 들렸다. 멧돼지 왔어요, 멧돼지 왔어요. 볼 것도 없었다.

동식은 방에 누워 다리 운동을 했다. 위로 들었다 났다, 옆으로 들었다 났다, 반대로 들었다 났다, 하며. 그러다가 문득 문자 내용이 궁금해졌다. 인숙일지도 모르는 일이었다. 혹시 하는 마음으로 문자 메시지를 확인했 다. 사모님에게 연락했는데 답이 없어 다시 합니다. 한 번 만납시다. 내일 내가 그리로 가겠습니다. 원장. 학원 원장으로부터 온 메시지였다. 알 수 없는 일이었다. 원장이 자신에게 볼 일이 무엇이란 말인가. 동식은 불안해 지기 시작했다. 학원 원장은 동식에게 아내 못지않은 또 다른 일인자였다. 동식의 목숨 줄을 쥐고 있었던 일인자. 그런 그가 자신을 찾아 직접 시골까지 내려올 일이 도대체 무엇이란 말인가. 동식은 밤이 새도록 잠을 설쳤다.

서울서 첫차를 타고 내려온다고 해도 열한 시는 넘어야 할 터였지만, 거기다가 원장이 첫차를 타고 내려올 까닭도 없었건만 마음이 불안한 동식은 아침을 먹자마자 바로 집을 나섰다. 아홉 시도 되기 전에, 또 버스 터미널 이층 커피숍에 앉아 버스가 도착할 때마다 혹시라도 원장을 놓치는 실수를 저지르지 않기 위해 유심히 승객들을 살피곤 했다. 그러나 그건 순전히 동식의 기우에 불과 했다.

기다린 지 세 시간쯤 되었을까 열두 시가 조금 지난 무렵, 지금 막 진부령을 넘고 있다는 원장의 친절한 전화에 동식은 얼마 후 아침부터 기다리느라 피곤해진 것 말고는 별 어려움 없이 원장을 만날 수 있었다.

무슨 꿍꿍이속이 있는지는 몰라도 동식을 대하는 원장의 태도는 많이 변해 있었다. 어떻게 지내느냐, 몸은 어쩌다 다쳤느냐, 자기가 옛날에는 당신 같은 보배를 알아보지 못했다, 정말 미안하다. 동식은 자신 앞에서 비굴할 정도로 아부를 하는 원장의 진의를 정말이지 알 길이 없었다. 저한테 왜 이러십니까, 목까지 올라오는 말. 그러나 동식은 잠자코 듣기만 했다. 다시 학원으로 돌아와 줄 수 없겠느냐,가 원장이 하고자 하는 말의 마지막이었다. 그러나 그 또한 동식은 이해할 수가 없었다. 왜, 갑자기, 하등 동물 대하듯 그렇게 멸시하던 동식이 필요해졌다는 것인지. 전화로도 가능한 이야기를 직접 찾아와서까지. 자신이 무슨 제갈량처럼 삼고초려라도 해야 할 만큼 능력이 있는 학원 강사도 아니었건만. 동식이 아무 대답도 하지 않자 원장은 기본 월급이 지급되는 교무부장에, 추가로 수업 수당은 일급 대우라는 보너스를 제시했다. 동식은 원장의 제의가 거듭 될수록 점점 더 무서워졌다. 박 선생, 그 자식이 다른 곳으로 옮겼어, 아이들 다 데리고. 증거가 없어 어쩔 수는 없지만 상당액의 공급도 유용을 했고. 나 좀 도와줘.

그것이었다. 일인자는 영원히 반항하지 않는 멍청한 이인자가 필요했던 것이다. 고민할 가치도 없는 제안이었다. 생각해 보겠습니다.

3.

봉두 아재의 병세는 점점 심해졌다. 기침 소리 횟수가 늘어나고 시간도 길어지더니 급기야는 한 번 기침을 시작하면 얼굴이 시뻘게지고 기력이 다할 때까지도 멈추지 않을 지경이 되었다. 꺽꺽 목에 걸린 기침이 숨넘어가는 소리를 내며 겨우 끝나고 나면 봉두 아재는 동공이 풀어진 눈을 반쯤 감은 채 죽은 사람처럼 한참동안 움직이지 않았다. 봉두 아재의 기침 소리에 새벽이 왔고 날이 저물었다. 문제는 병원엘 가도 별 수가 없다는 사실이었다. 병원에서는 별 이상이 없다는 말만 되풀이 했다. 연로한 연세, 노쇠한 몸, 그로인한 감기몸살.이라는 의사의 말은 그래서 괜찮다는 것인지, 아니면 고칠 수 없으니 포기하라는 것인지 그 뜻을 알아챌 길이 없었다.

어쩌다, 지긋지긋한 기침이 잠깐 동안 멈추기라도 할 양이면 마당에 나앉아 마당가 은행나무에까지 다가와 있는 깊은 가을의 모습을 패인 눈으로 한참씩 바라보다가 한숨을 내쉬곤 하던 봉두 아재는, 멀리 바라보이는 용머리 봉에 흰 눈이 허옇게 덮일 무렵부터는 아예 바깥 거동조차 하지 못했다.

바깥 거동을 하지 못하면서부터 봉두 아재는 식사도 거의 하지 않았다. 하루 종일 기침을 하거나 아니면 누워서 잠을 자는 것이 일과였다. 그러다가 어느 무렵부터인가 봉두 아재는 말도 잃어버렸다. 검게 드리워진 눈자위 속의 퀭한 눈을 껌벅이며 사람들을 바라보기만 할 뿐 아무 말도 하지 않았다. 어쩌면 봉두 아재는 스스로 그 길을 선택하고 있는지도 몰랐다.

　그 즈음 지팡이 없이도 읍내 거리까지 산책을 할 정도로 몸이 많이 회복된 동식은 하루 두 차례 걷는 운동 시간을 제외하고는 봉두 아재 곁을 지켰다. 삼수 아재는 아재대로 봉두 아재네 집엘 들렀다가는 바다로 나가 괜히 그물을 던져놓고 시간을 보냈고, 석구 아재도 여전히 미끼로 쓰는 고등어 값만 날리는 문어바리낚시를 던져놓고 하루해를 일삼았다. 어쩌다 운이 좋아 문어라도 한 마리 걸려들라치면 석구 아재는 그놈을 들고 봉두 아재네로 달려와 그놈을 잡던 무용담을 펼치며 어서 빨리 일어나 함께 바다를 누비자고 열을 올리곤 했다. 그러나 아무리 석구 아재가 핏대를 세워도 봉두 아재는 그 말을 못 알아듣는지 그저 눈만 껌벅거려 곁에 있는 사람들의 애를 태웠다. 그러면 석구 아재는 봉두 아재 손을 잡고, 안다 안다, 니를 왜 내가 모르겠는가? 하면서 주름 패인 눈에 눈물이 그렁그렁 맺히곤 했다.

　석구 아재가 봉두 아재네를 찾기 시작한 것은 얼마 되지 않은 일이었다. 한 마을에서 나고 자라 평생을 함께 보낸 사이이면서도 이상하리만치 봉두 아재네 집을 찾지 않던 석구 아재였다. 동식이 기억하기로 석구 아재가 봉두 아재네를 찾은 것은 흔치 않은 일이었다. 그런 석구 아재가 봉두 아재를 찾기 시작한 것은 봉두 아재가 바깥 거동을 하지 못하면서부터였다. 그 뒤 석구 아재는 시간이 얼마 남지 않았다는 절박감을 느끼기 시작 했는지 고기만 잡히면 봉두 아재네로 달려오곤 했던 것이다.

양미리가 잡히기 시작하던 그날도 그랬다. 해가 넘어갈 무렵 석구 아재는 문어 낚시에 어쩌다 달랑 한 마리 걸려 든 양미리를 들고 와서는 칠순이 다 된 나이에 어린아이처럼 호들갑을 떨었다. 문어 낚시에 양미리가 걸렸다는 것은 양미리가 개락이라는 얘기여, 내일부터는 양미리 그물을 놓아야 쓰겠구만.하며 자랑을 늘어놓았고, 자네두 양미리 그물을 놓아봐.하면서 며칠째 허탕만 치던 그물을 잠시 접고 있던 삼수 아재에게도 양미리 그물을 권하기까지 했다. 석구 아재의 호들갑은 사실이었다. 예부터 초겨울 동해안에는 양미리와 도루묵이 개락이었다. 소위 지구 온난화 현상으로 바닷물의 온도가 올라가 한류성 어종이 사라지고 난류성 어종이 등장하기 전까지만 해도 개도 만 원짜리 지폐를 물고 다닌다는 말이 있을 정도로 풍어를 이루던 겨우철 대표 어종이 양미리였다.

"너두 양미리 그물 놓는 거 도와주어라."

한동안 아무 말도 없던 봉두 아재가 기적처럼 동식에게 말을 했다.

"아재!"

동식이 깜짝 놀라 봉두 아재를 불렀다. 삼수 아재도 석구 아재도 깜짝 놀랐다.

"……"

그러나 그것으로 끝이었다. 봉두 아재는 단 한 번의 기적을 보여줬을 뿐 더 이상 아무 말도 하지 않은 채 눈을 껌뻑이며 천장을 쳐다보더니 이내 기력이 달리는지 눈을 감아 버렸다.

"그러고 보니 철이 되기는 되었구나. 나도 내일부터는 양미리 그물을 놓을란다. 너도 내일부터는 바람 쐬는 셈 치고 나를 따라 나오너라. 그게 성님을 위하는 길이다."

원래 머구리들은 그물바리나 낚시바리를 하지 않았다. 아니, 그물바리나 낚시바리를 할 이유가 없었다. 양미리나 도루묵이 많이 잡힌다고 해도, 그래서 개들도 만 원짜리를 물고 다닌다 해도 머구리의 수입에는 비할 바가 못 되었다. 그러나 지금의 상황은 달랐다. 바다가 말라 몇 달째 일을 나가지 못 한 상황이었다. 거기다 십일 월 말이면 끝이 나는 저도 어장의 조업도 내년 사 월까지 기다려야 했다. 여러 가지 사정상 고기가 나는 철에 맞추어 조업 방법을 바꾸는 수밖에 별 도리가 없었다.

얼어붙은 바다에 고기가 난다는 소식은 포구 사람들에게 희망을 주었다. 다음날 아침 동식이 포구로 나갔을 때는 이미 많은 배들이 조업을 나가고 있었다. 실로 오랜만에 바다가 살아 움직였고 포구가 떠들썩했다.

"봐라, 동식아. 이제야 살 것 같구나."

삼수 아재가 바다에 그물을 풀었다.

"이게 우리가 꿈꾸는 우리 마을의 모습이지요."

동식이 감격에 찬 듯 바다 여기저기에 낙엽처럼 떠있는 배들을 보며 말했다.

"이제 두 시간 후에 그물을 거두기만 하면 된다. 그 동안 바다나 한 바퀴 둘러보고 오자."

삼수 아재가 뱃머리를 큰 바다 쪽으로 향했다. 양미리 조업 첫날이었지만 꽤 많은 배들이 나와 있었다.

"저기 갈매기들이 보이잖니? 고기가 나는 것은 저놈들이 먼저 안단다."

어디서 몰려 왔는지 그 동안 자취를 감추었던 갈매기들이 수도 없이 배 주변을 맴돌고 있었다.

"좀 있다가 도루묵까지 나기 시작하면 앞으로 한 달 정도는 걱정 없을 거다. 문제는 그 다음이다."

"마을 사람들을 설득해야지요. 쿼터제를 실시하고 치어를 방류하여 어족 자원을 보호하면 승산이 있어요."

"동식아 이것 봐라. 양미리가 멸치처럼 걸려있다."

고기를 몰기라도 하는 것처럼 배를 몰아 바다를 한 바퀴 돌고 온 삼수 아재가 그물을 걷어 올렸다. 촘촘한 그물코마다 양미리가 코를 박고 있었다. 삼수 아재 혼자 그물을 끌어올리기 무거울 지경이었다. 갑판에 서서 바다를 바라보던 동식이 삼수 아재를 거들었다.

"괜찮다. 이런 거라면 얼마든지 즐겁게 일할 수 있다."

금방 배위에 양미리가 가득 잡힌 그물이 쌓였다.

"한 번만 더 놓고 들어가자. 성님도 궁금해 하실 거다."

삼수 아재가 서둘러 새 그물을 다시 바다에 풀었다.

"아재, 저기요."

동식이 급히 삼수 아재를 불렀다. 저인망 어선이었다. 언제부터였는지 저인망 어선이 나타나 바다를 쓸고 있었다. 배에는 민봉이와 사내가 타고 있었다.

"저놈들이 또⋯⋯."

그 때였다. 동식의 휴대폰이 울렸다. 봉두 아재네 집에서 걸려온 전화였다. 전화를 받던 동식이 휴대폰을 바닥에 떨어트렸다.

"왜 그러느냐?"

삼수 아재가 급히 동식을 부축했다.

"봉두 아재가⋯⋯."

삼수 아재가 바다에 풀던 그물을 통째로 던져 넣은 후 급히 배를 돌렸다. 그 사이 동식이 구급차를 불렀다. 삼수 아재가 배의 속력을 최대로 올렸다. 배 밑바닥에서 봉두 아재의 기침 소리처럼 힘에 겨운 엔진 소리가 고막을 울렸다. 뱃머리에 서서 길을 재촉하는 동식의 얼굴은 눈물로 범벅이 되어 있었고, 배의 키를 잡고 있는 삼수 아재의 손은 심하게 떨리고 있었다. 항구에 배를 대자마자 잡은 양미리를 내팽개치고 두 사람이 봉두 아재네로 달려왔을 때는 이미 산소마스크를 쓴 봉두 아재가 구급차로 옮겨지고 있었다.

스스로 호흡을 하지 못하고 컥컥 숨이 넘어가던 봉두 아재는 속초에 있는 종합병원 응급실에서 응급처치를 받고도 꽤 긴 시간이 지난 뒤에야 다시 안정을 찾았다. 깊은 잠에 빠져 있는 봉두 아재를 돌아보며 담당 의사가 위험한 고비는 넘겼다고 했을 때쯤 동식은 밤을 새운 봉두 아재네 아줌마와 삼수 아재 그리고 나중에 소식을 듣고 달려온 석구 아재를 강제로 돌려보낸 뒤 혼자서 병실을 지켰다.

봉두 아재는 다음날 하루 종일 잠을 자다가 저녁 무렵쯤이 되어서야 잠시 잠을 깼다. 봉두 아재가 잠시 잠을 깬 틈을 타 동식이 두어 숟가락밖에 되지 않는 미음을 입에 넣어드려 봤지만 모두 입가로 흘러 내려갈 뿐 봉두 아재는 조금도 미음을 넘기지 못했다. 뼈가 드러날 정도로 메마른 얼굴과 어린 아이의 그것처럼 가냘픈 팔, 힘이라고는 전혀 붙어 있을 것 같지 않은 가죽만 남아 있는 종아리 어디에도 생명에 대한 애착은 찾을 수 없었다. 심지어는 봉두 아재 스스로에게조차도. 코에 끼워져 있는 산소와 강제로 혈관 속으로 밀려들어가는 몇 방울의 링거액만이 봉두 아재와 세상을 연결하는 마지막 통로일 뿐이었다. 봉두 아재의 말라버린 다리를 주무르다가 동식은 밀려오는 절망감에 몸을 떨었다.

오후가 되어 다시 병원에 온 삼수 아재가, 저녁 무렵 인숙이 병원에 들르자 굳이 동식과 교대를 하겠다며 두 사람을 집으로 보냈다. 인숙과 시내에서 저녁도 먹고 함께 시간을 보내게 해 주려는 삼수 아재의 뜻을 모르는 것은 아니었지만 동식은 불안한 마음으로 혼자 집을 지키고 있을 봉두 아재네 아줌마가 걱정이 되기도 하고 옷도 챙겨 입을 겸 인숙과 함께 집으로 갔다. 봉두 아재네 아줌마는 그래도 의연하게 잘 버티고 있었다.

자정이 되어 인숙에게 봉두 아재네 아줌마와 함께 자도록 부탁하고 자신의 방으로 돌아왔을 때였다. 삼수 아재에게서 전화가 왔다. 동식은 딜컥 내려앉는 가슴을 진정시키며 전화를 받았다. 다행히 나쁜 소식은 아니었다. 봉두 아재가 의식이 돌아와 동식을 찾는다는 전화였다. 동식은 다시 옷을 챙겨 입고 불이 꺼져 있는 안채에는 연락하지 않은 채 병원으로 향했다.

택시를 타기는 했지만 집에서부터 읍내까지 걸어와서 또 얼마를 기다리다 택시를 잡은 까닭에 동식은 족히 한 시간 후에나 병원에 도착할 수 있었다. 다행히 그때까지 봉두 아재의 의식은 깨어 있었다. 봉두 아재는 한동안 동식의 손을 잡은 채 말이 없었다.

"아까는 분명 또렷한 목소리로 너를 찾았어."

봉두 아재가 아무 말도 하지 않자, 기껏 집으로 들어가라며 선심을 써놓고는 한밤중에 다시 사람을 불러내는 심통을 부린 격이 되고 만 삼수 아재가 억울하다는 표정으로 봉두 아재를 바라보았다.

"성님 말씀을 좀 해보세요."

삼수 아재가 봉두 아재에게 툴툴댔다.

"괜찮아요."

동식이 젖은 수건으로 봉두 아재의 손을 닦으며 웃었다.

"진짜라니까!"

무엇이 찔리기라도 하는 것처럼 삼수 아재가 자꾸 변명을 했다.

"동식아."

그 때였다. 봉두 아재가 동식을 불렀다. 동식과 삼수 아재가 깜짝 놀라 봉두 아재를 쳐다보았다.

"예, 말씀하세요."

동식과 삼수 아재가 숨을 죽였다. 봉두 아재가 뜸을 들였다.

"삼수……."

봉두 아재가 눈도 제대로 뜨지 못한 채 삼수 아재를 불렀다.

"알았어요, 성님."

삼수 아재가 자리를 피했다.

"동식아……날 용서해라."

봉두 아재가 힘에 부친 듯 무겁게 입을 열었다.

"니 아부지는……내가……죽였다."

봉두 아재는 한 참씩 쉬면서 힘겹게 말마디를 이어 나갔다.

"근처에서 작업하던 석구 아재……배가 파도에 밀려 우리 쪽으로…… 왔어……내가 우리 배로……부딪쳐 막았어야 했는데……."

봉두 아재의 표정이 일그러졌다.

"순간적으로 나는 내가 살기 위해……우리 배를 옆으로 돌리고 말았어……그 결과가 으떻게 될 줄을……뻔히 알면서도. 그 바람에 석구 아재의 배는 피했지만……석구 아재의 배가 밀리며 스크루가 니 아부지의 공기 줄을……끊었어. 사람들은 석구 아재를 의심하지만……석구 아재의 잘못이 아니다. 석구아재는……니 아부지를 살리기 위해……혼자 어촌계 장 배를 몰고 나갔다가……조난까지 당했다. 그 후 석구 아재는……모든 게 지 잘못이라면서……평생 목선만 탔다. 그리구……매일 바다에 나가 고풀이를 했다."

말을 마친 봉두 아재의 감은 눈에서 눈물이 흘렀다.

"아니에요, 아재. 그건 사고였어요."

봉두 아재의 손을 꼭 잡고 있는 동식의 눈에서도 눈물이 흘러내렸다.

"그 때 배가 부딪혔으면……모두가 위험했을 거예요."

동식이 봉두 아재를 위로했다. 봉두 아재는 더 이상 아무 말도 하지 않았다. 또 다시 잠이 들었는지, 아니면 의식을 잃은 것인지 평생을 품고 살았을 한을 토해 낸 봉두 아재는 편안한 얼굴로 죽은 듯 누워 있었다.

동식은 조용히 일어나 밖으로 나갔다. 그것은 사고가 분명했다. 예상치 못한 풍랑이 치던 바다에서 누군들 자신의 위험을 무릅쓰고 배와 부딪칠 수 있었겠는가? 그것은 인간의 힘으로는 어쩔 수 없는 사고가 분명했다. 어쩔 수 없는 일이었는데, 어쩔 수 없는 일이었는데, 동식의 어깨가 오래 도록 흔들렸다.

날이 훤히 밝아올 때까지 동식은 낡은 형광등 불빛이 어슴푸레 비추는 복도 끝 소파에 앉아 있었다. 당직 간호사 한 명만이 복도 가운데에 설치된 앞이 트인 간호사 대기실에서 환자 차트를 보고 있을 뿐 모두가 아직 깨어나지 않은 이른 새벽이었다. 밤새 봉두 아재 곁을 지키던 삼수 아재가 휘청거리는 걸음으로 천천히 동식에게 다가왔다.

"성님이……."

삼수 아재가 더 이상 말을 잇지 못했다.

"왜요?"

고개를 드는 동식의 얼굴이 퉁퉁 부어 있었다. 멍한 얼굴로 삼수 아재를 바라보던 동식이 말뜻을 알아차리고는 병실로 달려갔다. 동식이 밤새 앉았던 자리로 삼수 아재가 바람처럼 휘청 쓰러졌다.

삼수 아재가 나서서 봉두 아재의 장례를 치렀다. 시신은 화장을 한 다음 용머리 물터에 뿌렸다. 먼저 보낸 친구에 대한 죄책감으로 평생을 살았을 봉두 아재를, 어쩌면 스스로 자신의 시간을 앞당겼을지도 모르는 봉두 아재를, 생전에 그렇게도 사랑하던 그리운 친구 곁으로 보내드리는 것이 봉두 아재의 마음을 헤아리는 것이라고 동식은 생각했다. 봉두 아재의 장례는 그렇게 끝이 났다.

봉두 아재의 장례를 치르고 난 무렵, 석구 아재에게 사고가 생겼다. 봉두 아재의 죽음 이후, 한동안 바다에 나가지 않던 석구 아재가 배를 끌고 나간 첫날이었다. 비록 바닥으로 바닷물이 들어오던 삼십 년 된 낡은 목선이기는 했지만 별 탈 없이 조업을 해왔던 석구 아재의 배가 갑자기 침몰하는 사고가 일어났던 것이다. 배는 완전히 가라앉았고 구명조끼도 입지 않은 채 바다에 빠졌던 석구 아재는 다행히 해경 경비정에 의해 구조가 되기는 했다. 그러나 석연치 않은 구석이 있었다. 배가 원인도 모르게 침몰한 것이나 구명조끼를 입지 않는 것도 그랬지만, 봉두 아재의 죽음에 대한 충격이 너무 컸던 탓이었을까, 석구 아재는 해경에 구조 요청도 하지 않았다고 했다.

봉두 아재의 장례 후 충격에 빠진 사람은 석구 아재만은 아니었다. 동식도 한동안 집 안에만 틀어박혀 있었다.

"올해는 오랜만에 양미리와 도루묵이 개락이다. 집에만 있지 말고 바다에 한번 나가자."

삼수 아재가 말이라도 걸라치면 언제나, 나가기는 나가야지요, 하면서도 동식은 여전히 대문 밖을 나서지 않았다.

동식은 갈등하고 있었다. 아버지 같았던 봉두 아재가 없는 포구에서 무엇을 할 수 있을까. 날이 갈수록 바다는 황폐해지고 사람들은 예전의 모습을 잃고 있었으며 거대한 자본이 포구를 변화시키려 하고 있었지만 정작 자신이 할 수 있는 일은 아무 것도 없지 않았던가. 낯설게만 느껴지는 포구에서 살 수 있을까. 그렇다고 쉽사리 포구를 떠날 수도 없었다. 자신만을 바라보는 인숙, 철물점까지 정리하고 자신을 따라 바다로 돌아온 삼수 아재, 자식들에게 가지 않고 포구에 남겠다는 봉두 아재네 아줌마, 그 누구도 결코 외면할 수가 없었다.

종잡을 수 없는 현실. 갑자기 모든 것이 뒤죽박죽 되어버렸다. 그동안 애써 외면하고 지냈던 어머니 생각도 울컥울컥 치밀어 올랐다. 아버지의 죽음 후에 다른 사람처럼 변해버린 어머니를 용서할 수는 없었지만 이해는 할 것 같기도 했다. 밤마다 대문을 열어놓고 매정하게 돌아선 자식을 기다리고 있을지도 모를 맥없이 늙어버린 어머니. 어쩌면 어머니는 아버지를 상실한 고통을 정신 줄을 놓아버리는 것으로 해결하려다 실패하고서는 결국 어린 아들에게 의지하려 했었던 것은 아닐지.

어느 것도 정리가 되지 않았다. 느닷없이 동식을 방문했다가 쿠데타 같은 이인자의 배반에 충격을 받았는지 그 뒤로 소식 한 번 없는 아내. 영원한 이인자를 원하는 원장은 눈치 없게도 아직도 생각이 끝나지 않았느냐고, 무슨 생각을 그리 오래하냐고, 무슨 빚을 독촉하는 빚쟁이처럼 틈나는 대로 문자를 날려대고 있었다.

동식은 자신과 싸우고 있었다. 왈칵왈칵 치밀어 오르는 그리운 것들을 버리지 못해 어떤 날은 다 그만 두고 서울로 올라가 버리까 하는 생각을 안 해본 것도 아니고, 또 어떤 날은 어머니에게로 달려가 몇 날이고 펑펑 울어보고 싶다는 생각에 잠기기도 하고, 또 어떤 날은 아무도 모르는 곳으로 도망을 쳐버릴까 하는 생각을 해보기도 했다.

마치 어린 날 밤늦게 낯선 도시에 홀로 남겨진 것 같은 두려움으로 공복감 가득한 땅에서 처음부터 다시 살아내려면 얼마의 시간을 더 좌절해야 하는지.

그날 이후로 석구 성님은 두문불출이란다. 요즘도 그놈의 저인망이 양미리를 싹쓸이해버리는 바람에 작은 배들은 자리를 피해 다니면서 조업을 해야 한다더라. 석구 성님 아들이 석구 성님을 서울로 모셔 가려고 내려 왔지만 성님이 버티고 있단다. 이제 조업을 나가는 배는 저인망 어선 말고는 없대더라. 석구 성님이 드디어 외출을 시작했단다. 아침 일찍 바다로 나와 하루 종일 항구에서 바다를 바라보다가 저녁때가 되어서야 집으로 간다더라. 이제 양미리와 도루묵은 끝났대더라.

삼수 아재가 틈나는 대로 이제 막 배운 휴대폰 문자로 더듬한 세상 소식을 보내와도 동식은 무관심했다. 자신과는 상관없는 일이었다. 남의 일이었다.

석구 아재가 서울 아들에게로 간대요. 인숙이 소식을 전해도 알 바 아니었다. 석구 아재가 서울로 간대요, 서울로. 서울로? 석구 아재가? 동식이 벌떡 자리에서 일어났다. 석구 아재를 만나야 했다. 석구 아재가 마음 편히 서울로 갈 수 있도록 석구 아재에게 할 말이 있었다. 석구 아재네 집으로 달렸다. 벌써 석구 아재는 서울로 갔는지도 모르는데 다리는 허공에서 자꾸 휘청거리고 마음만 바빴다. 제길! 아줌마, 아재는요? 벌써 서울 가셨는가요? 아니, 바닷가에 계시겠지. 바닷가로 뛰었다. 황폐해진 바다, 파헤쳐진 항구를 넘어, 넘어지면서. 아재 기다리세요. 기다려야 해요. 항구에 석구 아재는 없었다. 바다에 그물바리 배도 없었고 갈매기도 날지 않았다. 석구 아재는요? 석구 아재 보았어요?

　터덜터덜 집으로 발길을 돌렸다. 발길이 또 허공에서 휘적휘적 늘어졌다. 하늘이 저 혼자 빙글빙글 돌았다. 저만치서 아버지가 손짓을 했다. 아니다. 자세히 보니 봉두 아재다. 봉두 아재가 손짓을 했다. 아니다. 석구 아재다. 석구 아재가 손짓을 했다. 아재, 아재. 할 말이 있어요. 그건요, 그건요, 사고였어요, 아재. 아재 잘못이 아니었어요. 폭풍이 치는 바다에서 누구도 어쩔 수 없는 사고였어요. 아재가 미웠지만……미워했지만……이제 미워하지 않아요. 석구 아재가 못 들은 체 돌아섰다. 석구 아재가 점점 멀어져 갔다. 아들을 따라 서울로 간다던 석구 아재는 대답도 없이 자꾸자꾸 하늘로 사라지고 있었다. 동식은 흐려지는 의식의 끝을 잡으려는 생각도 없이 허공을 바라보며 오랫동안 헛손질을 해대었다.

에필로그

　눈이 내렸다. 겨울의 끝에서 지나가는 세월을 시샘이라도 하려는 것처럼 기세 좋게 며칠 동안 쉬지도 않고 질리도록 눈이 내렸다. 똑 겨울의 끝에서만 내리는 포구의 눈은 한번 내리기 시작하면 끝이 없이 잘도 내렸다. 온 마을이 하얗게 잠기는 것은 문제가 아니었다. 걸핏하면 허리춤까지 내려버려 사람들을 오도가도 못 하도록 주저앉히는 게 예사였다. 봄을 기다리던 사람들은 해마다, 아침마다 내리는 눈 속에 파묻혀 좌절했다.

　파헤쳐진 항구에 서서 동식은 바다를 향해 내리는 눈을 바라보고 있었다. 바다에 닿는 순간 사라지고 마는, 자신의 운명도 모른 채 쉼 없이 추락하는 눈을 바라보며 동식은 지난겨울을 떠올렸다. 봉두 아재의 죽음과 남은 사람들의 방황.

　그래도 봉두 아재네 아줌마는 의연히 버티어 내고 있었고, 서울 아들네로 간다던 석구 아재는 떠나기 전날 어디론지 실종된 후 겨울이 다 가도록 돌아오지 않았다. 소식도 없었고 바다에서 시체를 찾은 것도 아니었다. 몇 년 만에 개락이라던 양미리와 도루묵도 저인망의 위력 앞에 순식간에 사라져 버리고 사람들은 막연하게 봄을 기다리고 있었다.

"민수가 돌아온다더라."

삼수 아재였다. 언제부터 눈을 맞았는지 머리 위에는 눈이 수북하게 쌓여 있었다.

"차가 다닐까요, 이 눈 속에?"

"기차를 타고 올라올 테니까 강릉까지야 문제가 없구……."

"몸은 좀 어떻대요?"

"많이 좋아졌다고는 하는데 모르겠어."

민수가 온다는 소식에 동식은 우울해졌다. 아직도 남아 있는 민수에 대한 미안함.

민수를 만난 것은 그날 밤이었다.

"오랜만이다."

민수가 집으로 찾아왔다. 새벽에 기차로 강릉까지 와서는 다행히 다니는 버스가 있어 타기는 했지만 평상시보다 세 배는 더 걸려서 도착했다고 했다.

"한번 가 본다 하면서도, 미안해."

"뭘. 너두 몸이 안 좋았다면서."

민수가 씩 웃었다.

"언제 퇴원했는가?"

봉두 아재네 아줌마를 보러 왔던 삼수 아재가 동식의 방으로 건너오면서 말을 끼었다.

"아재도 계셨네요, 그간 잘 계셨지요? 어제 오후에 퇴원해서 밤차로 올라왔습니다."

"그래, 몸은 좀 어떻냐?"

"많이 좋아졌습니다. 그리고 동식이 니가 고생 많았다."

삼수 아재와 말을 나누던 민수가 동식에게 고개를 돌렸다.

"고생이라니?"

"얘기 다 들었다. 이제 염려 말그라. 민봉이 놈도 혼을 내났다. 지 놈도 이번에 정신 좀 차렸을 거다. 그리고……."

말을 하다말고 민수가 삼수 아재를 쳐다보았다.

"나는 잠깐 나갔다 오마."

삼수 아재가 밖으로 나갔다.

"인숙이 문제는……."

민수가 잠시 말을 멈추고는 침을 삼키었다.

"이번에 병원에 있으면서 많은 생각을 했다. 살아서 나가는 사람도 봤고 죽어서 나가는 사람도 봤고, 사는 게 도대체 뭔가 하는 생각도 들더라…… 인숙이는 예전부터 나를 오빠처럼 생각했다. 나 혼자 좋아한 거니까…… 신경 쓰지 말고…… 잘 됐으면 좋겠다."

조금 더듬거리기는 했지만 인숙이 때문에 약까지 먹었다는 사실이 의심될 만큼 민수는 의연하게 말했다.

"……정말 미안하다."

동식의 목소리가 떨렸다. 민수가 손을 내밀었다. 동식이 민수의 손을 마주 잡았다.

"고마워."

동식이 잡은 손에 힘을 주었다.

"사람하군, 곧 민봉이도 올 때가 됐는데……."

민수가 벽에 걸린 시계를 보았다. 벌써 아홉 시가 넘어 있었다. 그때 삼수아재가 민봉의 휠체어를 밀며 들어왔다.

"이 앞에서 만났다. 들어오지 않고 머뭇거리고 있길래 데리고 들어왔다."

잘못을 빌러 담임선생님 앞에 끌려 온 학생처럼 민봉이 고개를 숙이고 있었다.

"어서 와, 민봉아."

동식이 먼저 반갑게 말을 걸었다. 사실 그동안 동식은 민봉과 멀어진 게 가장 가슴이 아팠다.

"……."

고개를 숙이고 있던 민봉의 눈가가 뻘게졌다.

"……."

민봉의 얼굴로 눈물이 흘러내렸다.

"……."

민봉이 팔소매로 눈물을 닦았다.

그칠 줄 모르고 내리던 눈발이 한결 수그러든 다음 날 오후였다. 성글게 내리는 눈발 속으로 저인망 어선이 떠나간 것은. 그리고 바로 그 시간쯤이었다.

"선배!"

오랜만에 인숙이 동식을 찾아왔다. 선배라는 호칭이 인숙을 낯선 사람처럼 보이게 했다. 동식은 대답대신 한참동안 인숙을 바라보았다.

"선배!……."

무슨 말을 하려는지 인숙이 또 동식을 불러놓고는 마른 침을 삼켰다.

"선배를 보내……드릴게요."

간신히 말을 끝낸 인숙이 고개를 숙였다.

"……."

동식은 아무 말도 하지 못했다.

"꿈을 이루세요. 낮에는 어민들을 위해서 일하고……밤에는 이곳 아이들을 위해서 선생님이 되어 주고……."

인숙이 자리에서 일어나 휘청휘청 밖으로 나갔다. 동식은 인숙을 잡지 못한 채 멀거니 인숙이 앉았던 자리를 바라보고 있었다. 인숙이 앉았던 테이블이 짙게 젖어 있었다.

한참만에야 동식은 결심한 듯 자리에서 일어섰다. 밖에는 성글게 내리던 눈발이 그쳐 있었다. 아내에게 전화를 걸었다. 신호음 들어가는 소리가 긴 터널을 지나가는 바람소리처럼 낮고 길게 울렸다. 이제 잠시 후면 아내가 전화를 받을 터였다. 그러면, 혹시 어머니 전화번호 알아?라고 물을 참이었다.

지금쯤 바다 끝 어딘가에서부터 이미 봄은 포구를 향하여 천천히, 그러나 또렷이 오고 있을 터였다. 〈끝〉

作品해설

아름다운 것 뒤에 숨어사는 괴물

김다은 (소설가 / 추계예술대 교수)

머구리가 뭐지?

주춤하게 만드는 소설 제목이 있다. 첫 페이지를 열어보기 전에 제목이 이미 독자들의 호기심을 낚거나 유쾌한 상념을 만들어내는 경우이다. 소설 '머구리' 초고를 받아들었을 때가 그랬다. 도대체 머구리가 무엇일까? 물론 소설 목차나 첫 페이지를 들여다보면 눈치 빠르게 알아챘을 것이다. 하지만 일부러 페이지를 넘기지 않고 제목 앞에서 상상의 유혹에 빠졌다. 머구리는 어쩌면 너구리 비슷한 어떤 동물이름이거나 머루와 비슷한 열매 이름일지도 모르고, 아니 멍텅구리 정도의 어떤 인간형을 지칭하는 단어가 아닐까? 이런 긴 상념은, 제목이 머구리의 실체를 가능한 빨리 파악하려는 지적 호기심보다는 그 실체를 알아가는 과정을 즐기고 싶은 상상의 호기심을 더 자극했기 때문에 생겨났을 것이다.

마찬가지로 소설가 박완서의 '그 많던 싱아를 누가 다 먹었을까?' 라는 소설 제목 앞에서 '싱아'가 무엇인지 의문에 사로잡힌 이들도 꽤 있었을 것이다. '싱아'는 어린 시절 들판에서 찾아먹던 식용 풀의 이름인데, 소설은 그 식물을 통해 기억저편에 있던 어린 시절을 떠올리게 한다. 마치 프루스트의 주인공이 마들렌느 과자를 베어 무는 순간에 잃어버린 어린 시절을 되찾는 것처럼 말이다. '머구리'는 '싱아'와는 반대로 어린이를 어른으로 탈바꿈시키는 사건이나 매개의 표상으로 나타나고 있다.

소설가 이 씨가 작가의 말에서 밝힌 것처럼, 그는 죽은 익사체를 보기 전까지 "내 젊은 시절의 바다는 무한한 동경의 대상이었다." 그 익사체는 그의 동경의 대상을 현실적인 삶의 전투장으로 달리 인식하게 해준다. 마찬가지로 소설 주인공인 소년은 바다와 하나로 일치된 동심 상태에 있다가 죽음을 통해 바다와 분리되면서 자기 자신을 발견하게 된다. "아버지가 일하던 바다. 소년네 삶을 지켜주던 바다. 아무 것도 보이지 않았다. 자꾸 눈물이 나와서, 아무 것도 볼 수가 없어서 소년은 눈에 힘을 주었다. (p. 37)." 즉 작가의 표현대로 그들은 "그 사건을 계기로 어쩌면 어른이 되고 말았는지도 모르겠다."

소설가 이 씨는 '작가의 말'에서 머구리는 바다 속에서 해산물을 채취하며 살아가는 잠수부를 가리키는 말이라고 적고 있다. 하지만 실제 소설 속 머구리는 우리가 주변에서 흔히 보는 잠수부나 해녀의 모습이 아니다. 머리에는 청동투구를 쓰고, 몸에는 사람들이 입혀주어야 겨우 입을 수 있는 잠수복에 납덩어리를 채우고, 발에도 쇳덩어리를 찬, 말 그대로 죄수의 모습이 따로 없다. 지옥에서 가장 고통스럽게 벌을 받은 자의 모습이기도 하다. 이처럼 어른이 된다는 것은 자기 자신을 발견하는 과정이며, 그 과정은 파스칼 브뤼크네르의 말처럼 순진함의 유혹을 벗고 어쩌면 "죄인이 된다는 것"인지도 모른다. 사르트르가 말한 의미에서 우리는 개인이 되도록 선고 받았던 것이다.

아름다운 것 뒤에 있는 숨어사는 머구리

소년에서 어른으로의 이행은 소설가 이 씨나 주인공 동식에게는 죽음과 함께 찾아온다. 그것도 바다로 인한 죽음이다. 소설가 이 씨에게 바다는 "고된 삶에 지친 인간을 쉬게 해주던 장소"였고 주인공 동식에게는 아버지가 대형문어를 잡아 올리던 보물섬 같은 바다였으나, 그들은 죽음을 통해 바다라는 아름다운 얼굴 뒤에 숨어 있는 무서운 괴물 같은 존재를 파악하게 된다.

소설가는 아름다운 바다가 어떻게 현실의 바다 혹은 머구리의 바다로 변해가는지 철저하게 해부해간다. 소설의 첫 부분부터 고기잡이를 나온 배들의 인공적인 불빛이 온통 바다를 뒤덮는다. 소설의 주인공 동식은 동식이라는 이름으로 등장하는 경우가 거의 없다. 어린 시절을 회상할 때는 '소년'으로 나중에 머구리가 되었을 때는 '젊은 사내'로 대부분 모습을 드러낸다. '소년'은 아버지를 바다에서 잃은 후 처음으로 바다가 지니는 아름다움에서 두려움을 느끼게 되는데, 이는 소설가와 소설 주인공이 거의 동일한 체험으로 바다의 실체를 파악했음을 알 수 있다.

"포구에서 아버지를 기다리며 멀리서만 바라보던 구름 너머에 있던 섬이었다. 한번 들어간 사람은 다시는 돌아오지 못한다는 이야기가 전해오는 섬이었다. 그

섬에는 용이 산다고도 했고 무서운 바다 괴물이 산다고도 했다. 바다에 나간 어부들이 돌아오지 않으면 모두 조섬에 사는 괴물이 잡아간 것이라는 말도 있었다. 혹시 아버지도 섬에 산다는 바다 괴물에게 잡혀 간 것일까? (p. 38)

어린 소년의 이런 심적 두려움 외에도, 아버지의 친구인 큰 아제의 말을 통해서도 비슷한 내용의 고백이 이어지는 것을 볼 수 있다. 즉, 바다에 삶의 터전을 둔 사람들은 진정 바다의 본성을 파악하는 순간을 저마다 겪고 마는 것이다. 큰 아제의 말은 '소년'의 두려움을 거의 반복하듯 설명하고 있다.

"바다가 무서워 보이기는 그 때가 처음이었네. 걷기 시작하면서부터 늘 뒹굴던 놀이터인데도 말이야. 풍요로운 삶의 터전이었던 바다였는데. 손을 쓸 수도 없었네. 아무 것도 하지 못한 채, 제 목숨 하나 건지기 바빠 눈앞에서 사라져가는 핏줄이나 다름없는 친구를……바다가 싫어졌어. 온갖 고생 끝에 마련한 목숨 같은 배를 바다에 바쳤을 때도 그렇지는 않았었어…그래도 나는 바다를 떠날 수는 없었지. 동무만을 남겨 놓은 채 홀로 떠날 수는 없는 일이었어. 이를 물로 버텨야 했네……그 바다에서 나는 밤마다 바다의 절류를 들으며 술을 마시는 게 고작이었지만. (p. 80)

아버지를 바다에서 잃은 소년의 고통은 육지로 이어지고 심화된다. '작은 아제'의 어머니에 대한 관심 때문에 어머니는 마을에서 쫓겨날 처지가 되고, 어머니는 온갖 학대를 당하다가 '소년'을 데리고 서울로 상경하게 된다. 어머니는 여인숙 일층 구석방에 달세를 든다. '소년'은 주인노파가 차려주는 '손주같은 놈 밥 한 끼'로 항상 끼니를 때우고, 어머니는 같은 여인숙에 투숙하는 박 사장이라는 정체를 알 수 없는 자의 꼬임에 빠져 가진 것을 모두 잃는다. 그 후 어머니가 낯선 자와 여관으로 들어가는 것을 목격한 '소년'은 학교에 가지도 않고 여인숙으로도 돌아가지 않는다. 그 후 그의 학원 강사로서의 생활이나 결혼생활은 일인자와 이인자의 싸움 혹은 가진 자와 못 가진 자의 싸움의 연속이었다. 이런 육지의 삶에 진저리를 치다가 결국, 그는 다시 바닷가로 돌아온다.

"다시 이곳으로 오게 된 특별한……무슨 이유 같은 거라도 있는가?"

"아버지가 그리워서입니다. 아버지와의 추억이 서린 곳이어서입니다. 아직도 바다 속 어딘가를 떠돌아다닐 아버지를 혼자 놓아 둘 수가 없어서입니다. 아버지가 얼마나 저를 사랑하셨는데요……아버지의 소원대로 선생님이 되지 못한 건 죄송하지만 아마 아버지도 저를 보시면 잘 왔다고 말씀하실 거예요……아닙니다. 아니에요. 다 거짓말입니다. 사실은, 사실은요 아재, 세상살이가 너무 힘들어서예요. 사람들하고 경쟁하면서 사는 것도 힘들고, 어머니를 보는 것도 힘들고, 가족을 부양하는 것도 힘들고……그런데 왜 그렇게 바다에 들어가는 것이 힘들던지요. 아버지처럼 살겠다고 왔는데 왜 그렇게 바다에 들어가는 게 힘들던지요. 아마 아버지의 흔적을 만날까봐……두려워서였겠지요. 이제 아버지처럼 살 겁니다. 아버지가 그랬던 것처럼 이 바다에서, 욕심 없이 아버지를 지키며 살겠습니다. (p. 87)

동식은 결국 아버지처럼 머구리가 된다. 소설가 이 씨는 머구리가 현대적인 장비 없이 어떤 상태로 바다의 일을 하는지 비교적 상세하게 묘사하고 있다. 주변 사람이 "잠수복을 마주 잡고 있"으면, 머구리는"두 사람이 잡고 있는 잠수복에 한쪽 다리를 집어" 넣고 그리고 다시 "나머지 다리"를 집어넣는다. "잠수복을 추슬러 머리 위까지 올려" "잠수복을 두 번 접어 목에 감싼 다음 그 위에다 청동 투구와 연결될 압착장비를 고정" 시킨다. "그런 다음 어깨 앞뒤로 무게가 이십 킬로그램이나 나가는 납덩이를 채" 운다. 그 뿐이 아니다. "십 킬로그램이 넘는 쇳덩이"가 바로 신발처럼 발에 꿰어진다. 그리고 "청녹이 슨 낡은 청동 투구를" "얼굴에 씌" 운다. 그리고 "난간으로" 가서 "알루미늄 사다리"를 타고 바다로 내려간다. "망태와 쇠갈퀴를" 가지고 바다 속으로 들어가게 된다.

세상과 연결된 하나의 끈

소설 속에서 펼쳐지는 바다는 동경과 휴식의 바다가 아니라 머구리의 바다이다. 아주 어둡고 고요함에 갇힌 세계이다. "절망과 평온을 뒤섞어 놓은 것 같은 어둠"의 세계이고, "갑작스런 아버지의 죽음 속에서 처음으로 느꼈던 캄캄하던 어둠과 어머니의 절망, 세상살이의 고달픔에서 어김없이 공존하던 좌절"의 공간이다. 결코 "서둘러서는 안 되는 일"의 공간이고, "조금이라도 서두르면 뼈와 살이 괴사되는 잠수병에 걸릴 수도 있"는 공간이다. 그곳은 벗어날 수 없는 공간이지만 그렇다고 결코 강요된 공간은 아니다.

언제부터인가 동식은 어둠에 익숙해져 있었다. 오히려 친근하기까지 했다. 아무도 없는 세상, 누구의 간섭도 받지 않는 사십 미터 바다 속 어둠의 세상. 지금 이 순간만은 세상 모든 것으로부터 자유로웠다. 어머니에 대한 애증과 아내 그리고 삶……아버지도 혼자만의 세상을 꿈꾸었던 것은 아니었을까? (p. 94)

바다에서 평생을 살았다는 것은 강인함을 의미하는 말이긴 했다. 속을 예측할 수 없는 바다에서 평생을 견디어 낸다는 것은 결코 쉬운 일은 아니었다. 정확히 말하자면 바다를 이겨 낸다기보다 바다에 적응한다는 표현이 옳을 정도로 때로는 자연을 극복할 힘을 지녀야 하고 때로는 자연의 순리를 따를 줄 아는 지혜가 필요한 것이 바다를 터전으로 살아가는 사람들이 지녀야 할 강인함이었다.(p. 187)

소설가 이 씨는 "머구리는 산소를 공급해 주는 줄 하나에 의지해 삼사십 미터 바다 속에서 목숨을 걸고 작업을 한다. 그래서 공기 줄을 잡은 사람과의 호흡이 매우 중요하다. 조금만 공기 줄이 엉키기라도 하면 머구리의 목숨은 위험에 처하게 되기 때문이다."라고 적고 있다. 이 '줄 하나'에 대한 언급은 이 소설 전체를 관통하는 생명줄처럼 중요한 부분이다.

소설 등장인물들의 관계만 봐도 그렇다. 아버지의 친구는 '큰 아재' 그리고 나이가 젊은 동네 청년은 '작은 아재', 그리고 동네 사람들은 이름이 있다 해도 '봉두 아재'나 '삼수 아재'처럼 친척 혹은 지인처럼 모두 친밀하게 연결되어 있다. 그들은 마치 줄 하나로 서로 얽혀 있는 한 가족과 거의 유사하다. 이는 단순히 혈연관계만을 의미하는 것이 아니라, 서로의 생명줄을 쥐고 있는 끊으려야 끊을 수 없는 상태를 의미한다. 물 밖에서 공기 줄을 쥐고 있는 사람이나 물 안에서 고기나 해산물을 따서 그것으로 생계를 이어가게 해주는 사람이나 이들은 서로의 생명의 줄을 쥐고 있는 것이다. 이들이 서로 위로하며 함께 살아갈 수 있는 근거이기도 하다. 하지만 그들의 삶이 서로 완전하게 화합하고 서로 의지할 수 있는 처지가 못 되는 것은 그들의 본성 때문이라기보다 삶의 본성 때문이다.

그 청동투구를 쓰면 서로 대화를 주고받을 수도 없다. (p. 26)

그들의 대화는 창동투구를 사이에 두고 하는 대화이다. 그들이 할 수 있는 것은 " 엄지와 중지로 동그랗게 만든 오른손을 들어 '이상 없음' 을 신호"하는 정도이다. 마찬가지로 "주먹을 쥔 손을 들어 젊은 사내의 신호에 답"하는 정도이다. 그래서 그들의 목숨은 항상 위태롭고 관계도 불안정하다. 서로 다른 사람의 공기 줄을 쥐고 있기에 서로 생명의 보호자이기도 하지만, 언제든지 서로의 생명을 위협할 수 있는 두려움의 대상이거나 암묵적인 적이기도 하다. 그들은 결국"손 감각 하나에 의지해" 상대방의"목숨 줄을 조심스럽게 조금씩 바다 속으로 밀어 넣"어야 하는 것이다. 삶의 본성은 거기에서 끝나지 않는다. "깊은 바다 속의 수압으로 인한 잠수병도 머구리를 괴롭히는 요소 중의 하나이다. 제대로 감압을 하지 않아 뼈가 썩어가는 괴사병으로 고생하면서도 변변한 치료를 받지 못하고 있는 것 또한 머구리의 고통스러운 현실이다.(p. 26)

서로가 쥐고 있는 생명의 줄은 상배방의 실수로 인해 엉망이 되기도 하지만 엉뚱한 이유로 끊어지거나 죽음의 줄로 변하기도 한다. "실제로 지나가는 배의 스크루에 공기 줄이 끊어져 머구리가 목숨을 잃는 사고도 종종 발생한다고 한다." 그래서 바다에서 일어나는 죽음은 그 가해자가 누구인지 정확하게 알 수 없게 되는 경우가 많다.

이 소설의 흥미를 끝까지 유지시켜주는 동식 아버지의 죽음의 비밀도 그래서 쉽게 밝혀지지 않는다. 타살일까? 사고일까? 사람들은 석구 아재를 끊임없이 의심하지만 진실은 다른 곳에 있다. 문제는 그 진실이 밝혀져도 누구도 가해자를 원망할 수 없는 상태에 놓이게 된다는 점이다. 이는 생명의 위협 앞에서 다들 자신이 할 수 있는 최선의 선택을 했기 때문일 것이다.

이 소설 속 등장인물들은 거짓 절망하면서 다른 평범한 인간들과 혼동되지 않으려는 자들이 아니다. 철저하게 절망하면서 평범하게 살아가려 하지만, 살면 살수록 더 이상 평범하지 않은 자들이 되고 더욱 더 절망하게 되는 자들이다. 이는 파스칼 브뤼크네르의 표현처럼 "자기 자신이 된다는 것의 피곤함"을 기꺼이 받아들이고 그것을 감내하는 사람들의 이야기이다. 아름다운 것, 아름다워 보이는 것들 뒤에 숨어서 말이다. ⓔ

머구리

2011년 8월 10일 발행
2011년 8월 17일 1쇄
2012년 11월 25일 2쇄

지 은 이 / **이 완 우**
펴 낸 이 / **윤 현 호**
펴 낸 곳 / **뿌리출판사**
홈페이지 / www.rootgo.com
E- mail / root1115@daum.net / bp1115@naver.com
주   소 / 서울시 성동구 성수 2가 275-29 대군타운 802호 우편번호 / 133-831
전   화 / (代)2247-1115, 466-4516, 팩 스 / 466-4517
출판등록 / 서울시 등록(카) 제 1-551호 1987.11.23.

*잘못된 책은 바꾸어 드립니다.
*인지는 저자와의 협의에 의하여 생략합니다.